북한
문학과 정치
커뮤니케이션

Literature and
Political Communication
in North Korea

북한
문학과 정치
커뮤니케이션

Literature and Political Communication
in North Korea

| 이영미 |

보고사

■ 차례

제1장
서 문

　지금까지 북한 문제를 바라보는 방식은 내재적 접근법과 외재적 접근법이 있다. 이 양자는 언제나 상호충돌하였다. 내재적 접근법은 한국 내에서 북한 문제를 해석하는데 아주 정당하게 오랫동안 정전화 되어온 방법론이다. 예를 들면, 북한의 문학과 제 양상에 관해 자본주의나 자유주의적 가치척도에 의하지 않고 사회주의 자체의 이념과 논리에 따라 문학과 정치에 관련된 현상들을 분석해야 한다는 것이다. 그래서 북한 체제의 입장에서 바라보려는 긍정적 옹호적 자세를 견지한다. 외재적 접근법은 내재적 접근법에 상반되는 개념으로 자유주의적 내지 자본주의적 관점에서 국가 체제 유지와 관련된 현상들을 고찰해야 한다는 것이다. 이것은 정치체제와 관련된 문학을 비롯한 문화의 제반 현상을 해석해내는 주류적 방법론이기는 하지만 각 국가마다의 편차와 특성을 어떻게 분석할 것인가에 따라 결론이 달라질 수 있는 한계를 지닌다. 반공주의에 바탕 한 북한 문학 해석이 이에 속한다.

　적어도 현재까지 남한에서는 북한의 이해를 위해서 내재적으로 접근하는 연구방법론이 우세하였다. 그래서 종종 한국의 현실은 좌파에 물든 해방기와 같다고 비유되곤 한다. 최근엔 선동적인 좌익 이데올로기의 결집된 세력화에 보수 진영이 전열을 재정비하려는 움직임이 가시화되고 있다. 우익 진영의 이론적 체계화가 상당히 미흡했음을 안타까워하는 보수 언론들의 탄식도 있었다.

이렇듯 북한을 바라보는 사람들의 태도는 반공 이데올로기에 입각하거나 주체사상에 침윤되어 보일만큼 극단적이었다. 이러한 해묵은 이념적 갈등을 화합으로 이끌기 위해서는 적대적 갈등 혹은 무비판적 수용에 입각한 절충안보다는 논리적이고 비판적 검증이 보다 적극적으로 필요하다. 그래서 필자는 그간 여러 위험들을 경계하면서 북한 문제에 대한 객관적 시각을 확보하려 노력하였다. 이를 위해 북한 문학이 근본적으로 정치 커뮤니케이션이라는 관점에서 접근했다. 기존의 정치 커뮤니케이션 연구 성과들은 대개 서구 선진국들의 사례를 연구한 신문, TV 등 언론 매체 위주의 접근이 주류를 이루었다. 이 커뮤니케이션의 영역이 신문방송학, 광고 홍보학과 관련되었다고 협의의 개념으로 인식했었기 때문이다.

커뮤니케이션1)은 메시지를 전달하는 매개, 즉 미디어 기능이 특히 중시된다. 이때 전제되어야 할 것은 개인 대 개인, 개인 대 집단(사회), 집단 대 집단 사이의 갈등 관계이다. 현대 사회에서 끊임없는 갈등의 커뮤니케이션 과정은 대체적으로 미디어를 통해 중재되고 있다. 전문화된 매스미디어에 의해 그 주요한 대화가 모두

---

1) 커뮤니케이션은 네 가지 요소, 즉 발신자(source), 전달내용(message), 매체(channel), 도달자(destination)로 이루어져 있다. -윤희중, 『한국정치커뮤니케이션연구』, 나남, 1984. 34쪽.

중재된다 해도 본질에 있어서는 다를 것이 없다. 여전히 갈등은 존재하기 때문이다. 특히 민주사회일수록 갈등의 흔적은 크게 남고 봉합은 매우 어렵다. 여기에서의 갈등이 지극히 정상적인 과정이기는 하지만, 이것이 제대로 중재되고 해소될 수 있는 장치가 부재하거나 설사 있다 해도 제 역할을 하지 못하는 경우 그 사회는 심각한 분쟁과 분열을 일으키고 심지어는 붕괴될 수도 있다. 이런 면에서 사회 갈등의 조정자로서 미디어(매체, 매개)의 역할과 기능이 매우 중요한 것이다.

정치 커뮤니케이션에서의 갈등이론에 따르면, 사회갈등의 핵심 요소와 특성을 아래와 같이 나눈다.

1. 갈등은 최소한 두 집단을 필요로 한다.(구조)
2. 갈등은 희소한 자원, 사회적 지위, 권력이나 다른 중요한 가치와 같이 공유하기 어려운 이권으로부터 나온다. (원인)
3. 갈등은 상호적대적인 행위와 대항행위라는 집단 사이의 상호작용을 필요로 한다.(과정)
4. 갈등행위에는 파괴, 상해, 중립화, 방해 혹은 상대방을 통제하고 억압하기 위한 고함, 분노와 같은 행위가 포함된다. 따라서 갈등하는 집단은 상호간의 역량소모를 강요받게 된다. (행태적 특성)
5. 갈등관계는 언제나 권력을 획득하거나 사용하고자 하는 시도와 관련이 있다.(사회 권력과의 연관성)
6. 갈등은 언제나 그 사회에 중대한 영향을 끼친다.[2]

여기에서 특히 사회권력, 즉 정치적 권력과 관계된 다섯 번째의 항목에 주목해야 한다. 갈등은 권력의 문제와 관련이 깊다. 이때 갈등의 조정·확대·증폭·해결 등 그 과정은 대부분 상호간의 커뮤니케이션을 통해 전개된다. 이러한 커뮤니케이션은 현대 사회에서 주로 제도화된 매스미디어에 의해 전문적으로 수행되었다. 국가에 따라 혹은 상황에 따라 다르기는 하지만 커뮤니케이션으로서의 미디어는 사회적 갈등이나 위기가 발생할 경우 사회적 통합자로서 큰 역할을 하게 된다. 특히 혁명과 같이 급박한 상황이거나 진보세력과 보수세력 간의 대결이 팽팽하여 정세의 앞날을 예측하기 힘들 경우, 매스미디어가 어떠한 정치적 입장을 대변하느냐에 따라 사회변화의 방향이 결정되기도 한다. 이 과정에서 미디어는 근본적인 사회변화를 야기할 만큼 매우 위력적인 것으로 인식될 수도 있다. 예를 들어 쿠데타가 발생했을 경우 쿠데타의 성공여부는 매스미디어를 장악했느냐에 달려 있다는 점에서 보더라도 매스미디어라는 커뮤니케이션 매체는 급격한 사회변화의 과정에서 중요한 역할을 해 왔음을 알 수 있다.[3]

이러한 미디어가 단기적인 사회 통합이나 질서 유지에 기여하기도 하지만 경우에 따라 사회의 역동적인 변화, 장기적으로 깊게 구조화된 변동에도 중요한 역할을 담당할 수 있다는 것이 필자의 생각이다. 이러한 사회 변화 과정에서의 미디어 기능에 관해서는

---

2) 박영상, 「한국사회의 갈등구조와 커뮤니케이션」, 『한국의 사회와 문화』, 한국정신문화연구원, 1995. 154-155쪽.
3) 최정호·강현두·오택섭, 『매스미디어와 사회』, 나남, 1990. 43쪽. 참조.

이견이 존재한다. 과연 미디어가 사회 변화를 유도하여 이끌어갈 만큼의 위력을 지니고 있는지 아니면 미디어가 사회변화의 전반적인 흐름을 반영하는 것에 지나지 않는지에 관해 논란은 여전히 계속되고 있다. 그렇지만 가장 설득력을 얻고 있는 것은 연구대상이 되고 있는 사회의 역사적 구조적 성격과 사회 변동의 특성에 따라 미디어의 기능이 다르게 나타날 수 있다는 주장이다. 특히 정치권이 양분되어 그 어느 편도 지배적인 세력이 되지 못할 때 상대적으로 운신의 폭이 넓어진 커뮤니케이션 매체가 지지하거나 동조하는 세력은 여론의 힘을 얻게 되며 따라서 사회 변화를 주도해 가는 위치에 서게 된다는 것이다.

필자는 그동안 커뮤니케이션, 미디어의 범주를 광범위하게 확장 · 적용하여 문학 역시 하나의 매체(매개)로서 문화 지형 형성에 암묵적 혹은 결정적으로 권력 행사—특히 정치적인 면에서—가 가능하다는 점을 구명하였다. 선전 선동에 활용되는 심리 전략의 구축과 활용에 있어 문학은 신문이나 TV 등과 달리 산발적 · 단기적인 여론 선동이 아니라 '장기적' 전략에 입각한 전술로서 체제 이데올로기를 내면화시켜 해당 정치체제의 문화 규율로 기능한다는 사실을 실증적으로 밝혀냈다. 즉 '사회갈등의 장기적 조정자'일 수 있다는 것이다. 북한에서 문학은 선전매체로서 체제 형성 초기에는 '무기'로서, 체제 안정기에는 정치사상 교육교양의 '후비대'로서 기능하였다. 이러한 사실은 문학이 장기적이고 암시적인 심리 전략으로서 정치문화 지형의 형성과 국가 구성원의 결속감을 강화한다는 구체적인 근거를 보여주는 것이다. 장기적인 '심리 세뇌'의 유효한 수단으로서 정치사상 전파의 핵심 역할을 하였던 북한 문학은 초기의 남한 포섭, 그리고 무력 적화 통일 기도, 이후 암시적인 형태의 통일전선 연대 형성을 통해 근본적으로는 북한의 적화 통일 목표가 결코 사라진 것이 아니라는 사실을 최근의 핵 개발, 미사일 발사와 함께 여실히 증명하고 있다. 이 책은 이러한 분석이 가능하도록 실증적 토대를 구축한 성과이다.

북한 문학과 정치의 커뮤니케이션에 관한 이 책의 본론을 먼저 간략히 살펴보면 다음과 같다.

제2장은 1945년 8월 민족 해방부터 1948년 8, 9월 남북한 단독 정부 수립까지의 해방기에 한정하여, 체제 변동기 문학의 위상을 북한 정치체제와 관련지어 논의하였다. 우리나라에서 해방기는 극도의 정치적 혼란이 존재하였던 시기였다. 당시 문학은 정치권력과 시민 간의 갈등을 매개로 하여 체제의 형성 과정에 일정 부분 기여하였다. 해방기 북한의 정권기관은 체제 이데올로기를 전파 교육시키는 주요 전략적 선전매체로 문학을 이용하고 있었다. 즉 북한의 권력 기관은 사회주의 체제의 안정적 형성과 체제 확장을 위해 문학을 정치적인 선전 선동의 수단으로 활용하였던 것이다.

정치 커뮤니케이션의 이론을 접목해 보았을 때, 해방기 남한의 문학작품들이 정치적으로 간접적 암시의 효과를 이용하였던 데 비해, 북한의 문학작품들은 선전이라는 직접적인 암시를 통해 대중들의 혁명성을 고조시키고 정치화하는 데 주력하였다. 직접적 암시의 관제문학으로서의 성격을 지니고 있었던 것이다. 작가는 선전가로서 직접적 혹은 간접적 심리 전략을 구사하는 정치체제 이념의 정보제공자 역할을 하였다. 또한 실제 현장에서 선동가로서의 역할 역시 병행하였다. 당시 북한의 권력기관이 사회주의 체제의 안정된 구축을 위하여 문단에 점진적으로 강하게 요구하였음을 자료를 통해 파악할 수 있다. 구체적인 작품을 분석했을 때 인물 구조에서의 정치적 선전성을 보면, 민주개혁을 성공적으로 완수하기 위해서 도입부에서부터 투철한 이념으로 무장된 완벽한 정치적 인간이 주인공이다. 묘사에서의 선전성을 살폈을 때 해당 작품의 배경과 분위기조차 민주개혁의 성공적인 찬양을 복선으로 드러낸다. 이러한 내용들은 작품의 흐름과는 무관하게 실행되는 것이 다반사이다. 또한 북한의 사회주의 체제 공고화를 위해 범문단적으로 소련을 유토피아로 설정하고 그 정치적 지향성을 드러내고 있다. 이렇게 문학을 통하여 치밀하게 '교양작업'한 결과 북한은 초기의 정치적 권력 분열의 위험성을 극복하고 김일성의 유일체제로 진행할 수 있었다.

   제3장에서 다룬 북한의 정치체제 형성기는 해방 직후 시기(1945년)부터 유일체제 성립 시기(1967년)까지를 의미한다. 평론과 소설 등 문학담론을 통해 그 내부적 변모 과정을 살폈을 때, 대략 세 경향으로 나눌 수 있었다. 주체적 공산주의화(이데올로기의 주체화), 인간 존중화(이데올로기의 내면화), 갈등의 형성과 형식 미학의 강화(암시적 이데올로기의 구현)이다. 이는 북한 문학의 질적 양적 완성도를 제고(提高)시키는 과정으로, 북한의 권력기관이 문학을 통하여 구사하였던 직접적 정치 커뮤니케이션의 양상이 간접적 심리 전략으로, 더 나아가 암시적 심리 전략으로 진전하

여 갔음을 의미한다. 해방 이후 소련의 사회주의에 대한 맹종에서 벗어나 중국과 우호적인 관계를 형성하면서 차츰 주체사상을 구체화시키고 유일체제를 이룩하는 북한의 정치 사회적 변모 양상에 문학은 그대로 순응하였으며, 문학이 선전 선동의 정치적 커뮤니케이션으로서 인민 대중과 소통하려는 정치권력의 공고화 과정에 치밀한 전략으로 행사되었다.

이 과정은 고도의 심리 전략에 기반 하여 오리엔탈리즘에 버금 갈 정도였다. 물론 북한의 모든 문학작품이 처음부터 김일성 형상화에 매진하지는 않았다. 초기의 정치적 갈등 상황을 극복하고 유일체제를 완성하기까지 각 작품 내에서 김일성의 형상은 배경화되어 있다가 차츰 전경화 되며 나아가 신격화 된다. 이 과정은 아주 오랜 시간에 걸쳐 이루어지며, 그 사이 정치적 변동이 반영되는 것은 물론이다. 1958년을 전후로 격변의 시기라 할 만한 문단적 전변이 있었고, 1967년을 전후하여 다시 한 번 유일 권력 지형의 공고화라는 전략적 인식이 있었음을 분석을 통해 알 수 있었다. 북한의 주체 문학은 오랜 시행착오 끝에 완성된 고도의 선전술과 선동술이 병행된 정치 커뮤니케이션—정치적 심리 전략—의 완성체였던 것이다. 그리고 하위 문화 지형으로서 북한의 소설은 장기간에 걸쳐 정치상황에 역동적으로 연동되어 변형하면서 해당 체제의 형성과 구축에 암시적으로 기여하였던 주요 매체였다.

제4장은 북한문학사에서 새롭게 형성되었던 문학 장르 오체르크를 연구하였다. 오체르크는 초기 북한의 통일전선과 연대한 문학과 정치의 관계를 보여 주는 의미 있는 장르이다. 1952년 리효

운의 평론에서 소개된 후 내용에 있어 정체성의 갈등과 용어상의
혼란을 보이다가, 1961년 최일룡의 평론을 보면 실화문학으로 명
칭이 바뀌게 된다.

　이 장르의 도입과 변모 과정은 통일전선의 역학 변동, 즉 당시의
정치적 대외 관계와 밀접한 관련이 있다. 즉 주체 정립의 필요성이
대두되는 시기와 맞물려 변모한 것이다. 오체르크는 주로 실화를
바탕으로 한 서사적 작품이다. 기행 오체르크, 초상(인물) 오체르
크, 사건 오체르크, 시평(時評) 오체르크, 전쟁 오체르크 등이 있
다. 이 장르를 처음 소개한 리효운은 "자주적인 떳떳한 문예 장르
이면서 다른 시평 같은 것과는 달라서 형상적 요소를 가지는 동시
에 구체적인 시평과 학술 연구의 요소"를 지닌다고 주장한다. 그
에 따르면, 오체르크는 "전술적이며 전투적인 문학 장르이며 진보
적 작가들은 언제나 그 무기로써 생활에 적극적으로 작용"하는 러
시아 문학사의 "능동적 무기"였다. 이것이 북한의 "성과에 대하여
선동하며 널리 보여 주는 일은 새로운 사회주의 인간 형성을 촉진"
하는 것으로 그 목적은 "대중 교양"에 바탕하며, "테마의 옳은 선
정과 그 테마의 사회적 정치적 의의"에 작품의 성공 여하가 달려
있다고 하였다. 오체르크는 발라다나 뿌블리찌쓰찌까와 마찬가지
로 당시 소련 사회주의 체제의 위성국으로서 북한의 위상을 짐작
케 하는 문학 장르였다. 뿌블리찌쓰찌까가 정론으로 변모되었던
것처럼 오체르크 역시 실화문학으로 바뀌었다. 1961년 경 완전히
명칭이 바뀌는데, 뿌블리찌쓰찌까보다 늦게 바뀐 것은 오체르크가
온전히 소련에서 도입된 문학 장르로서 당시까지 북한이 소련의

직접적 영향권 내에 있었다는 것을 반증한다고 하겠다. 최일룡은 "모범적인 실례를 가지고 군중을 감화시키는 것은 사람들을 교양하는 우리 당의 방법"이라는 김일성의 교시에 따라 "공산주의 교양의 가장 힘있고 옳바른 방법"으로 "근로자들의 사상 생활과 정신 도덕적 풍모의 거대한 전변에 직접적인 커다란 영향을 주고 있는 문학 쟌르의 하나가 바로 우리 시대에 와서 더욱 꽃피고 있는 실화문학"이라 하였다. 바로 이 '실화문학'이 오체르크의 '주체'화한 장르명이었던 것이다. 특히 오체르크의 중심적 유형이라 할 수 있는 초상(인물) 오체르크가 실화문학으로 변모하였다.

이 문학 장르는 북한문학사의 흐름에서 '기록주의와 도식주의 배격'이라는 전(全) 문단(文壇)적 자아비판 속에서도 살아남았다. 특히 정론 등과의 관계성에서, 북한 내부의 문학적 장르 헤게모니의 패러다임 전환 과정을 보여 주며, 북한의 소련과의 영향 관계를 반영하는 지극히 정치적인 문학 장르였다. 비록 소련에서 들어온 것이기는 하지만 우리나라의 전통적 산문 교술 문학과의 관계도 배제할 수는 없다. 그리고 남한에서 1980년대 무크지 등을 통하여 활성화되었던 수기, 르포 등 '민중'의 논픽션 문학과도 정치사상적 · 형식적 이행관계가 있다. 즉 북한 주체 이데올로기의 이식 가능성을 배제할 수 없는 전술적 맥락이 존재한다는 것이다.

제5장은 북한문학사의 문체론에 관해 분석하였다. 특히 북한 정치체제 형성 초기 문단에 광범위하게 논의된 바 있었던 문체론에 관한 내용을 집중 분석하고 북한 정치체제와 문학의 관련 특성을 통사적으로 고찰하였다. 주요 분석 대상은 북한의 조선작가동맹

중앙위원회 기관지 『조선문학』에 등장한 평론 중 문체론에 관련된 것이다. 북한의 정치체제 형성기 문학작품은 하나의 이데올로기적 기제로서 권력기관의 정치 커뮤니케이션을 행사하는 데 있어 유용하게 활용되었다. 소련에서 전수받은 체제 이데올로기를 주제로서 명시하거나 주인공과 같은 인물을 통해 수용자인 독자로 하여금 이데올로기에 밀착되는 일체감을 내면화하는 암시적 심리 전략을 실행하였다. 이 내면화의 심리 전략 속에서 문체론은 주요한 전술적 의미로 사용되었다.

북한 권력기관의 대(對)인민 통제 수단으로서 문체론은 반종파 투쟁에서 시작된 부르주아 미학의 비판이라는 문단적 전변에서 발효되어, 신인작가군(群)과의 대립을 둘러싼 또 하나의 문단적 전변 등을 통하여 주체를 부각시키고, 전통과 언어의 문제로 확장된다. 그리하여 주체사상 유일체체를 구조적으로 심화시키는 데 크게 기여하게 된다. 자세히 살펴보면, 부르주아 반동 미학의 근절을 둘러싼 문단의 내부 논쟁은 정치적 투쟁과 맞물려 반종파 투쟁을 불러일으킨다. 이러한 반종파 투쟁의 성과는 문체강화를 통한 문학성 제고에 폭넓은 공감대를 형성하게 되었다. 문체를 통한 형식적 미학의 추구가 범문단적으로 제안된 것이다. 또한 신인작가군의 대거 등장과 기존 문인들의 문단 권력의 상호 충돌 과정 속에서 기록주의와 신비주의를 극복해야 한다는 비판에 맞서 기성 작가들의 정치적 방어막은 바로 신인과 변별이 가능한 스킬, 즉 형식적 특성인 문체론의 힘을 빌리는 것이었다. 문학작품의 문학성 강화를 위한 수사학적 통제 이외에, 수정주의 비판을 둘러싼 주체의 문제적 제기는 언어에 관한 광범위한 규제를 시작하면서 문체론은 한층 강력한 힘을 발휘하게 된다. 작가들이 시작한 문체론에 관한 논의가 권력기관의 민족과 주체를 둘러싼 언어 통제로 귀결되면서 일반화되는 것이다. 1988년 서울 올림픽을 전후하여 다시 한 번 문학 작품에 대한 세밀한 문체적 통제가 논의되는 것을 볼 때, 북한 문학사에서 문체론의 등장은 정치적 전변의 시기에 나타나는 특성을 지닌다고 할 수 있겠다. 즉 북한의 문학은 체제의 중심적 미디어로서 인민들의 심리적 기강 해이를 통제 조율하는 데 유용한 기제였던 것이다. 문체론은 문학을 통하여 체제 이데올로기를 내면화시키고 억압하는 데 있어 하나의 규율로 실행되었다.

  이 책은 필자가 그동안 북한 문학에 대해 저술한 논문들을 엮은 것이다. 학술지의 특성상 지면의 제한 때문에 미처 실리지 못했던 부분들을 더하고 문맥을 다듬었다. 글들을 모아 보니 더러 반복되는 것들이 있었으나 맥락 이해를 위해 그냥 둔 부분이 있다. 여기에서 직간접적으로 인용하거나 참고한 북한 내의 1차 자료들은 조선작가동맹 중앙위원회 기관지인『조선문학』을 비롯하여 그 전신인『문학예술』,『문학신문』,『조선어문』,『문화어학습』등이다.

  문학4)을 통하여 북한의 내면적 문제를 분석한 이 책은 현대 한국 사회의 이념적 갈등의 난맥상을 이해하는 데 있어 상당한 도움을 줄 수 있는 것으로, 북한 체제 구성원들의 '집합적 표상'을 둘러

---

4) 북한에서의 '문학' 개념은 남한과 반드시 '다르게' 이해해야 한다. 북한의 역사 문화 지형에서 '문학'은 허구(fiction)가 아니라, '논픽션(non-fiction)' 개념으로 구축되어왔다. 이 점은 그동안 내재적 접근법 중심이었던 북한 문제 연구에서 항상 간과되었던 부분이다.

싼 정치 사회 문화적 결속의 심층구조를 고찰할 수 있다. 뒤르켐은 이 '집합적 표상(상징)'에 관해 "모든 문화적 믿음. 도덕적 가치. 어떤 집단이 공유하는 상징과 관념을 의미"한다고 보았다. 이러한 "문화적 요소들은 특정한 문화적 집단의 구성원이 세계를 유의미하게 표상하는 방식으로 기능"하면서 "집단의 구성원들에 의해 집합적으로 생산되고 공유"된다. 이때 그 표상은 성스러운 것/세속적인 것으로 분류되어진다고 주장5)하였다. 북한은 평소 자신들의 정치적 문학을 순수문학으로, 남한의 문학을 퇴폐문학으로 칭하며, 표면적으로 내세우는 '민족' 개념과 다르게, 집단 공동체의 내면 심리를 '분리' 표상하는데 주력해왔다. 그래서 남한 사회의 구성원들은 동일한 영토에 속하였지만 내면적 문화 지형이 다르게 형성되어 갈등이 잠재되어 있다고 볼 수 있다. 이러한 갈등요소는 변동기의 위기 상황에서 돌발적으로 범람하는데 이러한 남한만의 특수한 양태는 영토 혹은 민족(핏줄, 언어) 혹은 국가 개념과 다르게 '문화(이념)'만으로 공동체 구성 원리를 형성할 수 있다는 것을 충분히 보여준다. 그들의 실재하는 사실(fact)로서의 문학을 통한 정치사상 의식화 교육이, 기존에 전통적으로 문학이 지녀왔던 역사적 '숭고성'과 접목되어 거부할 수 없는 문화적 토양이 되고 그 토대가 사회를 결정해 가는 역동적 공동 권력이 되어가는 것이다. 그래서 보이지 않는 이데올로기적 권력의 힘이 두려울 뿐이다.

　남한 사회는 안보적 위기감이 증폭되고 체제의 근간이 흔들리는

---

5) 스튜어트 홀 외/전효관 외역, 『현대성과 현대문화』, 현실문화연구, 1996. 347-348쪽. 참조.

징후가 곳곳에서 포착되고 있다. 북한의 대남 통일 전략이 물리적 폭력의 형태에서 심리적 전복의 형식으로 자연스럽게 전환되도록 유도해 나가는 과정들이 알게 모르게 감지되고 있다. 같은 사회의 구성원임에도 필연적으로 느끼게 되는 이 심리 문화의 장벽은 대개의 현실적 체험 위에서 생성된 단기적인 것이 아니라 오래 전부터 체계적으로 축적되어 온 경험적이고 선험적 인식에 바탕 하는 경우일 때가 많다. 이것은 깨뜨리기가 매우 어려운 갈등과 장애를 수반한다. 이미 내부의 이질감이 단단하게 뿌리내린 것이다. '언어'를 통한 세밀한 정치적 규율까지 체계화 했던 북한의 전략을 볼 때, 북한 사회 구성원들 못지않게 우리 역시 북한식 용어 등 '언어'나 '문학(논픽션)' 등의 문화 장르를 통해 심리적인 세뇌의 과정을 지속적으로 밟아 왔을 수 있다는 추정이 가능하다. 독립, 민족, 민중, 통일, 공조, 주체 등 북한과 연계된 이념적 용어의 반복 재생산이 이러한 문화 지형을 배양시키는 토대였을 것이다.

현재 통일에 대한 가상 시나리오는 남북한 양측이 동상이몽의 난맥상을 보인다. 1970년대 이후 남한의 통일방안은 '선 평화 후 통일론(평화통일 3대 기본 원칙, 1974. 8. 15)', '민족화합 민주통일방안(1982. 1. 22)', '한민족공동체 통일방안(1989. 9. 11)', '민족공동체 통일 방안(한민족공동체 건설을 위한 3단계 통일 방안, 1994. 8. 15)' 등이다. 1998년에 출범한 국민의 정부와 현재의 참여정부는 한민족공동체통일방안과 이를 재확인한 민족공동체통일방안을 대한민국의 통일방안으로 계승하고 있다. '6·15남북공동선언'에 담긴 연합제는 바로 '한민족공동체 통일방안'에서의 '남북연합'과 동일하다.

북한의 경우, '7·4남북공동성명(1972)'에서 '서로 상대방 체제를 인정하고 존중하기로 합의'한 이후에도 북한은 여전히 '하나의 조선'이라는 통일관에 기초해 통일문제를 오직 해방과 혁명의 논리로 접근하여 왔다. 그 논리에 따르면 북한은 '전 조선혁명'을 위한 혁명 기지이고, 남한은 미제국주의자들의 강점 하에 있는 미(未)해방지구로서 혁명투쟁의 현장으로 인식되고 있다. 기본적으로 북한의 목표는 민족 해방과 계급 투쟁을 통해 한반도를 적화통일 시키는데 있는 것이다. 그들의 통일방식과 통일목표는 북한 체제의 최고 규범인 조선로동당규약 전문에 명문화되어 있다. 북한의 통일정책은 '남조선에 있어서의 민족해방 인민민주주의혁명'으로 요약된다. 인민민주주의혁명은 남한의 자유민주정권을 봉건적 반동적 정권이라고 규정, 이를 타도하고 그들이 주장하는 '민주정권'(용공 또는 연북정권)을 수립한다는 의미이다. 한반도 전체의 주체사상화, 공산주의화라는 최종목적을 달성하기 위하여 '북조선혁명역량의 강화, 남조선혁명역량의 강화, 국제혁명역량과의 단결 강화'라는 3대 혁명역량을 강화하기 위해 엄청난 인적 물적 자원을 투입해 왔다. 이는 1964년 2월 27일 조선로동당 중앙위원회에서 제시되었고, 1965년 4월 14일 인도네시아에서 행한 김일성의 연설에서 그 내용이 구체적으로 밝혀졌다. 3대 혁명역량강화 노선이 수립된 후 민족해방 인민민주주의혁명(남조선 혁명) 전략의 기조는 주한미군 철수와 남한 정권의 전복이라는 목표 하에 3대 혁명 역량 강화 노선에 입각한 '친북세력' 강화, 정치 · 조직 · 사상 등

주요 부문별 대남 포위공세의 전개와 더불어 혁명 정세가 성숙되는 '결정적 시기를 조성'하여 남한 내 민중 봉기나 북한의 지원을 받아 전쟁을 하는 방법으로 '남조선혁명'을 완수하는 것으로 되어 있다. 이러한 대남전략의 기조는 시대적 조건과 환경에 따라 변화를 거듭해 왔다. 북한의 통일방안의 변천과정을 시기별로 간추려 보면 북한의 초기 통일 방안은 '하나의 조선' 논리에 입각, '민주기지론'에 의한 무력적화통일이었다. 이것을 대남위장 평화공세 속에서 실행에 옮긴 것이 6·25남침이었다. '민주기지론'은 1960년 4·19혁명 이후에 '남조선혁명론'으로 발전되었고, 이때 북한은 과도적 조치로서 '남북연방제(1960. 8. 14)'를 처음 제기하였다. '남조선혁명론'과 '연방제 통일방안'은 1973년의 '고려연방제'를 거쳐 1980년 '고려민주연방공화국 창립방안'으로 발전되었으며, 1990년대 '1민족 1국가 2제도 2정부'에 기초한 연방제로 전환되었다. 2000년 10월 6일 남북의 두 체제 위에 민족통일기구를 구성하는 식의 '낮은 단계의 연방제'를 규정하였다.

이렇듯 초기에 확연한 차이를 보였던 양측의 통일론이 어찌 보면 통합의 길로 수렴되는 듯 보이지만, 이는 내부 맥락을 간과한 것이다. 북한은 체제 내에서 여전히 적대적 반감으로 무장 교육시키고 전쟁의 당위성을 형성하기 위해 문학과 같은 보다 유연한 매체를 통해 실생활에 내면 인식을 구성하는 구조적 설계로 사상적 통일관을 구축하고 있다. 이러한 함의들을 제대로 읽지 못하고 막연한 통일론이나 무분별한 민족 공조 의식을 남한의 아동들에게 교육하는 것은 자칫 '대중 기만'의 환상으로 미래에 큰 위협이 될 수 있다.

특히 북한 사회의 문학이 남한과 다르게 실재의 논픽션 개념으로서 정치사상의 의식화 교육을 내면화시키는 주요 기제로서 그 역량을 확대해 왔기 때문에 더욱 그러하다. 북한 사회에서 지금까지 문학(문화)은 실제 정치와 가장 밀접하게 당과 인민을 소통[6]시키는 사상의 매개였다. 그래서 공동체적 선(善)을 생산 창출하는 창작 중심으로 포괄적 형식인 오체르크(실화문학)처럼 특수한 장르가 크게 발전할 수밖에 없었던 것이다. 이러한 이데올로기 중심의 실제적 정보는 남한으로도 흘러들어왔다. 6·25전쟁 때 북한은 남한의 매체 유입으로 인한 사상적 오염(정보 차단)을 막으려 애쓰면서, 남한에는 오히려 그 매개를 동원하여 자신들의 정치적 목적을 달성하려 진력했다. 이렇게 보면 어쨌든 문학의 현실(정치) 참여 기능이 가장 활발히 이루어진 것이 북한 문학이 아닐까.

그러나 북한의 문학과 정치의 역사를 연구하면서 필자가 느꼈던 바는 그들 자체의 정보가 지니는 내부 모순이 극심하다는 것이다. 아무리 완벽한 통제를 해도 문학의 본질인 저항과 혁명성이 존재─특히 체제 형성 초기 연립 정권의 시기─하여 누수가 발생하기 때문이다. 오히려 남한에서 이러한 올바른 북한 정보의 차단으로 인해 신비감만을 증강시켜 왜곡된 정보를 신뢰하는 상황이 역사적으로 진행되었다. 그 모순을 한두 가지 정도만 찾아보면 다음과 같다.

김일성은 1953년 3월 5일 스탈린의 부음을 듣고 「쓰딸린은 자기의 자유와 독립을 고수하는 인민들의 투쟁의 고무자」를 당시 북

---

6) 이 소통을 위해 북한에서 문학은 허구(fiction)가 아니라 사실(non-fiction, fact)로 그 정의가 변화된다.

한의 대표적 문예 기관지인 『문학예술』에 게재하였다.

> 위대한 레닌-쓰딸린당의 풍부한 경험을 창조적으로 적용하는 조선 로동당은 조국 통일 민주주의 전선을 결성하고 자기의 기치 하에 조선 인민을 결속시켰다. 쏘련 군대에 의하여 조선이 해방된 후 미제국주의자들의 조종 하에 전쟁을 도발한 리승만 도당의 무력 침공이 시작되기 전까지의 기간은 조선 력사에 있어서 가장 행복한 기간이였으며 실로 길지 않은 황금 시대였다.
>
> 해방된 조선 인민은 五년 동안에 물질적, 정신적 복리를 지난 수천년간보다 더 많이 누리고 있었다. 조선 로동당은 쏘련의 경험과 레닌과 쓰딸린의 천재적 로작에 근거하여 인민 군대를 제때에 창건하였고 그를 최신 군사 기술로 무장시켰고 쏘련 무력의 선진 경험을 참작하여 그를 훈련시켰고 그의 부대 내에서 쓰딸린적 정치 교양을 실시하였다. 세계에서 가장 선진적인 쓰딸린적 군사 과학의 법칙에 의하여 싸우고 있는 인민 군대는 미국 군대의 공격을 격파하였다....(중략)...조선 인민의 위대한 해방 전쟁은 아주 중대한 국제적 의의를 가지였다. 이 전쟁은 미제국주의 「위력」에 대한 신화를 여지없이 깨뜨려버렸으며 자유와 민족적 독립을 위한 투쟁에서 모든 식민지 반식민지 국가 인민들에게 고무적 모범으로 되고 있다.
>
> 쏘련이 령도하는 평화와 민주와 사회주의 진영의 지지를 받는 조선 인민의 영웅적 투쟁은 현시 국제 관계에 있어서 막대한 영향을 주고 있으며 전쟁 방화자들의 흉책을 무자비하게 폭로하며 쓰딸린의 현명한 영재로, 또는 능숙한 수완과 인내성과 강의성으로 지도되는 평화의 위업을 강화시키고 있다.(밑줄;인용자)7)

---

7) 김일성, 「쓰딸린은 자기의 자유와 독립을 고수하는 인민들의 투쟁의 고무자」, 『문학예술』, 1953. 3. 20-22쪽.

위 예문은 북한이 소련에서 군사력을 전수받아 전쟁에 대한 만반의 준비를 하고 있었는데 마침 이승만의 무력 침공이 있어 즉각적으로 반격하였다는 내용이다. 북침이었다는 주장이다. 6·25전쟁은 북한에서는 조국해방전쟁으로 명명한다. 당시 문학담론 자료들에 의하면 북한은 이미 해방기부터 남한—조선공산당도 서울이 본부였고, 평양은 북조선분국이었다—을 정치적·체제적 포섭 대상으로 생각하였다. 전쟁기에 무수히 생산되어 '무기'로서 전쟁을 독려한 문학 작품들 속에서도, 당시 북침으로 공격당한 자의 피해나 어쩔 수 없는 남한 반격이 형상화된 것이 아니라, 철저한 계획 하에 남한의 대중들을 해방시키러 왔음을 공언하는 내용이 비일비재했다.

그 외 실증적 오류를 살펴보겠다. 이북명의 소설 「새날」(『조선문학』, 1954. 3)은 복구 건설 사업에서 '모범 로동자'가 되고 싶어 하는 김천쇠의 이야기로, 북한 내의 전후 복구 현장을 배경으로 한 작품이다. "『모든 것을 민주 기지 강화를 위한 전후 인민 경제 복구 발전으로』라고 하신 수령의 호소를 받들고 인민들이 일어"(23쪽)서서 복구에 매진하였는데, 주인공이 실제로 가 보니, "급살을 맞아 뒈질 새끼들—그는 듣던 바 보다 파괴 정도가 엄청나게 참혹한 이 공장에 와서 미국놈들의 용서 못할 참상을 더욱 똑똑히 목격할 수가 있었"(24쪽)던 것이다.

미국 군대와 그의 一九개 추종 국가의 무력이 九〇〇만 인구를 가진 북조선에 희랍신화의 주인공인 아찔라의 발악으로 「공격」한지

는 벌써 三년이 가까워오나 지금까지 三八선 이북으로 움직이지 못
하고 수치스러운 자기의 류혈적 모험을 시작하던 그 자리에서 답보
하고 있다.[8](밑줄;인용자)

　실제 작품에서는 전쟁 중 북한 내부에 어떤 식으로든 폭격이 있
었던 것으로 보이는데, 앞의 예문에서 살핀 김일성의 교시는, 공
격당했으나 미군과 그 연합군이 전혀 북한으로 들어오지 못했다고
주장했다.

　이러한 여러 정황으로 볼 때, 북한 측에서 이미 조국해방전쟁으
로 명명하고 그 위세를 문학작품 속에서 공공연히 드러냈기에 이
는 '남침'을 스스로 시인한 것이나 마찬가지이다. 북침 주장이 오
히려 선동적 왜곡이라는 것이 균열을 보여주는 북한 내부 자료들
을 통해 드러났다. 그리고 전쟁 3년 동안 북한 내에서도 전투가
벌어졌었음이 굳이 역사기록이 아니더라도 문학작품을 통해 알 수
있었다. 그러나 그 정보는 '교시'에서 상당 부분, 수시로 왜곡 변형
되었다. 오로지 김일성의 '교시'만이 북한 인민들—혹은 남한 대중
에게—에게 진실로 알려졌어야 했는데, 문학담론에서는 빈번히 누
수가 일어나 혼란을 심어주었다. 공산주의 사회로 가는 길목에 문
학인과 같은 인텔리겐차의 역할은 매우 중요하지만, 인텔리겐차는
적당한 상황에서 제거해야만 집권자가 원하는 혁명의 위업을 완성
할 수 있다는 논리에서 진행된 중국의 문화혁명을 보더라도, 언제
나 권력을 위한 정보의 왜곡—특히 전체주의 사회에서—은 해당

---

8) 김일성, 위의 책. 1953. 3. 21쪽.

국가 체제를 유지하기 위한 정치 권력자들에 의해 필연적으로 과
잉된 힘이 행사되는 것 같다. 몇 차례에 걸쳐 자행된 '반종파 투쟁'
등이 실례이다. 그래서 이렇듯 정보가 폐쇄적인 사회를 연구할 때
는, 사건 중심의 거대담론을 다루는 정치학·사회학·역사학보다
는, 문화 지형의 내면을 읽어내는 문학담론의 함의가 매우 중요한
실증적 소재가 되는 것이다.

　더불어 북한 문학예술의 정전으로 알려져 온 김정일의『주체문
학론』을 보면, 북한 정치체제 형성기 문학사 속에서 숙청되었던
지식인의 논쟁에서 나온 담론의 '거대한 편집체'라는 것을 알 수
있다. 북한에서 출판한 대표적 관제지『조선문학』등의 자료를 통
사적으로 꼼꼼히 살폈기에 밝혀질 수 있었던 사실이다. 북한의 '교
시'는 과거의 지식을 담아내고 모든 역사적 지식담론을 표절하여
포장하는 우상화 작업을 통해 생산되어갔다. 체제 형성 초기보다
현대로 올수록 숙청된 지식인들의 사유의 '피'를 담아 완벽한 모습
으로 형상화된 집적물이 되었다.[9] 체제 유지에 불필요한 정보(지
식, 담론)는 망각하고 필요한 정보[10]는 반복 기억해 나가며 북한
만의 독특한 정치문화공동체를 형성하였던 것이다.

　북한 체제의 근간을 이루는 주체사상은 그 태생과 근본이 마르

---

9) 그래서 통사적 맥락을 간과한 채, 주체사상 형성 이후, 현대에 가까운 북한 자료
　만을 연구할 때는 대부분의 연구자들이 커다란 내적 모순을 안고 시작하게 된다.
　연구자가 본의 아니게 북한 '체제 내 지식인'들의 존재와 자료를 역사적으로 부정
　은폐하면서, 해당 권력의 은닉된 규율과 의지에 동조하는 새로운 지식담론(메타비
　평)을 형성하게 된다는 것이다. 그리고 이러한 시도는 내재적 접근법이라는 연구방
　법론으로 빈번히 용인되어왔다.
10) 불필요했던 정보가 필요한 정보로 뒤바뀌는 경우도 많았다.

크스-레닌주의였다. 마르크스주의는 현대성(modernity)과 관련
된다.11) 여기의 모더니티(근대성, 현대성)는 상당히 논쟁적인 담
론의 역사를 지니고 있다.

사실상 18세기까지 유럽에서 세계의 창조, 세계 내의 인간의 위
치, 자연과 사회, 그리고 인간의 의무와 운명에 대한 지식으로 통
용된 것은 기독교 교회에 의해 지배되었다. 계몽주의는 인간, 사
회와 자연에 대한 새로운 사고틀을 창조하고, 기독교 정신이 지배
했던 전통적 세계관에 뿌리내리고 있는 기성관념에 도전했다. 지
식인은 세계에 대한 기성관념을 지지하는 주요 집단인 성직자에
도전했는데, 그 핵심 영역은 당시 권위와 정보매체를 독점함으로
써 교회가 유지하고 있던 자연, 인간과 사회에 대한 전통적 견해에
관련되어 있었다. 이 새로운 관념은 예술, 저술, 출판, 회화, 음악,
조각, 건축과 원예 분야 등에서 많은 문화적 혁신을 동반했으며,
그 전환에 영향을 미쳤다. 이 반전통주의의 목적은 당시 우주, 지
구와 인간 사회에 대하여 성서에 기반 한 낡은 관념을 폭로하는
것이었다. 이성이 빛과 같이 전파된다고 이해한 계몽주의의 비판
적 합리성은 사회과학의 출현에서 근본적으로 중요한 역할을 수행
하였다. 계몽주의는 사회의 현대적인 개념을 형성하는 첫 번째 단
계에서, 사회를 인간에 개방되어 있는 실체로 간주하고 그 작동이
원칙적으로 인간의 탐구대상인 것으로 개방했다. 지식인들은 계몽

---

11) 이후 현대성 논의는 필자의 「모더니즘의 결절과 계기-비평과 창작의 지식 권력
    구조의 지식 권력 구조 변동에 관한 상상」(『구보학회 학술대회 발표논문집』, 구보학
    회, 2006. 6) 참조.

주의가 생산해 낸 요소들로부터 인간의 이해 관계를 반영한 사회
관의 구축을 시작할 수 있었다. 인간의 행위가 계몽된 자기 인식을
통해 적절하게 알려질 수만 있다면, 인간은 완벽하게 사회를 통제
할 수 있으리라고 계몽 사상가들은 확신했다. 그러나 계몽주의 지
식은 일관성 있는 사회 모델을 충분히 이끌어내지도 못한 채, 사상
가들이 원래 의도하지 않았던 광범위한 선동가와 정치적 행동주의
자들에게 채택되어 당시의 사회를 최종적 파국으로 이끌만한 사회
비판적 요소를 생산해냈다. 전통사회와 현대사회에 존재한 커다란
간극이 프랑스 혁명에서 처음 모습을 드러냈을 때 많은 사람들은
기독교와 절대주의에 기반 한 전통적 가치를 주저 없이 버리는 행
위가 급진적인 계몽주의의 기획이 산출한 논리적 결과라고 보았
다. 계몽주의는 확실히 평등, (제한된)민주주의와 해방을 고무시
킨 것이다. 크고 강력한 세속적 인텔리겐차가 성직자에 도전한 지
식(담론)이 결국 세계의 지식 구조를 변동 전환시켰던 것이다.[12]

　모더니티의 모태인 계몽주의는 대체적으로 18세기 초에서 말까
지 걸쳐 있는 유럽 지성사의 한 시기를 언급하는 것으로 받아들여
진다. 물론 18세기 칸트의 계몽주의적 슬로건, "감히 알려고 하라"
이전에도 서로 밀접하게 연결되고 중첩된 세 세대[13]에 걸친 사상
이었다. 그래서 모더니티는 매우 길고 복잡한 역사를 지니고 있다.
"각각에 연속하는 시대—르네상스, 계몽주의, 19세기(산업혁명),

---

12) 피터 해밀튼, 「계몽주의와 사회과학의 탄생」, 『현대성과 현대문화(Formations
　　of Modernity)』, 현실문화연구, 2001. 35-109쪽. 요약. 참조.
13) 1세대는 볼테르와 몽테스키외, 2세대는 흄, 루소 등이며, 3세대는 칸트, 스미스
　　등이다.

20세기—는 자신을 역사의 정점으로 표상하여 이해하고, 각각은 스스로에게 '현대'라는 통칭을 주장하여 이 역사의 포획물을 고정시키려 노력했다. 그러나 각 시기마다 이 주장은 환상적인 것으로 드러났다. 각 시대는 현대라는 말이 발전된 삶, 물질적 발전 그리고 지식과 계몽주의에 있어 마지막 단어일 것이라는 환상에 굴복했다. 각 시기마다 '현대'라는 말은 좀더 최신의 어떤 것에 의해 대체되었"[14])고, 19세기 말 경 예술, 문학, 건축, 과학과 철학에서 때로 '모더니즘'이라고 불리운 새로운 아방가르드의 지적이고 미학적인 운동이 일어났다. 그리고 '모더니즘–포스트 모더니즘'의 이행 과정에서 포스트모더니즘조차 사실은 모더니즘의 연장이며, 변형이었다. 모더니즘의 반전통주의는 변화를 원하는 근대의 촉구이다. 1980년대 모더니티, 즉 계몽주의의 기획(enlightenment project)이 실패한 기획이 아니며, 단지 미완의 기획이라고 하버마스가 주장했던 바를 상기한다면, 데카르트와 칸트, 헤겔, 마르크스까지 서구 철학의 근대 기획, 즉 신의 절대성에서 인간을 빼내온 그들의 평등주의적 이데올로기의 전파는 여전히 현재까지 장악하고 있는 것이다.

　　20세기 전반기는 모더니즘이 우위를 차지하고 있었는데, 이 시기의 모더니즘은 과거의 유습을 거부하고 기술적 진보에 대한 성급한 열정에 들떠 세상을 새롭게 창조하려 했던 운동이다. 이것은 러시아 혁명과 병행되어 일어났기 때문에, 아마 러시아 혁명의 문화적 등가

---

14) 스튜어트 홀 외/전효관 외역, 『현대성과 현대문화(Formations of Modernity)』, 현실문화연구, 2001. 30쪽.

물로 볼 수도 있을 것이다. 전통을 거부하는 것, 그것은 혁신과 변화
의 문화를 의미하는 것이다.[15)

위 예문은 1986년 12월에 『가디언(The Guardian)』지가 특집
기획으로 마련한 〈모더니즘과 포스트모더니즘〉에 실렸던 리차드
고트의 「현대 문화의 위기」라는 논문을 인용한 케네스 톰슨의 글
에서 재인용한 것이다. 사회주의 혁명인 러시아 혁명을 모더니즘
으로 파악하고 있다. 즉 계몽주의의 모더니티를 정치적—폭력적
혁명—으로 선동한 철학, 마르크스-레닌주의는 본질적으로 개인
즉 인간(이성)을 발견—계급의 무력화와 이상적인 만인 평등까지
포함하여—하려는 인간 중심주의, 주체주의가 기본적인 생성 토양
이며 번영의 자양분이었던 것이다.

이 점에서 인간의 본질적 자유와 평등의 가치를 실현하고자 하
는 혁명적 심성을 내면에 배양시키는 이론, 즉 마르크스주의와 맞
닿은—북한식으로 변용 창출된— 주체사상은 의외로 인간 내면 심
층의 부족한 부분에 적합한 이론적 환상을 내포 연출할 수 있었다.
북한의 문학담론은 이러한 주체사상의 구축 과정을 구조적으로 보
여 준다. 북한이 초기의 소련 지향에서 벗어나 중국과 문화적 유대
관계를 확대 지속시키면서 유일체제를 안정적으로 유지했다는 사
실 역시 고찰할 수 있으며, 그 내적 토대는 아직도 여전히 '스탈린
의 마르크스-레닌주의'라는 것을 증명하고 있다. 초기에는 소련

---

15) 케네스 톰슨, 「사회적 다원주의와 포스트모더니티」, 『모더니티의 미래』, 현실문화
연구, 2000, 277쪽.

이 사회주의 모국의 위치였으나, 6·25전쟁과 소련 내의 수정주의를 계기로 중국이 심리적 모국으로서의 역할을 담당해 왔다는 것 역시 드러낸다. 이제 그들 자신이 생산했던 문학담론, 그 실증적 과거를 통하여 북한 정치체제 구조의 '거대한 환상(우상, 신화)의 이데올로기'가 지니는 배면을 폭로하려 한다.

2006년 7월 5일 새벽, 북한이 총 14시간에 걸쳐 대포동 2호 미사일을 포함하여 7발의 미사일을 대거 발사하였다. 월드컵의 열기가 전 세계를 달구었고 미국은 독립기념일을 자축하였으며 한국의 상공에선 민간 여객기들이 날아다니고 있을 무렵이었다. 과연 '도발'인가에 관한 논란이 6자 회담의 틀을 흔들고, 해당국들의 긴밀한 공조 관계에 균열을 발생시키고 있다. 현재 우리는 외부 우방국들의 호응은 물론 국가 내부 구성원들의 신뢰 역시 상당 부분 상실한 상태이다. 그럼에도 '전쟁을 향한 능력의 과시'라는 북한의 움직임을 주시하지 않을 수 없다. 탈북한 새터민들은 북한의 제 1 경제(민간경제)는 궁핍함이 극에 달하지만 군수산업 등의 제 2 경제는 현재 불야성이라 증언하고 있다. 물론 전쟁의 위기감은 시각에 따라 안보에 위협이 되지 않는다고 판단할 수도 있다. 그러나 극단적인 반미 감정, 일본에 대한 도전적 반감, 중국의 동북공정에 대한 침묵 등 현실적으로 야기되는 심리적 문화 지형은 북한의 문학(문화)담론으로 형성되어온 '인민의 내면 구성'의 구조와 '실천적 동일시'의 혐의를 벗기 어렵다.

사회민주주의 체제가 아니라 자유민주주의 체제에 사는 지식인일수록 은폐되고 왜곡되는 단기적 권력 정보나 장기적인 권력의 문화 규율에 비판적으로 대처하며 진실을 알릴 수밖에 없다. 이것은 해당 체제를 유지시키는 근본적 가치이기 때문이다. 이 책의 비판적 문제 제기는 대한민국의 체제를 유지해야 한다는 기본 관점 위에 사회적 성찰의 계기가 촉발되어야 한다는 인식에서 비롯된 것이다. 이제 남한에서 '이데올로기'의 역할과 지위는 재조정되어야 하고 그동안 야기되었던 균열의 틈은 현대성의 재개념화로서 봉합되어야 할 것이다.

이 책은 한국 보수 진영의 시각에 논리적 근거를 제공하려는 의도는 없다. 남한 사회에서 보수는 부정적으로 각인되어왔던 사유 정체 집단의 의미가 크다. 정치적 보수와 진보는 개념적 정의가 역사적으로 중층적이며 복합적이기에 이분법적 색깔논쟁으로 치부해 버릴 만큼 가벼운 문제가 아니다. 극좌, 극우, 중도 노선의 합리적 좌파, 개혁적 우파 외에도 그 스펙트럼의 층위와 편차는 매우 다양할 수 있다. 따라서 필자의 시각은 기존의 좌/우, 진보/보수 범주를 벗어나 이성적 판단을 획득하기 위한 문제제기이다.

지금 한국 사회는 해방기 못지않게 이념적으로 대립되어 갈등이 첨예하다. 혼란과 긴장이 연속되면서 대한민국의 방향은 어디로 갈지 모른 채 방황하고 있다. 이데올로기는 가장 두렵지만 이데올로기가 가장 필요하다. 해방기 문학을 전공하고 북한 문제를 연구했던 필자는 대중들이 현실을 직시하고, 보다 건설적인 방향으로 지식인들이 합심하여 자유민주주의 정치체제를 유지시키기를 바랄 뿐이다. 통일을 바라보는 시각이, 민족을 바라보는 시각이 보다 객관적이고 균형적인 안목을 구비해야 남북한 문제에 대한 올바른 진단과 평가가 나올 수 있다는 생각에서 그동안 가치중립적 방식을 추구하여 정치와 문학의 관계를 분석하는 데 주력했다. 실제 텍스트의 고증에 바탕 한 역사적 실증주의가 실용적 개선점과 바람직한 대안을 확보할 수 있으리라는 기대에서, 지금까지 구체적으로 연구된 바 없었던 북한의 정치체제 형성기를 심층적으로 구명하였다. 그러므로 이 책은 지금까지의 내재적 접근법과 다르게, 북한 문제를 또 다른 시각으로 바라보게 하는 유용한 성과일 뿐이다.

제2장
해방기 북한 정치체제와 문학의 내면 지형

1. 북한 정치체제의 형성 과정

　해방 직후 북한 내 정권기관의 변모과정을 보면, 1945년 8월 15
일부터 말까지 소련군 진주이전의 기간에 있었던 건국준비위원회
를 뒤이어 소련군 진주 이후의 인민정치위원회, 5도 인민위원회
대표자 대회 이후 1945년 10월 8일부터 인민위원회, 1946년 2월
9일 이후의 북조선임시위원회, 1946년 말 지방인민위원회의 선거
를 실시하여 1947년 2월부터는 북조선 인민위원회가 탄생하면서
합법화 과정을 거쳤다. 임시인민위원회는 일제의 잔재를 청산하고
봉건적인 생산관계의 유물들을 없애며 노동자와 농민을 비롯한 사
회 각계각층의 민주주의적 요구를 실현하는 개혁에 중점을 두었는
데, 1946년 초의 토지개혁, 6월 노동법령, 7월 남녀평등권 법령,
8월 중요산업의 국유화 등의 민주개혁이 그것이다. 민주개혁은 진
보적 민주주의인 반제반봉건민주주의혁명(인민민주주의) 과업을
그 내용으로 하고 있다. 이에 비해 북조선 인민위원회는 이미 이룩
된 성과들을 바탕으로 사회주의적 개혁을 점진적으로 추진해 나가

는 과업을 수행하였다. 이를 위해 1947년부터 계획경제체제를 이루어 사회·경제·문화 등 모든 분야에서 사회주의적인 요소를 확대시켜 나가는 변혁운동을 전개하였다.

이 중간과정에 1946년 8월 28일, 북조선공산당이 신민당과 합동하여 북조선노동당으로 결성되었다.[16] 처음 서울 중심의 정치체제를 감안하여 분국형태로 출발하였던 조선공산당 북조선 분국은 대중정당으로 성격 변화를 통하여 당시의 반제반봉건민주주의혁명(인민민주주의혁명)이라는 혁명 과제를 수행하기 위하여 진보적인 혁명 역량을 보다 확대, 강화하였다.

본래 혁명 과정을 본다면 공산당이 먼저 조직되고 당을 중심으로 한 정치활동에 의해서 인민위원회와 같은 정권형태가 구성되기 마련인데 해방 후 북한에서는 당이 조직되기 전에 정권기관이 먼저 출현하였다. 이는 해방 전에 우리나라에 공산당 조직이 존재하지 않았다 하더라도 만주 국경지대에서의 항일투쟁과 그 밖에 사회주의적인 영향을 크게 받았다는 것과, 소련군의 대일 참전으로 인한 북한진주라는 여건 하에서 일제 통치기구를 청산하는 과정에서 자연발생적으로 조직된 것이다. 그러므로 당 조직보다 앞서 형성될 수밖에 없었다.[17]

---

16) 1946년 2월부터 7월까지 김일성은 북조선공산당과 신민당을 통합시키기 위해 끊임없이 노력했다. 그리하여 같은 해 7월 29일 신민당 위원장 김두봉이 김일성에게 제청하는 형식으로 양당 합당을 위한 연석중앙확대위원회가 열려 합당을 결정하고 8월 28일에 북조선노동당 창립대회를 개최하였다.–김용복, 「해방 직후 북한 인민위원회의 조직과 활동」, 『해방전후사의 인식5』, 한길사, 1989. 198쪽.

17) 김남식, 「해방 전후 북한 현대사의 재인식」, 『해방전후사의 인식5』, 한길사, 1989. 22쪽.

　1948년 9월 9일, 북한은 인민위원회를 기반으로 하는 조선민주주의인민공화국을 출범시켰다. 인민공화제는 권력 구조의 형식면에서 소비에트공화제를 수용하였다. 따라서 북조선노동당이 권력의 지도핵심이 되고, 인민위원회가 주권기관으로서 중앙을 비롯한 각 지방들에 조직된 당 우위의 정치 권력 체제가 드디어 형성된 것이다.

　1945년 8월 민족의 해방이 이루어지고 1950년 한국전쟁이 나기 전까지 이북과 이남에서는 국가를 세우고 그 체제를 정비, 강화하였다. 특히 해방 이후부터 1948년 8월 9월 남북한이 각기 단독정부 수립을 발표하기까지의 시기는 극심한 변동기라는 특수한 상황 속에서 정치체제의 유동성이 가장 심하였다. 이념과 입장을 달리하는 정치세력들이 사회의 각 분야에서 날카롭게 대립했고, 문학단체들도 예외는 아니었다. 대립과 반목이 심하였던 남한에 비해 북한은 새 제도를 성립시키는 데 있어 비교적 혼란을 덜 겪은 편이었다. 정치이념이나 노선상의 갈등이 크지 않았던 것이다. 위와 같은 결과의 이면에는 문학 등을 체제 선전적 미디어로서 적극적으로 활용한 북한 측과 문학 등을 커뮤니케이션의 수단으로서 적극 활용하지는 못했던 남한 측 정치체제간의 대조적 모습에서 기인한 근본적 원인이 존재한다.[18]

　승전국으로서 한반도를 분할하였던 미소는 미 24군과 소 25군

---

[18] 이외에도 북한이 남한에 비해 농촌사회의 계급분화와 토지 소유의 집중화가 약해서 토지개혁이 성공적으로 수행되었다는 것과 1946년 봄 이후 북한에서 상층계급들이 대거 남하하여 체제 반대세력이 약화되었다는 등의 사회적 요인도 있다.

을 앞세워 자신들의 정치체제에 따라 정치권력을 형성시키고 갖가
지 제도의 방향을 규정하였다. 1946년 2월 21일 김일성을 위원장
으로 조직된 북한의 임시인민위원회는 토지개혁을 통하여 당 정책
의 정당성을 완전히 확립시켰다. 토지개혁을 총괄하며 김일성은
북조선 공산당만이 인민의 이익의 진정한 대표자임을 알렸다.[19]
반면, 남한에서는 1948년 나라의 국체를 민주공화제도로 규정하
기 전까지 신탁통치의 문제를 놓고 찬탁이냐, 반탁이냐 문제로 갈
리어져 좌우익의 갈등이 첨예화되었다.

하지 미 제24군 사령관은 처음에는 미군정의 정책을 발표하는
자리에서 '조선에는 문자 그대로의 절대적 언론자유가 있는 것이
다. 미군은 조선 사람들의 사상과 의사발표에 간섭도 안하고 방해
도 안 할 것이며 출판에 대하여 검열 같은 것을 하려 하지도 않는
다'고 한 바 있다. 이어 미군정 법령 19호 5조에 '신문 기타 출판물
의 등기'를 규정하여 일제하의 허가제를 폐지하고 누구든지 자유
롭게 출판물을 낼 수 있게 하였다. 그러나 좌익계 잡지와 신문의
급성장세로 인해 부작용이 심각해지자 미군정은 1946년 5월 29일
정기간행물에 관한 법령 제 88호를 공표하여 다시 허가제로 전환
하였다.

이와 같은 정책의 전환에는 좌우익 신문들 사이의 극심한 사상
투쟁과 테러의 빈발 및 선전 선동, 좌익신문들의 미군정에 대한

---

19) 김일성, 「토지개혁의 총결과 금후 과업」(북조선공산당 중앙조직위원회 제 6차 확
대집행위원회에서 한 보고), 1946. 4. 10.–신형기·오성호, 『북한문학사』, 평민
사, 2000. 70쪽에서 재인용.

비방과 파괴행동(예를 들어 정판사 위폐사건 등), 미국의 대한반
도정책의 변화에 따른 공산주의 세력의 견제 필요성 등이 배경으
로 작용하였던 바 이로 인해 정기간행물의 자유는 사실상 중단된
것이다.[20] 즉 일련의 좌익에 대한 탄압과 미디어 규제는 북한에
진주한 소련군과 남한의 좌익이 결탁하고 선전 선동 행위를 일삼
고 있다고 본 미군정의 정세 판단이 주요 동인으로 작용하였기 때
문이었다.[21]

　　남한 지역에서 미군정이 추구하는 자유민주주의 체제가 확고히
자리 잡지 못하였던 정치적 변동기라는 현실을 이용하여 북한은
남한의 정치체제를 사회주의 체제로 귀속시키려는 전략적 시도를
꾸준히 감행하였다. 이러한 내용은 당시의 자료들을 통해서 확인
할 수 있다. 한설야는 "북조선 예술운동만의 유일전선을 주장하는
독선적 태도를 엄계", "분파적 방향"이 아니라 운동의 "통일성, 전
체성"을 추구해야 하며, "북부조선은 금후의 조선민주주의문화에
있어서 전형적 환경인 동시 조선민주문화의 전형적 성격의 중심적
대표적 주동적 발전지"라 주장한 바 있다.[22]

---

20) 황성모 편저, 『분단사회의 평가적 인식−시민의 사회·인민의 사회』, 한국정신문
　　화연구원, 1987. 207쪽. 요약.
21) 한국에 5년간 신탁통치를 부과한다는 모스크바 삼상회의의 결정이 알려진 이후
　　남한에서는 좌우익을 막론하고 극심한 반대를 했었다. 그러나 며칠 후 좌익계는 반
　　탁으로 방향을 급선회한다. 이는 남한조선공산당의 정치국원 강진의 서울주재 소
　　련부영사인 샤프신과의 장시간 회담, 박헌영의 평양 밀입북과 급귀환 직후 열린 중
　　앙위원회 확대회의가 원인이었다고 대체적으로 해석한다. 미군정측 자료에 의하면
　　가능한 수단을 총동원해 모스크바협정을 지지하라는 조선공산당 북조선분국 책임
　　비서 명의로 된 지시문이 산하의 모든 지부조직에 하달되었다고 한다.−이정식·스
　　칼라피노/한홍구 역, 『한국공산주의운동사2』, 돌베개, 1986. 358쪽.

8·15 이후 도처에서 인민대중의 창발적 자유의지에 기초하여 새로운 인민주권형식인 인민위원회가 산생되었고 노동인민을 비롯하여 각 계층의 민주역량을 대표하는 민주주의 정당 사회단체가 조직되었다. 특히 소련 군대가 진주하여 있는 북조선에 있어서는 강력하고 광범한 민주주의 민족통일전선의 기초 위에 북조선 임시인민위원회의 창설을 보게 되고 조선 민족의 위대한 영도자인 김일성 장군의 지도하에 일제 잔여와 봉건적 잔여를 숙청하고 민주주의적 발전을 보장하는 세기적인 민주주의 제개혁을 승리적으로 수행하고 있으며 <u>동시에 남조선에 있어서도 민주주의 역량은 반동의 역류와 맞부딪치면 영웅적인 투쟁을 전개하여 북조선과 같이 인민주권을 확립하고 민주주의 제 개혁을 실시하기 위하여 대중적으로 궐기하고 있다.</u> <u>이같이 남북조선의 공고한 민주진영은 조선의 완전독립과 민주주의 공화국 건립을 보장하는 결정적 역량이 되고 있다.</u> 그러나 8·15 해방이 가져온 이같은 민주주의 조선건설의 역사적 임무는 정치 경제 뿐만 아니라 문화에 있어서의 그 전면적 앙양과 그 질적 변혁이 있어야 비로소 달성할 수 있는 것이다.[23](밑줄;인용자)

위 윤세평의 글에서도 알 수 있듯이 북한 권력기관은 남북한을 사회주의 체제 통일국가로 만들 전략을 가지고 있었다. 즉 북한만의 안정적 사회주의 체제 구축뿐만 아니라 남한의 사회주의 종속화를 실현시키기 위한 작업도 병행하였던 것이다. 이를 실현시키기 위한 도구로서 문학은 일정 부분 그 역할을 담당하였다. 목표는

---

22) 한설야, 「예술운동의 본질적 발전과 방향에 대하여」(『해방기념평론집』, 1946. 8), 『현대문학비평자료집』, 태학사, 1993. 21-26쪽. 요약.

23) 윤세평, 「신조선민족문화소론」(민주조선출판사, 1947), 『현대문학비평자료집』, 태학사, 1993. 209-210쪽.

'독립 통일된 조선의 사회주의 체제'였다. 당시 문학의 북한 정치체제 종속화는 두 방향에서 이루어졌다. 첫째, 소군정하 북한지역을 대상으로 인민과의 갈등을 해소하기 위한 선전 선동의 기능을 가진 문학의 정치적 종속화이다. 이는 '적극적 관제문학'이라 할 수 있다. 둘째, 미군정하 남한 지역을 대상으로 조선공산당과 그 외곽단체인 조선문학가동맹을 통하여, 정치 권력과 시민과의 갈등을 매개·증폭시켜 북한 사회주의 정치체제로의 복속을 기도하려 한 문학의 정치적 종속화 경향이다. 이는 '소극적 관제문학'이라 할 수 있다.[24] 모든 당시의 좌익 문학운동의 성립과 활동은 사회주의 체제를 지향하는 정치적 영향권 하에 있었다는 말이다. 당시의 다른 비평들에서도 북한 정치체제와의 밀착된 연동성을 실증적으로 엿볼 수 있다.

① 그들의 이데올로기가 맑시즘이 가지는 학문적 우위성, 다시 말하면 인류 문화의 최고 표식인 맑시즘으로 무장되었다는 것과 따라서 프롤레타리아트만이 가장 비판적이요 혁명적인 계급인 때문이다.
　이것은 8월 15일 이후 모든 혁명적 기운에 따라 정치적 노선이 여러 가지로 나왔으나 <u>가장 정당한 정치노선을 일반 민중에 제시한 것은 조선 공산당뿐</u>이며 심지어는 민족반역자 처단 문제까지도 조선공산당이 비로소 발언했다는 사실로 보더라도 조선에 있어 혁명적 주력이 프롤레타리아트에게 있는 것은 명확한 역사적 사실인 것이다.[25] (밑줄;인용자)

---

24) 적극적 관제문학과 소극적 관제문학의 동향에 관해서는 필자의 「해방기 북한 정치체제와 문학」(『한국언어문화』, 한국언어문화학회, 2003. 6) 참조.
25) 이원조, 「조선문학의 당면과제」, 『중앙신문』, 1945. 11. 6-12.

② 어떠한 예술영역을 물론하고 현하의 정치노선—즉 완전독립을 위한 전 민족의 통일전선—에 있어서 그 조직화의 충분한 가능성이 내재하고 있음은 부인할 수 없다. 이 가능성을 최대한으로 조장하고 이 점에 입각하여 전 예술가에게 일정한 정치적 훈련을 시행하는 것은 대단히 중요한 일이다. 이러한 사업을 조직적으로 또는 조직적 체계에 있어서 전개하기 위하여 「연맹」은 당의 테제에 입각한 제종의 활동 방침을 구명해야 할 것이며 예술 전 영역에 관한 맑스·레닌주의적 지도이론을 확립하여야 할 것이다.[26](밑줄;인용자)

③ 그러므로 우리들 앞에는 의연히 노동자·농민의 해방을 위한 치열한 투쟁이 남아 있다는 것을 알아야 할 것이며, 또 예술전선을 담당한 우리는 진정한 프롤레타리아예술의 확립과 일체 반동적 예술의 철저한 배격을 위하여 용감히 투쟁해야 할 의무를 가졌다…(중략)… 우리는 과거에 있어서도 그러하였지만 어느 시기에든지 정치를 무시한 예술운동을 주장하지 않는다. 도리어 예술활동의 정치성을 어느 예술가들보다도 강렬히 주장해 온 것이 우리들이 아니었던가. 그러므로 현단계의 정치노선을 가장 정확히 파악하고 가장 정당한 활동을 전개할 집단이 우리들 조직 이외에 또 다시 없다는 것을 여기에서 서슴지 않고 단언한다…(중략)… 우리는 현단계의 가장 정당한 당의 정치노선을 누구보다도 인식하고 예술분야에 있어서 가장 새로운 예술활동을 감행하기 위하여 당면한 활동방침과 행동강령을 제정하게 되었다.[27](밑줄;인용자)

---

26) 한효, 「예술운동의 전망─당면과제와 기본방침」(『예술운동』창간호, 1945. 12), 『해방공간의 비평문학』, 태학사, 1991. 83쪽.
27) 윤기정, 「예술운동의 신전개」(『예술운동』, 1945. 12), 『해방공간의 비평문학』, 태학사, 1991. 91-92쪽.

위 예문 ①은 문건에 있던 이원조의 글이며, 예문 ②와 ③은 프로문맹의 한효와 윤기정의 글이다. 이들을 보면, 두 문학단체가 모두 조선공산당의 지시를 받고 있는 단체라는 것이 명확히 드러난다. 문학과 정치의 연동성에 입각한 정치노선의 조직화를 모색하고 있었다는 것이 판명되었다. 또한 마르크스–레닌주의에 바탕 한 문학의 정치적 행동을 언급한 부분을 보면, 소련과 북한의 지시를 받고 있던 조선공산당이 문학을 통하여 남한의 사회주의 체제화를 기도하는 전략을 수행하고 있었음을 분명하게 파악할 수 있다.

이처럼 미군정의 초기 자유로운 미디어 정책으로 인해 좌익의 이념이 극성했고, 이로 인해 체제와 개인, 체제와 단체 등의 커뮤니케이션에 극심한 혼란을 야기되었다. 그래서 미디어의 중요성을 다시 인식한 미군정의 정책적 전환이 있기까지 남한은 정치적 과도기의 과정을 겪을 수밖에 없었다. 이에 비해 북한은 일관된 미디어 정책, 즉 선동선전성에 입각하여 문학을 포함한 모든 미디어 매체를 당 아래 통제, 집중 관리함으로써 새 제도를 성립시키는 데 있어 비교적 수월할 수 있었다. 북한은 정책적으로 미디어를 통한 심리 전략을 구사하여 체제 확립에 성공한 반면, 남한은 미디어를 통한 심리적 전략 부재로 인해 사회적 부작용이 더욱 커지고 정치적 이념의 혼란이 가중되었던 것이다.

현대 사회에서 심리 전략[28]은 국가 정책수행의 필수적인 한 도

---

28) 심리전이라는 군사적 용어에서 파생된 이 용어는 세계 대전 후 냉전 시기에 접어들면서 성격을 달리하여 psychological operations라는 보다 현대적 형태의 개념으로 정의 내려지고 있다.

구로서 어느 나라를 막론하고 국가사회의 정책목표와 결부되어 수
행되어 왔다. 국민 개개인과 지도자 간에 대면하여 대화로 갈등을
해결할 수 있는 대인커뮤니케이션은 대개 불가능할 수밖에 없기
때문에 '정치적 선전 기술자'29)를 통하여 체제의 정책을 진행시키
게 된다. 선전가들은 기교를 발휘하여 대중의 의견과 정책 간에
소통을 원활히 하는 데 기여한다. 현대 국제 사회에 있어 각 나라
들의 국가 정책실현은 심리적 선전에 절대적으로 의존하고 있으며
그 역할은 정치체제의 성패를 좌우할 만큼 중요한 위치를 차지하
고 있다. 심리적 선전은 대중들이 "추종할 수 있는 갖가지 이데올
로기를 제공하고 전달 인식시킴으로써 인간의 기본욕구를 승화
(sublimation)시켜 사회와 국가와 인류를 위하여 봉사하도록 할
수 있으며 대내적인 여러 가지 의견과 감정의 대립을 완화 및 감소
시킬 수 있다. 하나의 이데올로기로 묶어 놓음으로써 애국심, 단
결심, 협조심, 충성심, 박애정신을 발휘하도록 할 수 있는 것"30)
이다. 해방기 북한의 권력기관은 '선전'을 보다 효율적으로 활용하
는 체제 구축 방법론을 마르크스-레닌주의의 영향으로 이미 체득
했었다.31)

---

29) 러너는 심리적 전문가가 갖추어야 할 요건을 여섯 가지로 드는데, 첫째 수용자의
　　사회적 기반에 대한 정확한 이해, 둘째 수용자 가운데 진전되고 있는 동향의 정확
　　한 파악력, 셋째 커뮤니케이션 과정에 관한 체계적 인식, 넷째 의견 형성의 심리적
　　문화적 형성에 관한 체계적 인식, 다섯째 정치적 감각, 여섯째 뛰어난 표현력이다.
　　Daniel Lerner, *Sykewar : Psychological Warfare Against Germany,*
　　D-Day to VE-Day, G. W. Stewart Pub., 1949. pp.88-91.
30) 김기도, 『정치선전과 심리전략』, 나남, 1989. 140쪽.
31) 선전·선동 중 정권과 특히 밀착된 관계를 가진 예로 볼셰비키형 선전을 들 수 있
　　다. 당중앙위원회에 의해 행해지는 이 선전은 정치적 폭로와 슬로건 그리고 선전과

2. 체제 선전매체 문학과 미디어 기능

일제 식민체제를 벗어나던 해방기는 극도의 정치적 혼란이 겹쳐
국가와 시민, 국가와 인민, 국가와 시민단체 혹은 개인 간의 갈등
이 극에 달했던 시기였다. 그러나 어느 시대 어느 사회를 막론하고
갈등은 존재하기 마련이며 사회 속에서의 갈등이란 지극히 기본적
인 사회변동과정의 일부일 뿐이다. 정치 커뮤니케이션에서는 이
갈등을 매우 중시하여 이론화하였다. 갈등이론(conflict theory)
의 계보를 살펴보면 홉즈의 '만인의 만인에 대한 투쟁론'에서 마르
크스의 '역사발전의 동인으로서의 계급투쟁론', 소렐의 '사회체제
의 경직화를 막고 갱신시키는데 기여하는 갈등과 폭력론'에 이르
기까지 내부에 다양한 사상적 편차를 갖고 있다. 현대의 갈등이론
은 주로 게오르그 짐멜의 사회학에서 시작되어 미국의 기능주의
사회학자 루이스 코저와 산업사회에서의 계급갈등을 추적하는 랄
프 다렌도프, '계급갈등의 제도화' 과정에 주목하는 영국의 안쏘니
기든스에 의해 대체적으로 정리되었다고 여겨진다.

이때 갈등관계는 언제나 권력을 획득하거나 사용하고자 하는 시
도와 관련이 있으며, 또한 언제나 그 사회의 진로에 막대한 영향을
끼치는 매우 중요한 문제이다.[32] 해당 사회의 변화에는 필연적이

조직의 결합이라는 세 가지 기본적인 형태로 나눌 수 있는데, 1917년 소비에트 소
수파였던 레닌이 주도한 공산당이 혁명이 성공한 수수께끼 같은 원인은 '혁명적 분
위기'의 '사상적 전도'에 있었다고 한다.-A. Inkeles/이종규 역, 『소련의 여론』,
대학문학사, 1985. 36-41쪽. 요약.
32) 박영상, 「한국사회의 갈등구조와 커뮤니케이션」, 『한국의 사회와 문화』, 한국정
신문화연구원, 1995. 154-155쪽.

며 그 모든 과정은 상호간의 커뮤니케이션을 통해 전개된다. 특히 체제가 불안한 유동적 상황에서는 사회적 통합을 위해 커뮤니케이션의 역할이 중요[33]한데, 정치권력과 시민 사이의 갈등과 관련된 커뮤니케이션[34]의 과정은 대체적으로 미디어[35]를 통해 중재되곤 한다.

커뮤니케이션으로서의 미디어는 사회적 갈등이나 위기가 발생할 경우 사회적 통합자로서 매우 큰 역할을 한다. 고드윈 추는 중국에서 혁명이후 당이 인민들 사이에 존재하는 갈등을 해소시키기 위해 어떻게 다양한 커뮤니케이션 채널을 이용했는가에 관해 상세히 분석한 바 있다.[36] 중국공산당은 매스커뮤니케이션, 대인 커뮤니케이션, 대자보 등을 효과적으로 동원하고 이용하였다. 또한 당과 국가는 커뮤니케이션 수단을 통해 개인의 참여의식을 심어 주

---

33) 혁명과 같이 급박한 상황이거나 진보세력과 보수세력 간의 대결이 팽팽하여 정세의 앞날을 예측하기 힘들 경우, 매스미디어가 어떠한 정치적 입장을 대변하느냐에 따라 사회변화의 방향이 결정되므로 이 과정에서 매스미디어는 근본적인 사회변화를 야기할 만큼 매우 위력적인 것으로 인식된다. 쿠데타가 발생했을 경우 쿠데타의 성공여부는 매스미디어를 장악했느냐에 달려 있다는 점에서 보더라도 매스미디어가 급격한 사회변화의 과정에서 매우 중요한 역할을 해 왔음을 알 수 있다. ─최정호·강현두·오택섭, 『매스미디어와 사회』, 나남, 1990. 43쪽.

34) 커뮤니케이션은 항상 네 가지 요소, 즉 발신자(source), 전달내용(message), 매체(channel), 도달자(destination)로 이루어져 있다. 인간의 역사 자체를 커뮤니케이션으로 보는 시각은 마쓰오카 세이코의 『정보의 역사를 읽는다』(김승일·박관선 역, 넥서스, 1998)를 참조할 것.

35) 미디어를 통해 전달되는 메시지는 긍정적인 영향을 미치기도 하지만 부정적인 결과를 초래할 수도 있다. 미디어가 그 수용자들에게 미치는 영향관계를 고려하여 본 미디어의 효과에 관한 전통적 이론은 자극─반응이론과 마법의 탄환이론, 피하주사형 이론 등이 있다.

36) Godwin C. Chu/채백·이범수 역, 『혁명과 커뮤니케이션 : 중국혁명에 대한 새로운 관점』, 이성과 현실사, 1987. 7장. 참조.

고 긴장의 차원을 손쓸 수 있는 범위에 잡아둠으로써 변화와 갈등
의 시기에도 사회통합을 유지할 수 있었다.

해방기는 유동적 사회 변동 상황이었다. 당시 정치체제와 개인
간의 커뮤니케이션은 정보전달 이상의 의미를 함의한 미디어에 의
해, 갈등의 중재 · 조정 · 타협 · 증폭의 형태로 그 갈등양상이 진행
되었다. 이 미디어에는 신문과 방송, 잡지, 단행본의 출판37) 등이
포함될 수 있는데, 문학작품 대다수가 신문이나 잡지를 통해 발표
되던 해방기 당시를 생각해 볼 때, 문학만 정치적 커뮤니케이션으
로서의 역할에서 배제될 수는 없다고 본다.

특히 북한의 문학에서는 소련의 영향으로 인해 정책적으로 정치
적 심리 전략인 '선전' '선동'이 적극적으로 활용되었다. 선전은 설
득 커뮤니케이션의 일부로서 주로 "정치적 커뮤니케이션이라 할
수 있으며 정보 및 이미지의 의도적인 통제와 조종"38)을 의미한
다. 이 조작성39)으로 인해 일반적으로 선전은 부정적으로 파악되
기도 한다.

선전의 개념을 정의한 여러 학자들 가운데에서도 특히 라스웰은

---

37) 자세한 것은 유재천 편, 『북한의 언론』, 을유문화사, 1989. 참조.
38) 김기도, 위의 책. 20-21쪽.
39) 선전의 특성은 첫째, 어떤 주어진 상황에서 선전자가 바라는 대로 어떤 개인이나
    집단에게 영향을 미치려는 의도에서 행해지며, 둘째, 커뮤니케이션 수단(현대 사회
    에 있어 매스 미디어)을 사용한다는 점이며, 셋째, 사회적인 의의 때문에 개인보다
    는 집단을 대상으로 삼고 있으며, 넷째, 다른 집단의 태도를 형성, 통제 또는 변용
    하려는 데 목적이 있으며, 다섯째, 내용의 사실 여부와 표현 방법의 합리성 여부를
    따지지 않고 대중을 조작하려는 '교묘한 기도'를 하는 것이라고 퀄터(Terence H.
    Qualter)는 말한 바 있다. -장을병, 『정치적 커뮤니케이션론』, 태양사, 1984.
    152-154쪽. 요약. 재인용.

"선전이란 의미 있는 기호(symbols)의 조작을 통해서 대중의 태도를 관리하는 것"[40]이라고 정의했다. 어떤 정치적 및 사회적 가치기준에 따라 생각하고 행동하도록 조정하는 것이 선전이라는 것이다. 이것은 교육과는 다르며, 이 구분에는 암시(suggestion)라는 개념이 작용하게 된다. 둡은 선전이란 "서로 관심을 갖는 여러 사람들이 암시를 사용하여 개인이나 집단의 태도 및 행동을 통제하는 과정"이라고 설명하고, 선전자의 목적이 직접적으로 드러나느냐, 간접적으로 드러나느냐에 따라 암시를 직접적 암시와 간접적 암시로 구분하였다.[41]

대개 해방기 남한의 문학작품들이 정치적으로 간접적 암시의 효과를 이용하였던 것에 비해 북한의 문학작품들은 선전이라는 직접적인 암시를 통해 대중들의 혁명성을 고조시키고 정치화하는 데 주력하였다. 이에 해방기 북한 문학이 적극적인 선전의 형태를 가진 미디어로서 기능한 '직접적 암시'의 관제문학적 성격을 띠고 있다고 보고 구체적인 예를 당시의 문학비평과 작품 내에서 찾아보기로 한다.

---

40) Harold D. Lasswell, *The Theory of Political Propaganda*, American Political Science Review21, 1927. p.627.

41) L. W. Doob, Propaganda, *Its Psychology and Technique*, Henry holt, 1935. p.80.

3. 민주개혁의 문학적 형상화

3-1. 문학과 정치의 연동성

북한은 1946년 초부터 민주개혁이라는 이름하에 여러 가지 제도들을 개혁하였다. 그러나 여러 가지 제도를 개혁하여도 실제 의식이 개혁되지 않으면 필시 개혁은 실패할 수밖에 없다. 이를 인지한 김일성은 1946년 말경에 이르러 사상 의식의 개혁, 즉 문화혁명이란 과업을 제기하였다. 이데올로기적 투쟁 없이는 토지개혁 이후 이루어진 제반 개혁들이 그 내용을 채워 나가기 어려우므로, '건국사상 총동원 운동'으로 전 인민을 교양하자는 것이다.

이전에 1946년 5월 24일 김일성은 연설을 통하여 해방기 북한의 문화예술[42]에 관한 최초의 지침[43]을 내린 바 있다. 이는 첫째 인민대중 속에 일상적으로 깊이 들어가서 인민의 생활과 투쟁을 구체적으로 세심하게 연구할 것, 둘째 문화인 대열의 사상적 통일과 단결을 강화할 것, 셋째 인민대중을 교양·선전할 순회극단과 강연을 조직하고 대외선전망을 조직하여 대외선전사업을 강화할 것, 넷째 일제 잔재에 반대하여 투쟁할 것, 다섯째 민족문화유산을 계승하는 데 있어 민족적 형식과 민주주의적 내용을 결합시킬 것 등을 제시한다. 셋째 항목을 보면, 당시 북한의 정치체제에서 요구하는 문화예술인들의 역할이 선동적 선전가에 비중 두어져 있

---

42) 북한의 문예이론과 문예정책이 통일된 체계로서 이루어지기 시작한 것은 1946년 3월 25일 북조선예술총연맹이 결성되면서부터이다.
43) 김일성, 「문화인들은 문화전선의 투사로 되여야 한다」, 『김일성저작집2』, 조선로동당출판사, 1979. 231-235쪽.

다는 걸 알 수 있다.

선동(agitation)은 사회 경제 정치적 문제에 대해서 비조직적인 대중의 정서적, 감정적 반응에 호소해서 그들을 행동으로 유도하는 행위이다. 선전이 대중의 이성에 호소하는 것이라면 선동은 대중의 감정에 호소하는 것이다. 선전이 특정 문제를 설명하거나 이데올로기적으로 설득하는 것임에 비해 선동은 대중의 감정을 격발시켜 행동화하는 것을 목적으로 한다. 레닌(V. I. Lenin)에 의하면 선전가는 인쇄된 글(printed word)로써, 그리고 선동가는 살아 있는 말(spoken word)로써 활동한다고 하였다. 그러나 그에 따르면 선전과 선동은 별개의 행위가 아니며 선전에 선동이 뒤따르지 않는다면 그것은 정태적 교육에 머무르고 말기 때문에 선전에는 반드시 동태적인 대중의 반응을 수반되게 하는 선동활동이 있어야 한다고 하여 양자를 상호 보완적인 수단으로 보고 있다.[44]

그래서 "선동가는 자본주의 체제의 모순에서 발생하는 구체적인 문제에서 출발하여, 이러한 극심한 부정에 대한 대중의 불만과 격분을 북돋우기 위해 노력하는 반면, 이 모순을 완벽하게 설명하는 일은 선전가가 떠맡는다. 그래서 선전가는 주로 인쇄된 문자를 이용하여 공작하고 선동가는 생생한 목소리로 공작한다"[45]고 할 때, 적어도 해방기에 있어 작가는 대체적으로 선전가로서 직접적 혹은 간접적 심리 전략을 구사하는 정치체제 이념의 정보 제공자의 역할을 하였다는 것이다.[46] 아래 작품을 보면, 당시의 정황이 추측

---

44) 김기도, 위의 책. 25–26쪽. 요약.

45) J. M. Domenach/박종렬 역, 『정치선전과 정치광고』, 청람, 1987. 41쪽.

가능하다.

> "소설쟁이는 거짓말을 잘꿈인다는데 그렇지도 않는가바" 안경을
> 콧등에건 중에 나먹어보이는 친구가 이를 쑤시면서 말을 건넨다.
> "그건 옛날 이 얘길세 전책쟁이하구 소설쓰는 사람하구는 천양지판
> 이지" 염병을 않았는지머리털이 몹시설픈 친구가 안몫끼운다. "아
> ㅁ 지금 소설에야 어디 햇소리가 있다 옳은것과 그른 것을 딱딱 지
> 적하면서 우리들을 옳은 길로 인도해준단말이야 용하지 용해" 텁석
> 부리가 또 중얼중얼 내려읽기 시작한다.
> "우리를 위해서 호남에도 소설가가 와있다지?"
> "공장에두 여러번왔다는데 난 아직 한번두 만나못보아서"
> "인차 각공장을 쫓아댕기면서 강연을 한다네"
> "그분들하구 친해야 하네 그분들안에서 좋은 가르침을 받으므로
> 서 우리는 더 배우며 생산능률을 늘릴수있을거네"
> "물론이지 로시아 시월혁명에서두 서설의 힘이 퍽 컸다네 또 딱딱
> 한 책보다두 재밋구 알기쉽지 우리두 소설을 읽는 습관을 붙쳐야하
> 네 한글두 배울겸 저기보게 옳는다 쫓았다 라구 저렇게 쓰지 않
> 나"[47]

예문처럼 소설가를 통하여 소설을 허구가 아니라 '진실'한 계몽
으로 보이게 하려는 의도는, 이미 소설의 정의가 남한과 다르게
형성되어가고 있음을 의미한다. 이는 문학이 지닌 역사적 숭고성

---

46) 안막의 「조선문학과 예술의 기본임무」(『문화전선』, 1946. 7)를 보면, 문학예술가
　　가 "조선인민의 사상과 감정과 의지를 민주주의(사회민주주의; 필자주)의 방향으로
　　결합하고 제고하고 조직하는 선전자며 선동자며 조직자로서의 사명"을 다해야 함
　　을 역설하고 있다.
47) 이북명, 「노동일가」, 『조선문학』, 1947. 9. 9–10쪽.

에 기대어 정치적 이데올로기를 주입하겠다는 함의가 드러나는 부분이다. 사실 당시 문학과 정치의 관계가 어느 정도 밀접하고 연동적이었는지 다음에서 보는 안함광48)의 글을 통해서도 미루어 짐작할 수 있다.

> 8·15를 계기로 하여 조선이 일본제국주의 마수로부터 해방된 이래 전인민의 요구에 의하여 진보적 민주주의의 원칙에서 조선의 완전독립을 촉성하려는 정치적 환경에 있어서 또 더욱이 그것을 영도집행하기 위한 인민의 정부 북조선임시인민위원회가 탄생되어 모든 공작을 구체적으로 집행하면서있는 지금에 있어서까지 구태의연하게 정치와 분리된 지점에서 오히려 예술의 고귀성을 표정하려하고 이리하여 예술의 순수만을 고조하려고 드는 경향은 확실히 극악한 반동이 아닐 수 없는 일이다...(중략)... 사회적 내지 정치적 가치를 갖지 않은 예술적 가치란 것이 따로히 있는 것이 아니며 그와 동시에 정치적 가치란 것도 그것이 예술성을 대동하지못한 채로 공식적으로 노출되어서 있다고 하면 예술적으로는 무력하달 수 밖에는 없는 일이어서 이 양자는 유기적으로 통일 종합되어져 있지 않아서는 아니될 것이다...(중략)...오늘의 정치의 구체적 성질에서 볼 때 우리의 문학은 오늘의 정치사업을 위한 유력한 무기가 아니어서는 아니될 것이나 이러한 정치적 의의를 체현하는 데에서만 자기의 존재 의의를 주창할 수 있는 것이다. 조선에 있어서의 문화통일전선의 중추세력으로서 북조선예술총연맹이 결성되어졌다는 것은 결코 우연한 사실이 아니다. 전자가 정치적 사실이라는 것은 두말할 것도 없으나 후자 역시 그것은 문화적 사실인 동시에 정치적 사실이라는 것

---

48) 안함광은 북조선예술총연맹에서 1946년 10월에 개칭된 북조선문학예술총동맹의 7개 산하단체 중 문학동맹의 위원장을 맡았다.

을 알려야 할 것이다.[49]

이 글이 발표된 시기 무렵인 1946년 2월부터 7월까지 김일성은 북조선공산당과 신민당을 통합시키기 위해 끊임없이 노력하던 중이었고, 김일성의 추진 사항을 돕기 위해 문학인들까지 정치적 의의에 바탕 한 무기의 역할을 자임하였다는 사실은 당시의 문학의 임무가 무엇이었는가를 실감케 해 주는 것이다.

이후 김일성은 보다 고양된 의식 개혁적 성과를 거두기 위해 '건국사상 총동원 운동'을 추진하며 낡은 문학적 잔재를 청산하고 '혁명적 대중노선'[50]에 입각한 문학의 역할을 더욱 강조하게 된다.[51] 모자사건, 응향사건, 관서시인집 문제 등을 통해서 당시 북한 문학의 정치체제 종속화 현상을 구체적으로 파악할 수 있다. 이 때부터 북한 정치권력기관은 북조선문학예술총동맹 산하 문학동맹의 기관지인 『조선문학』을 창간하여, 작가의 현장 파견과 창작계획표를 작성하여 문학활동을 더욱 조직화, 체제 구축에 매진한다.

1946년과 1947, 8년에 발표된 북한 문학평론들을 비교하여 살

---

49) 안함광, 「예술과 정치」(『문화전선』, 1946. 7.), 『현대문학비평자료집1』, 태학사, 1993. 51–58쪽.

50) '혁명적 대중노선'이란 당과 김일성을 정점으로 하는 사회주의적 조직화 및 체제 부식을 위한 물적 토대를 마련하기 위해 인민의 혁명적 열의를 진작시킴으로써 새 체제와 제도를 공고히 하려는 이른 바 '민주개혁'의 노선을 말한다. ─신형기, 「효용 기준의 정책적 제도화」, 『해방기소설연구』, 태학사, 1992. 208쪽.

51) 1947년 초부터 북한 문학은 '고상한 리얼리즘'이라는 창작방법을 주장하는데 이는 사회주의 리얼리즘에 가깝다고 할 수 있는, 긍정적 주인공에 바탕 한 혁명적 낭만주의이다. 1947년 3월 28일에 열렸던 북조선 노동당 중앙위원회 상무위원회 제 29차 회의에서 결정된 것으로 이후 북한 문학에 지대한 영향을 끼치며 문학을 규정하는 틀로서 기능하게 된다.

펴보면, 당시 북한의 권력기관이 정치체제의 안정된 구축을 위해
전 매체를 동원하고 있으며 이러한 경향이 문단에 어느 정도 점진
적으로 강하게 요구되었는지를 알 수 있다.

① 현하 민족문화의 수립문제는 민주정권수립문제 민주적 경제건설
문제와 함께 신조선 건설의 가장 핵심적인 과제의 하나로...(중
략)... 정치노선은 이미 대중적으로 정확히 파악되고 있으나 문화노
선에 한하여는 아직도 혼란과 편향을 면하지 못하고 있는 것이 사실
이다.52)

② 이제 우리는 1947년도 인민경제 발전에 관한 예정 수자의 달성
을 전체 인민의 중심 과업으로 내세움으로써 정치적 기초만 확립한
것이 아니라 인민경제의 계획을 수립하였다...(중략)... 지금 전체
인민들은 1947년도의 예정으로 된 인민 경제 발전의 예정 수자를
넘쳐 완수하기 위하여 총역량을 집중하고 있다...(중략)... 제민주
개혁의 성과가 민주주의 문화 건설의 가능한 조건과 토대를 창설하
여 주었다면 인민 경제 발전에 관한 계획 실시는 곧 민주주의 문화
의 발전과 향상을 보장하는 조건과 토대를 지어준 것이다. 산업 운
수의 부흥과 농촌 경리의 발전은 다름 아닌 인민 문화 발전의 추동
력이며 그 골간인 것이다...(중략)... 북조선의 과학자 문학자 예술
가들은 이미 조선 인민의 역사적인 민주 과제를 자기 과제로 하여
조선 인민에게 복무하는 인민의 과학자 문학자 예술가가 되었다. 그
들은 조선의 민주주의적 발전과 완전 자주 독립을 방해하는 모든 문
화적 반동과 무자비한 투쟁을 전개하고 있을 뿐만 아니라 조국의 완

---

52) 윤세평, 「신민족문화 수립을 위하여」,(『문화전선』, 1946. 11.), 『현대문학비평자
료집1』, 태학사, 1993. 126쪽.

전 독립을 보장하며 민주주의 민족 문화 발전을 추진하는 인민 경제 계획의 승리적 완수에 총궐기하였다.[53)]

윤세평의 민족문화에 대한 신념이 드러나 있는 1946년과 1947년의 글이다. 윗 글 ①에서는 문화 노선에 관해 모호한 태도를 견지하고 있으나 아래의 예문 ②는 확고한 정치적 신념이 가득 차 있는 글이다. 이처럼 해방기 북한에서 문학과 정치는 체제 수립 진전 상황에 같이 연동되어 반응하며, 당시 대중적 영향력이 가장 강력한 지식인의 집결체인 문학인들의 전폭적 지지와 성원으로 인해 문학은 무리 없이 정치적 권력기관의 선전적 미디어로서의 임무를 수행할 수 있었던 것이다.

3-2. 인물 구조와 묘사의 정치성

북한에서 주요 창작 통로였던 『조선문학』은 현지동원작가수기란에서 작가들의 노동 현장, 즉 제사공장 혹은 탄광 등을 체험한 수필을 싣고 있으며 이를 창작 활동과 다시 관련시키기까지 하였다. 해방기 북한 문학은 시·소설 할 것 없이 작가의 현지 파견과 취재를 필수적으로 요구하였던 것이다.[54)] 북조선문학예술총동맹

---

53) 윤세평, 「신조선문화의 성격과 그 기반 — 인민경제계획 실시와 문화문제」(『문화전선』, 1947. 8.), 『현대문학비평자료집1』, 태학사, 1993. 235—237쪽.

54) 1947년 신년사에서 김일성은 사상 개혁 운동과 고상한 문학에 대해 연설하면서 "민주개혁의 성과를 정확하게 반영하여 앞으로 추진시키는 사상적·정치적·예술적으로 고상한 작품을 생산"할 것을 촉구하였다. 이에 영향을 받아 1월 15일부터 18일까지 북조선문학예술총동맹 제1차 확대상임위원회가 진행되었다. 작가들의 현지 파견과 취재는 이로부터 시작된 것이라고 할 수 있다.

은 현지파견계획표까지 작성하여 공장이나 탄광, 농어촌 그리고 인민부대 등에도 파견하였는데, 8·15 직후부터 이북명·송영 등이 흥남공업지대, 김사량이 황해제철소, 황건 등이 아오지 탄광에서의 체험을 문학적으로 형상화하였다. 이 시기의 북한 소설들은 실제 생활 속에서가 아니면 형상화할 수 없는 노동 현장에서의 구체적인 증산계획과 노력경쟁 등이 세밀하게 묘사되어 있다. 당시 북한 사회에서 요구하는 '고상한 품성'을 가진 애국적 전형을 실제 현장에서 취재하였던 것이다. "대중들을 새로운 사상과 세계로 안내하고 교양하는 역할이 요구되는 시기"55)이기에 문학작품 내에서 인물들의 영웅적인 투쟁과 승리를 그려 보임으로써 "현실의 객관성에 기초하지 않은 주관적 지향에 기울어진 혁명적 낭만주의 경향"56)으로 나아가는 것이다.

위에서 고찰한 대로 선동적 선전가인 작가가 국가—정치체제와 시민, 인민의 갈등을 '해소'하고 교육하려는 목적으로 형상화한 예는 대부분의 북한 문학작품이 해당된다. 이는 직접적 혹은 간접적으로 정치성을 표현하면서 문학성을 중시57)하고자 했던 남한 좌익계 작품의 동향과는 구별되는 것이다. 그만큼 해방기 북한 문학작품 내에서 정치적 색채를 드러내는 것은 가히 무차별적이다. 이

---

55) 김재용, 『북한문학의 역사적 이해』, 문학과지성사, 1994. 103쪽.
56) 김재용, 위의 책. 101쪽.
57) 김남천은 남한에서 인민항쟁의 작품화를 요구하며 '특정한 역사적 시대의 진행과 발전 위에서 발생하는 혁명, 동란, 봉기, 항쟁, 대중운동, 대중투쟁 등을 어떻게 보며 어떻게 규정하느냐 하는, 역사적 관점과 정치적 견해의 문제가 예술적, 미학적 문제에까지 깊은 연관성을 지니고 있다'고 하였다. —「대중투쟁과 창조적 실천의 문제」, 『문학』3호, 1947. 4.

것을 대략, 인물 구조에서 나타나는 정치성과 묘사에서 나타나는 정치성으로 나누어 고찰해 보도록 하겠다.

먼저 인물 구조의 정치적 선전성을 살펴보겠다. 일제 식민치하에서 창작된 다수 프로계열의 작품들은 주인공으로 철저히 패배적인 유형, 패배의식을 적극적 항거로 마무리 짓는 유형, 혹은 소극적이고 우유부단한 인물에서 중재자인 '지식인'을 통하여 적극적 인물로 변화하는 유형이 등장하곤 한다. 심지어 해방기의 남한 좌익계열 작품에서도 그러한 유형을 어느 정도 계승하고 있다. 사상으로 철저히 무장된 투사로서 '정치적 지식인'인 중재자는 작품의 중간쯤 등장하여 말 몇 마디 혹은 한두 개 사건으로 영웅적 행동을 하면서 나약했던 주인공에게 감화를 불러일으키는 것이다. 좌익계열의 작품들은 '정치적' 지식인이 등장하고, 주인공들이 변모하여 보다 구체적이고 긍정적인 전망을 획득한다는 점에서 일제 치하의 작품들과는 구조면에서 사뭇 달랐다.

그러나 해방기 북한의 소설들을 보면, 주인공은 대부분 도입부부터 거의 투철한 이념으로 무장된 완벽한 '정치적 인간'이다. 그들이 나서서 주위의 모든 역경을 타파하고 우유부단한 자들을 교화시켜 사상적으로 통일 무장되어 사회적으로 광범위하게 추진되고 있는 민주개혁에 동참하는 것이 이 시기 북한소설의 주요 내용이라 할 수 있다. 정치체제의 선전선동성에 철저히 기반 한 창작활동만이 강력히 추진되기에 가능한 일인 것이다.

나이든 농민인 무식한 주인공 윤영감[58]이 사회주의 사상을 찬

---

58) 주엽, 「고불통」, 『조선문학』2집, 1947. 12.

양하고 이념으로 무장된 형상을 보인다든가, 고도의 사상성으로
무장되어 노동을 힘겨워 하지 않고 진정한 자신의 기쁨으로 승화
시키는 인물인 선반공 김진구[59], 여자중학교로 부임 와서 교장을
비롯한 전 교직원의 모호한 사상성을 무장시켜 북조선 선거에 적
극 동참하게 만드는 인물인 하웅선생[60] 등이 그러하다. 윤영감의
경우, 나라에서 땅을 무상으로 주고 개간을 한 것 역시 지극히 성
공적으로 이루어진다. 하늘까지도 "달마추어" 비를 내리며 천우신
조하여 토지개간사업을 돕고 윤영감은 이 사업을 통하여 어릴 때
헤어진 아들을 되찾는 기쁨까지 누린다. 아들은 소설 중간쯤 등장
하여 결말 부분의 아버지의 죽음으로 새로운 인간으로 거듭 태어
날 것을 약속하게 된다.

　　김진구는 四七년도인민경제계획을 승리적으로 완수하므로서 빛
나는 자기네들이 갈망하는 행복스러운 사회가 멀잖어 건설될수있다
는 크다란 희망을 생각할때마다 제 一차 제 二차 제 三차 五개년계
획을 영웅적으로 완수하야 부강한 민주주의국가를 노동계급의 영도
밑에서 건설한 위대한 쏘련국가와 쏘련인민을 생각하는 것이었
다…(중략)…위대한 영도자이며 수령인 쓰딸린대원수 영도아래 자
라가고있는 쏘련인민의 단결되고 조직된 애국심과 초인적 건설의욕
을 우리는 배와야한다고 주장한다
　　동시에 진구는 조선민족의 영명한 영도자 김일성장군에게 만공의
감사를 올린다
　　토지개혁이 실시되고 二0개조정강이 발표되고 산업국유화 법령

59) 이북명, 위의 책.
60) 이동규, 「씨뿌리는 사람」, 『조선문학』창간호, 1947. 9.

로동법령 남녀평등권 법령 그밖에 모든 민주법령이 발표되고 과업
이 내릴때마다 김일성장군의 명철하신 영도력이 김진구의 가슴속에
다 하늘하늘 건국의 불길을 이루어 주었다
　옳다 진정 옳다 어느법령 어느과업 하나가 조선인민의 이익과 행
복을 위해서 내리지 않은 것이 있느냐 말이다![61]

위 글에서 주인공 '정치적 노동자' 김진구는 새 시대의 윤리를
배우지 못하여 방황하는 이달호에게 바른 본보기를 보이고 생활을
통해 교화함으로써 달호가 자신의 과오를 스스로 깨닫도록 하며
달호는 진구를 통해 비로소 새로운 인간으로 거듭난다. 그리고 이
모든 것은 "자발적 건국증산경쟁"[62]을 통해 이루어지는 것이다.
이러한 작품들은 '정치적으로 이상화된 주인공'을 통하여 "이미 북
한 사회가 사상적 경건주의를 바탕으로 하는 인간 중심주의의 이
상과 덕목을 세우고"[63] 전체 인민을 대상으로 커뮤니케이션 매체
를 통하여 심리적 전략에 입각한 체제 선전에 치중하고 있음을 구
체적으로 보여 준다.
　다음으로 작품 내 묘사에서의 정치적 선전성을 고찰해 보도록
하겠다. 임순득은 '나'라는 인물이 솔밭집에 대한 이야기를 고향
사람들에게 전하고자 작품 서두를 시작하는데 처음부터 북의 민주
개혁 정책의 성공을 찬양하려는 작가의 정치 편향적인 이념적 색
채가 분명히 드러나고 있다.

---

61) 이북명, 위의 책. 42-43쪽.
62) 이북명, 위의 책. 29쪽.
63) 신형기·오성호, 위의 책. 91쪽.

모도다 해방후 민주개혁의 혜택이라 하면 그뿐이겠으나 어찌하여
이러한 혜택이 우리나라 기나긴 역사우에 이제야 찾아왔는지 이러
한 좋은일을 이 지구상에 이룩하기위하여 모색도 음성도 달은 머언
북방사람들이 숫탄 인명을 아시고 피를 흘렸는가 싶으면 이세상엔
이름없는 성자(聖者)의 숨결도 높아저 작고만 어두운 그림자는 사
라저감을 분명 우리는 믿고 남는바이다.[64]

농촌에서 토지개혁의 성공을 찬양하는 위의 예 외에도 작가들은
노동자라는 등장인물을 통해서도 노동법령의 민주개혁을 찬양하
며 나아가 배경, 분위기까지 모두 정치적 선전성에 역점을 두어
묘사한다. 선반공 노동자들이 휴식시간에 건국실 겸 식당에 모여
떠들썩하니 잡담하며 즐기는 광경으로 시작되는 이북명의 「노동
일가」는 이 분위기와 공간을 체제의 우월성에 역점을 두고 복선으
로 작용하게끔 의도하고 있다.

　二00명 가까이 수용할 수 있는 넓은 건국실이다
　남쪽 유리창우에 맑쓰 레 닌 김일성장군 쓰딸린대원수의 순으로
초상화가 나란이 걸려 있고 바로그밑 유리창과 유리창새의 벽에는
　"배우고 배우고 또 배우자 새로운 과학지식으로 무장하자 기술을
배우자 무식은 파멸이다"
라는 표어와
　"우리는 없는것은 새로 창조하고 부족한것을 부족한대로 모-든 곤
난과 장애를 이를 악물고 뚫고 나가야 살 수 있고 새로운 부강한나
라를 세울 수 있다"

---

64) 임순득, 「솔밭집」, 『조선문학』2집, 1947. 2. 2-3쪽.

라는 우리의 영명하신영도자 김일성장군의 말슴이 붙어있다

(중략)...二, 四반기 책임량 一五0%초과완수에 총궐기 하자!

각 공장 직장에서 개인의 예정책임량을 다하는데서만 一九四七年 인민경제계획은 완수된다!

생산은 건국의토대 기술은 노력자의 무기다!

이밖에 四七년도 인민경제계획 완수에 관한 표어가 벽마다 붙어 있다.[65]

위의 예처럼 정치체제를 적극적으로 선전하려는 문학 표현방식 은 도입부의 배경 이외에도 등장인물들이 '개간 돌격'을 할 적에 부르던 노래로써 이념적 색채를 드러내기도 한다.

모두들 새밭 일으키기에 여염이 없다.
에헤-홍겨운 밭가릴세
앞들의 논과 뒷산의 밭은
김장군 주신 우리네 땅일세
오곡이 풍성할 기름진 땅이라네
팽이로 두둑한 흙덩이를 파내며 치준동무가 새로나온 ―농민의 노래―를 멋들어지게 한곡조 넘기었다. 일하는 동무들 가슴에는 즐 거운 물결이 파도쳐 일어나는듯했다. 봉구가 노래가락으로 치준의 소리를 받었다.[66](밑줄;인용자)

이렇듯 정치적 색채가 엿보이는 노래를 통해 이념성을 드러내기 도 하지만 보다 노골적인 작품은 정치 선전물이 아닌가 하는 의문

---

65) 이북명, 위의 책. 5-6쪽.
66) 천청송, 「새밭」, 『조선문학』2집, 1947. 2. 32-33쪽.

이 들 정도로 직접적 정치 선전을 노래로 표현하기도 한다. 그리고
이러한 양상은 종종 작품의 흐름이나 의미와는 아무 상관없이 진
행되곤 하는데, 체제 선전성에 토대를 둔 해방기 북한 문학의 의미
를 알 수 있게 해 주는 예라 할 수 있다.

> 김진구에게는 김일성장군의 노래가 제일 좋았다 그노래는 들으면
> 들을수록 부르면 부를수록 김일성장군의 위대함이 오싹오싹 뼈에
> 사무치고 건국을위해서 四七년도 인민경제계획을 완수하고야 말겠
> 다는 강철같은 결의가 무럭무럭 용솟음치는 그런 매력을 가진 노래
> 였다
> 수들은 양치질을 하고나서 기착하고 섰다
> 진구는 눈을 감고 앉아서 듣는다
> 장백산 줄기줄기 피어린자욱
> 압록강 구비구비 피어린자욱
> 오늘도 자유조선 꽃다발우에
> 역력히 비처주는 거룩한자욱
> <u>아— 그이름도 그리운 우리의장군</u>
> <u>아— 그이름도 그리운 김일성장군</u>
> 무한한 감격이 오싹오싹 진구의 가슴을 잔침질해주는 순간이다.
> (....)"아—참으로 좋은세상이 왔다 좋은 세상이 왔다"
> 하고 감격에넘친 어조로 중얼거리는 것이 었다67)(밑줄;인용자)

위의 글처럼 '조작성'에 바탕 한 '선전'적 의도가 확연히 드러나
는 예를 더 살펴보면, 대화 도중에 상황에는 전혀 상관없는 이념적

---

67) 이북명, 위의 책. 90−91쪽.

색채가 느껴지는 이질적 대사가 느닷없이 나타나기도 한다.

① 배장사 영감은 윤영감 있는 쪽을 향해서 논뚝에 올라선다.
"세상은 옳은 세상이구 우리가 때는 잘 만났지 그런데 올라거든
일지감치 오게 써-레 좀 걸머지고 와—"68)(밑줄;인용자)

② 홍남지구 인민공장의 근본정신은—단결 민주 생산 학습—이 네
가지 문구에 여실히 표현되어 있다
독자여!
그대들이 만약 홍남에 올기회가 있다면 그대들은 거리거리에서
공장 콩크리-트에서 이 네가지 문구를 어렵잖게 찾아볼수 있으리
라!...(중략)...
단결+민주+생산+학습=부강한민주주의조선—이라고
독자여! 이 얼마나 재미있는 답안이냐!
진구는 八—五직후부터 오늘까지 십년을 돈디려 공부해도 다아
못배울 많은지식을 배왔다69)(밑줄;인용자)

첫 번째 예문에서 '그런데'라는 말로 다시금 주요 흐름으로 돌아
가는 것이 크게 어색해 보인다. 두 번째 예문에서는 배경에 놓인
표어내용과 김일성의 교시 등을 낱낱이 기록하는 것은 물론이고
시점에 대한 문체적 배려 없이 작가가 느닷없이 독자에게 감흥을
전하기까지 한다. 이처럼 소설의 흐름과 그 전개가 거칠더라도 아
무 상관없이 정치적 색채를 급격히 자주 드러내는 것은 체제 형성

68) 주엽, 위의 책. 45쪽.
69) 이북명, 위의 책. 37쪽.

초기 문학이 오히려 문학성은 전혀 고려하지 않는, 지극히 체제 선전적 미디어 기능에 충실하였다는 것을 증명한다고 할 수 있다.

3-3. 정치적 유토피아 지향성

『조선문학』에서는 소련 문학작품을 번역[70]한다거나 소련의 비평문을 번역[71]하여 매 출간본 마다 꾸준히 소개하고 있었다. 「쏘련쏘베트작가동맹중앙본부―제11차대회보고문」[72]과 「북조선문학예술총동맹―제4차중앙위원회결정서」[73]를 함께 싣는 것을 보면, 그 영향관계를 충분히 미루어 짐작할 수 있다.

> 국제문화 가운데서도 <u>가장 진보적인 쏘련문학예술의 섭취공작이 대단히 활발하였다</u>는 점이다. 이제 이 부면에 있어서의 활동상황의 일부를 개괄하자면 정률씨는 쏘련동화집 쏘련우화집 쏘련 시집 파제에프의 ≪괴멸≫ 등을 전동혁씨는 쏘련시초 골키의 ≪어머니≫ 다노브의 ≪매의 날음≫ 등을 강정희씨는 에렌부르그의 ≪구라파 기행≫을 임하씨는 끄럴레의 〈암흑에서의 상봉〉을 최호씨는 완다 와씰레브스까야의 〈사랑〉 위르타 크랍첸꼬의 단편 등을 김상오씨는 〈위대한 로시아작가 아·보·고리끼〉를 백석씨는 씨모노프의 〈낫과

---

70) 「길가의 마돈나」(『조선문학』, 1947. 9)와 같은 창작 외에 「와씰리그로쓰만」(『조선문학』, 1947. 12)같은 수필도 싣고 있다.

71) 엘리나 우즈이에비취의 「레-닌과 문학」(『조선문학』, 1947. 9)을 번역한 것이 해당된다. 이는 남한의 조선문학가동맹 기관지 『문학』에 1948년 7월에 실린다. 북한과 남한 좌익의 사상적 영향 관계가 추정 가능한 일례가 될 수 있다.

72) 『조선문학』, 1947. 12.

73) 『조선문학』, 1947. 12.

밤〉을 정국록씨는 고르바또루의 〈정복되지 않는 사람들〉을 이봉길씨는 그롯스만의 〈인민은 죽지 않는다〉등의 유익한 작품들을 번역하여 조선 문학의 발전을 위하야 실로 귀중한 선물들을 이바지해준 것이다.[74](밑줄;인용자)

　당시의 소련 문학 번역의 현황을 보고한 위의 안함광 글에서 보듯 당시의 문단은 소련 문학, 나아가 소련 문화의 섭취를 광범위하게 실시하고 그 필요성을 인민대중에게 역설하고 있다. 한설야는 국제문화의 교류의 필요성을 역설하며 소련의 예술과 문화를 받아들이는 것을 "역사적 필연"이라고까지 주장한다.

　　우리는 민주주의 민족예술문화 수립과정에 있어서 <u>가장 진보적 민주주의예술문화의 나라 소베트의 예술, 문화를 섭취하지 않으면 안될 것이다.</u> 또 우리의 예술, 문화를 세계예술, 문화의 새로운 중심지인 그리로 보내야 할 것이니 이것은 곧 <u>우리의 예술, 문화의 국제적 세계적 진출의 노선</u>이기 때문이다.[75](밑줄;인용자)

　이 '역사적 필연'이라는 시각은 안함광의 「의식의 논리와 문예 창조의 본질적 제문제」[76]에서도 그대로 연장되어 나타난다. 안함광 역시 "역사적 필연법칙을 따르는 진보성"으로 나아갈 수 있다는 한설야의 주장에 동의하고 있다. 이러한 진보성을 위해 인민대중

---

74) 안함광, 「북조선민주문학운동의 발전과정과 전망」, 『조선문학』창간호, 1947. 9. 275쪽.

75) 「국제문화의 교류에 대하여」(『해방기념평론집』, 1946. 8), 『현대문학비평자료집』, 태학사, 1993. 47쪽.

76) 『문화전선』, 1947. 4.

을 교양하여 그들을 소련의 민주주의 예술문화로 이끌 문학인들이
소홀하면 안 되는 것이 '학습'이다. 이 '학습'은 마르크스–레닌주
의에 근거한 것이다.

> 우리들의 학습은 추상적인 공식이 아니라 구체적 <u>맑스 레닌주의
> 의 학습</u>이어야하며 조선의 구체적 환경에 적응한 민족형식을 통한
> 다시 말하면 '<u>맑스 레닌주의 조선화'를 위한 학습</u>이어야 할 것이
> 다.77)(밑줄;인용자)

위의 글에 뒤이어 안막은 이러한 예술문화인들의 마르크스–레
닌주의 "학습과 실천투쟁"을 통해야 만이 조선민족문화를 건설할
수 있을 것이라 하였다. 민족문화 건설이 '마르크스–레닌주의'에
기반 되어야 함을 강조한 것이다. 즉 사회주의 체제 편입의 타당성
을 선전하고 대중의 정치성을 선동해야 하는 문학인들의 임무 완
수를 위해 먼저 정치체제의 기본사상인 마르크스 레닌주의를 반드
시 학습해야 한다는 의미이다.

이렇듯 해방기 북한 체제하의 선전가인 문학인들의 사상적 무장
은 마르크스–레닌주의에 바탕 해야 함을 알 수 있었다. 또한 사상
적 무장에 병행하여, 그들의 정치적 실천은 사회주의에 바탕하고
있었다. 그 양상을 살펴보도록 하겠다.

윤세평은 민족문화의 논의에 있어 "내용에 있어서 민주주의적이
며 형식에 있어서 민족적인 것"이 "이미 공식적"인 이론이라고 하

---

59) 안막, 「조선민족문화건설과 민주주의노선」(『해방기념평론집』, 1946. 8), 『현대문
학비평자료집1』, 태학사, 1993. 116쪽.

였다.[78) 여기에서의 민주주의란 바로 '소련의 사회주의'를 의미한
다. 이전에 이미 안막의 「조선 민족문화건설과 소련사회주의문화」[79)
에서 문제제기가 있었던 사항이다. 그 기간 동안 문단 전체 내에
광범위한 논의가 있었고, 문단의 통일된 시각은 '소련 지향'이었다
는 것을 추정하기 어렵지 않다.

> 우리들에게는 <u>부강한 자주독립국가</u>를 건설하여야 할 목전의 최대
> 과업이 놓여 있다. 이 숭엄하고도 간고한 역사적 과제를 수행하기
> 위하여서는 무엇보다도 소련의 위대한 사회주의 10월 혁명의 승리
> 아래 중요한 사회주의 건설의 곤란을 극복하고 금번 조국전쟁의 행
> 정에서 얻은 세계적 승리에 이르기까지 모든 풍부한 교훈들은 직접
> 우리들의 교훈으로 삼아야 할 것이며 그들이 적축한 모든 선진적 과
> 학기술 문학예술 등의 <u>위대한 제 성과를 최대한으로 섭취이용하여</u>
> <u>야</u> 할 것이다.[80)(밑줄;인용자)

위의 글에서 보듯 해방기 북한의 인민들에게는 '부강한 자주독
립국가'의 건설이 최대 목표라 강조되었으며, 북한의 권력기관은
그 발전모델을 '소련'에서 찾았고, 소련의 정치체제인 사회주의와
사상적 토대인 마르크스-레닌주의의 학습과 교양만이 국가발전을
위해 필요하다는 데에 전인민이 공감해야 함을 문학인들을 통해
역설하고 있었다. 이러한 소련 예찬은 문학의 전 장르에 걸쳐 매우

---

78) 윤세평, 『신조선민족문화소론』(민주조선출판사, 1947), 『현대문학비평자료집』,
 태학사, 1993.
79) 『해방기념평론집』, 1946. 8.
80) 윤세평, 위의 책. 228-229쪽.

활발하게 이루어지고 있었다.

1946년 월북한 이태준은 곧 소련을 여행했다. 그는 예찬으로 가득 찬 기행문 「붉은 광장에서」[81]를 남한의 조선문학가동맹 기관지에 발표하였다. 그의 글을 보면, 당시 인민들의 "관심사는, 어느 사회가 그 원칙에 있어 그 제도에 있어, 더 정의로, 더 진보요, 인류의 문화와 평화를 위해 더 위대한 가능성을 갖었는가 그것일 것"이다. "맑스와 레닌주의의 쏘베트는 비로서 인류의 정의감정과 개혁사상이 꿈이 아니란 실증의 기초를 이 지구위에 뿌리깊이 박어 놓은것"으로, 이태준이 소련에서 만난 모든 사람들은 "누가 누구에게 눈치보거나 아첨할 이해의 필요가 없어진"사회에서 "생존경쟁"의 자본주의사회와 다르게 살고 있었으며, "소베트는 인류가 다시 자본의 노예로부터 풀려나와 노예의 근성을 뽑아버리고 절대평등에 의한 정직한 평화향, 계급없는 전체적 사회의 성원으로서 '새 타입인간'의 창조"를 실현하였다. 이는 "영원히 축복받을 인류의 위대한 재탄생"이었다는 것이다. 여기에서 이태준은 소련을 '평화향(平和鄕)'이라 명명하였다. 그리고 이를 『농토』[82]에서 이상향, 유토피아의 형태로 묘사하며, 이러한 공간 획득에 소련의 영향을 개입시킨다. 이것은 주인공 억쇠와 같은 농군으로 "가끔 억울한 사람들을 위해 입바른 소리를 해 주던" 성필과 성필이가 데려온 "농사꾼 같지 않은 낯선 사람"의 입을 통해 주로 이루어진다.

---

81) 『문학』3호, 1947. 4. 83-86쪽.

82) 이태준의 『농토』는 1948년 12월에 처음 남한에서 출간된 것으로 전해지나 『조선문학』2집(1947. 12)에 실린 「상허이태준씨를 말함-장편 농토를 읽고」라는 안함광의 글을 통해 볼 때, 이미 그 이전에 북한에서 출간된 것으로 보인다.

그리고 이북명의 「노동일가」를 보면, 진구와 문식의 대화에서 달호의 작업 태도와 방법에 대한 비판이 나오는데,

"요는 <u>사상적 무장</u>이라구 생각하네 <u>쏘련인민들의 그런 강철같은 정신말이야</u>"

"그래그래 1차 2차 3차 오개년 계획을 승리적으로 오나수하고 파쇼독일과 일본제국주의를 즉살시켜버린 그 <u>단결 애국정신을 본받아야하네</u>"[83](밑줄;인용자)

에서 보듯 달호의 문제는 사상적으로 '강철'같이 무장되면 개선될 수 있다는 것이며, 소련을 본받아야만 한다는 점을 역설하고 있다.

쏘련의 노동계급은 조국건설을 위해서 5개년계획을 제2차 보다는 제 2차때에 제2차때보다는 제 3차때에 백열화한 애국심을 총동원하야 영웅적으로 돌격 또 돌격하였기 때문에 전세계 근로민이 앙모하는 오늘날 쏘련국가를 건설한것이 아니냐! 파쇼 독일을 거이 독력으로 물리치고 해방시켜주있다. 쏘련 인민들은 조국전쟁의 피곤도 잊고 오늘 또다시 5개년 계획을 실시하고 있다. 대체 이 무궁무진한 정력이 어데서 나오는것일가-진구는 이런것을 연구하여 보기도 한다. 쏘련 인민에게 이같은 <u>조국의 발전과 부흥을 위한 애국심과 전투력의 계속이 있었기 때문에 오늘날의 승리를 얻은 것이다.</u>[84](밑줄;인용자)

더불어 위 글에서처럼 등장인물들의 사상적 무장과 행동단결을

---

83) 이북명, 위의 책. 14쪽.
84) 이북명, 위의 책. 42-43쪽.

이끄는 중심인물인 주인공 김진구의 '정치적 무장'에 '소련'이 바탕되어 기준하고 있음을 보여 주고 있다. 주인공 김진구가 희망하는 세상은 '소련'과 같은 '유토피아'가 되는 사회인 것이다.

이렇듯 해방기 북한 문학은 '소련에의 지향성'을 곳곳에 드러내고 있다. 사실상 해방기 북한이 발전모델로 설정하고 지향하려 한 소련처럼 '부강한 자주독립국가'를 이룩하고, 유토피아를 건설[85] 하는 것은 소련 문화예술의 체득과 사회주의 체제 수용, 마르크스-레닌주의의 철저한 사상적 전이를 통해서만이 가능한 일이기에 당시 선전매체로서 기능한 문학 역시 이러한 정치체제 이데올로기의 선전성이 중시되어 나타날 수밖에 없었던 것이다.

지금까지 민주개혁의 문학적 형상화의 양상을 문학과 정치의 연동성, 인물 구조와 묘사의 정치성, 정치적 유토피아 지향성 등으로 나누어 고찰해 보았다. 이상의 구체적 분석을 통하여 해방기 북한 문학이 정치체제의 안정적 형성과 수립에 큰 역할을 하였으며, 이에는 선전선동성에 입각한 정치적 커뮤니케이션으로서의 미디어적 기능이 구동되었음을 파악할 수 있었다. 문학의 선전성은 인물 구조와 묘사에서 드러나는 정치성과 정치적 유토피아인 소련

---

85) 마르크스-레닌주의는 유토피아적 사회주의와 공산주의를 비판적으로 계승한 과학적 사회주의이다. 이 사상은 세계를 단순히 '해석'하는 수동적 철학이 아니라 세계를 '변혁'시키는 능동적 철학이다. 해방기 당시 북한은 소련이 전 세계를 자신들의 체제로 편입시키기 위해 노력한 대상 중의 하나였다. 그들이 추구하는 이상적 사회주의 국가는 프롤레타리아독재국가로서, 그 이전의 추상적 유토피아와는 구별되는 구체적 유토피아라 할 수 있겠다.─한국철학사상연구회 편, 『철학대사전』, 동녘, 1989. 참조.

에의 지향성으로 나타나고 있었다. 결국 해방기 당시, 북한 문학은 정치체제 이데올로기의 선전적 매체라는 전략적 미디어로서 체제 종속적인 역할을 하였고 관제문학적 성격을 띠고 있었던 것이다. 이 글은 북한의 체제 변동기에 문학이 어떠한 역할을 했는가에 대해 가설로 세워진 하나의 방법론에 따라, 우리나라 해방기 북한 문학의 역할을 분석해 보았다.

첫째, 해방기 북한의 권력기관은 '선전'을 보다 효율적으로 활용하는 체제 구축 방법론을 마르크스–레닌주의의 영향으로 체득 계승하였다. 당시 정치체제와 개인 간의 커뮤니케이션은 정보 전달 이상의 기능을 함의한 미디어에 의해 갈등을 해소하였던 바, 문학작품 대다수가 신문이나 잡지를 통해 발표되던 시기이기에, 문학 역시 정치적 커뮤니케이션의 수단으로서 권력기관으로부터 의도적인 통제와 조종을 받았다.

둘째, 북한은 1946년 초부터 민주개혁을 실시하였는데, 제도개혁에 의식개혁이 병행되어야 함을 인지한 김일성에 의해 전인민의 교양작업이 지시되었고, 이러한 선전조직에 문학인들의 역할이 강조되었다. 문학인은 선전가로서 직접적 혹은 간접적 심리 전략을 구사하는 정치체제 이념의 정보제공자 역할을 하였던 것이다.

셋째, 문학이 정치체제의 선전매체로서 기능하였던 양상을 보면, 작품 내의 인물 구조와 묘사에서 정치성이 드러나고 있었고, 소련을 정치적 유토피아로 설정하여 강한 모국(母國) 지향성을 보이고 있었다. 이러한 근거를 대부분의 문학비평과 문학작품 내에서 찾아볼 수 있었다.

제3장
북한 문학과 정치 커뮤니케이션

1. 문학과 정치의 커뮤니케이션

　이 장의 목적은 북한 정치체제 형성기 전반에 걸쳐 문학과 정치의 관계성을 살펴보는 데 있다. 그 동안 북한 문학 연구는 개괄적 논의에 그치거나 일부 작가 작품의 내적 구조 분석, 혹은 주체사상과 그 이후 문예이론연구 등에 치중하였다. 총체적 논의를 시도한 연구에 있어서도 내재적 접근법에 따라 북한문학사 전체를 주체문학의 형상화 위주로 살폈다. 그 연구자세에 있어 내재적 접근법의 수령형상문학 중심주의는 상당하다. 신형기·오성호의『북한문학사』(평민사, 2000)는 "해방직후부터 북한문학은 건국의 역사"를 써왔다며 "철저하게 북한만의 역사"로서 "북한은 자기만의 이야기를 거듭해온 셈이다. 북한의 고립은 그 결과이면서 동시에 원인"인데, "김일성을 주인공으로 하는 일화가 북한문학의 발단이자 역사 꾸미기의 방향을 가리킨, 그 흐름 전반을 꿰는 바탕 텍스트로 작용"하고 "해방이후 북한의 역사, 혹은 북한문학의 역사는 김일성이 실천을 지도하고 이끄는 진리의 유일한 담지자가 되는 과정"

이라는 것이다. 선우상열은 수령문학을 논의함에 있어 "광복 후 북한현대문학에서의 수령형상창조문학을 떠나 이 시기 북한문학을 이해한다는 것은 본말을 전도하는 우를 범하는 것"으로 "수령형상을 빼면 북한현대문학은 텅텅 비게 된다"며 "이것이 통일문학을 열어 가는 전제 조건"이라고까지 『광복 후 북한현대문학연구』(역락, 2002)에서 주장한다.[86]

따라서 북한 문학을 바라보는 균형적 시각의 확보가 필요하다. 특히 북한 정치체제 형성 초기 문학에 대한 심층적 연구가 부재한 현실에서 이 연구는 의미 있다. 필자는 그동안 문학과 정치의 관계성을 정립해 나가는 과정에서 '커뮤니케이션' 이론을 접목하였다.[87] 필자가 '커뮤니케이션'을 중시하는 이유는 초기 북한 문학의 형성 시기에 있어 마르크스-레닌주의의 영향력이 절대적이었기 때문이다.

레닌은 독자적인 언론관[88]을 수립할 정도로 커뮤니케이션의 선전(인쇄물·책자 등) 선동(라디오·유선 스피커 등)적 기능을 십분 활용하여 1917년 소련 사회주의 혁명을 이루었다. 그는 선전자·선동자·조직자로서의 언론 개념을 가진 미디어 중심주의자이다.

---

86) 그 외 북한 문학의 연구에 대한 논의는 김재용의 『북한 문학의 역사적 이해』(문학과 지성사, 1994)와 김종회가 편한 『북한문학의 이해』(청동거울, 1999), 박태상의 『북한 문학의 동향』(깊은샘, 2002)을 참조.

87) 「정치체제 변동기 문학의 기능에 관한 시론」(『현대문학이론연구』19집, 현대문학이론학회, 2003.6), 「해방기 북한 정치체제 선전매체 문학 연구」(『현대소설연구』19집, 한국현대소설학회, 2003. 9) 등이 해당한다.

88) 박기태의 『현대정치와 커뮤니케이션』(커뮤니케이션 북스, 1999), 김지운·방정배·정재철의 『비판 커뮤니케이션』(커뮤니케이션 북스, 2000), 조맹기의 『커뮤니케이션 사상사』(커뮤니케이션 북스, 2001) 참조.

그가 말하는 선전 행위는 마르크스레닌주의의 정치적 철학적 경제적 과학적인 이론과 가르침을 체계적으로 설명하고 해석하며, 나아가 가르치고 확산하는 언론행위를 의미한다. 설득 커뮤니케이션인 선전의 수용자는 상대적으로 적은 수의 '지적 인민'이다. 주로 책자 등의 인쇄 매체가 이용된다. 선동 행위는 사회적 이슈를 사건들의 실례와 함께 공산주의자의 입장에서 해석하고 인민 대중에게 감정적 실천적으로 영향력을 행사하는 것을 의미한다. 선동의 수용자는 선전의 수용자보다는 수적으로 훨씬 많은 대중이 된다. 이론적 이해나 수용이 필요 없기 때문이다. 조직 행위는 당과 국가 정부의 결정 등에 따라 공동으로 행위하게끔 독려하고 유도하는 언론행위를 의미한다.[89]

이렇게 레닌이 전략적으로 형성한 사회주의 국가는 노동자의 적극적 참여를 이상으로 하는 '미디어 중심주의'에 바탕 하는데 그에게 선전자는 당파성의 진리를 확립하여 기존 이념에 새로운 '많은 이념'을 전함으로써 수용자 개인에게 의식의 변화를 가져오게 하는 자이다. 그의 선전에 대한 맹신은 1918년부터 『이즈베스차』와 『프라우다』를 통해 조직자로서의 언론을 강화시키기에 이른다.

레닌의 커뮤니케이션에 관한 절대적 인식은 사실 플레하노프의 영향에 따른 것이다. 플레하노프는 지식인으로 구성된 소집단 학습 서클을 네트워크화 하여 노동 대중의 교육 확산에 몰두하였는데, 당시 지식인들에게 부여된 임무는 선전을 선동으로 변형시키는 것이었고, 이러한 작업이 나중에 레닌에게 맡겨졌던 것이다.

---

89) 김지운·방정배·정재철, 위의 책. 78-81쪽. 요약.

레닌은 엘리트의 동원을 통한 전략과 전술에 의해 러시아 혁명을 시도했고, 사회주의 건설을 위해 설득에 의존한 강압의 필요성을 인식, 선동 선전 기구(Agitprop)로 '교육'의 기능을 조직화하여 1924년에는 현장 노동자 속에서 선별된 20만명의 새 당원을 각 생산 기업체에서 선동자의 역할을 담당하게 했다. 레닌은 교육을 조작, 신념, 통제 등의 개념과 관련시켜 명확한 결론은 내리지 않았으나, 선동과 조작을 교육의 일부분으로 간주했다.90)

위와 같은 레닌의 기본 정책은 중국과 마찬가지로 북한의 사회 통합을 위한 커뮤니케이션 정책에도 영향을 끼쳤다. 중국의 경우 1924년부터의 끊임없는 공산당의 무력투쟁이 시작된 후 1949년 10월 중화인민공화국 중앙인민정부의 성립이 선포되기 이전이나 이후에도 당은 지속적으로 끊임없이 인민들 사이에 존재하는 갈등을 해소시키기 위하여 여러 형태의 커뮤니케이션 채널을 이용했다. 그것은 매스커뮤니케이션, 대인커뮤니케이션, 대자보 등의 양상으로 다양하면서도 효과적이었다. 당과 국가는 커뮤니케이션 수단을 실제적으로 통제함으로써 개인의 참여의식을 심어 주고 사회적 긴장과 갈등의 차원을 손쓸 수 있는 범위에 잡아두어 급격한 변화의 시기에도 사회통합을 유지할 수 있었다.91) 제 3 인터내셔널의 해체 이후 소련 사회주의 국가의 위성국들은 마르크스 레닌주의를 통하여 충분히 그 선전의 의미가 '학습'되었고, 당시 활자

90) 조맹기, 위의 책. 245-261쪽. 요약.
91) 이영미, 「정치체제 변동기 문학의 기능에 관한 시론」, 『현대문학이론연구』19집, 현대문학이론학회, 2003. 6. 239-240쪽. 요약.

매체를 통한 선전으로 대중을 관리하여 안정적으로 체제를 구축하려는 당의 의도는 고도의 정치적 전략에 입각한 심리적 전술로 중국을 비롯한 북한 등에서 실시[92])되고 있었던 것이다.

이러한 정치적 선전의 커뮤니케이션에 대하여, H. D. 라스웰은 의견이 대립하는 논쟁적 쟁점에 대하여 개인의 태도에 영향을 줄 수 있는 상징(symbols)을 교묘하게 조작하여 대중의 태도를 '관리'하는 것으로 선전을 정의한다. 그는 1939년 미디어의 다섯 가지 요소를 발표하는데, "who says what to whom in what channels with what effects?"는 채널과 효과 부분이 강조된 것이다. 기본적으로 커뮤니케이션을 소수의 엘리트가 대중을 설득시키는 과정으로 간주하고 있다. '설득'의 가능한 수단을 레토릭(수사학)으로 규정한 아리스토텔레스가 말했던 커뮤니케이션의 세 가지 요소를 현대적으로 확대한 것이다. 아리스토텔레스가 B. C. 330년 발전시킨 레토릭은 송신자, 수신자, 메시지의 세 가지 구성요소를 가진 것으로 이 때 송신자는 이성(logos), 정념(pathos), 윤리(ethos) 등을 통해 수용자를 설득시키고자 한다. 아리스토텔레스 수사학의 영향 아래 놓인 문학작품, 특히 소설에서 커뮤니케이션의 의미를 찾는 것은 어렵지 않다. 언제나 작가는 작품을 통해 말하려 하기 때문이다.

김일성이 1967년 유일체제를 구축하기까지에는 지난한 과정이

---

92) 김일성의 이념적 경험을 볼 때, 1940년 말 항일연군 과멸 후 소련 하바로브스크 극동군 88여단으로 피신해 갔을 때 그 곳에서 받은 5년간의 훈련과 마르크스 레닌주의 정치교육이 북한 공산화 과정에서 견지된 정치노선에 가장 큰 영향을 주었을 것이다.

있었다.[93] 주체사상의 완전한 공표로 단독지배인 유일체제에 돌
입하기 이전까지의 북한 내부 정치상황은 집단지도체제로 변동기
적 위험을 안고 있었다. 이 위험성을 극복해 나가는 과정에서 빈번
히 대안으로 활용했던 김일성의 정치적 체제 공고화 전략은 프롤
레타리아 독재[94]였다. 프롤레타리아 독재의 과정에서 갈등을 통
합하여 사회주의로 나아가는 가장 큰 역할은 선전과 선동의 커뮤
니케이션이다. 1946년 5월 24일 김일성은 연설을 통하여 해방기
북한의 문화예술[95]에 관한 최초의 지침[96]을 내린 바 있다. 첫째
인민대중 속에 일상적으로 깊이 들어가서 인민의 생활과 투쟁을
구체적으로 세심하게 연구할 것, 둘째 문화인 대열의 사상적 통일
과 단결을 강화할 것, 셋째 인민대중을 교양·선전할 순회극단과
강연을 조직하고 대외선전망을 조직하여 대외선전사업을 강화할
것, 넷째 일제 잔재에 반대하여 투쟁할 것, 다섯째 민족문화유산

---

93) 소련이 북한의 언론을 장악하였을 당시 소련 군정이 내밀하게 정해 놓은 목표는
'북한의 소비에트화'로서 커뮤니케이션 매체에 관한 통제의 기준은 두 가지였다고
한다. 첫째는 조선을 해방한 붉은 군대에 대한 선전이며 두 번째는 김일성을 정치
지도자로 부각하는 일이었다. 김일성을 항일 민족 영웅으로 만드는 것이 소군정의
긴급한 과제였으며, 소군정은 가능한 한 모든 매체들로 하여금 김일성이 소군정의
절대적 지지를 받는 자이며 장차 지도자가 될 사람이라는 점을 인민들에게 '암시'하
도록 했다고 한다.—서재진, 『북한의 맑스—레닌주의와 주체사상 비교 연구』, 통일
연구원, 2002. 42쪽. 요약.
94) 이 개념은 1956년 경부터 본격적으로 거론되기 시작하여 1967년에 더욱 적극적
으로 권력 강화에 활용되었다. 김일성은 1967년의 연설에서 프롤레타리아 독재의
개념에 대한 인식을 체계화시켜 발표하였다.—서재진, 위의 책. 72—79쪽. 참조.
95) 북한의 문예이론과 문예정책이 통일된 체계로서 이루어지기 시작한 것은 1946년
3월 25일 북조선예술총연맹이 결성되면서부터이다.
96)「문화인들은 문화전선의 투사로 되여야 한다」, 『김일성저작집2』, 조선로동당출판
사, 1979. 231—235쪽.

을 계승하는 데 있어 민족적 형식과 민주주의적 내용을 결합시킬 것 등이다. 셋째 항목을 보면, 당시 북한의 정치체제에서 요구하는 문화예술인들의 역할이 레닌의 주장처럼 선동적 선전가임을 분명히 알 수 있다. 당시 소설가의 기능은 선동가이자 선전가이며, 선전을 선동으로 변형시키는 레닌의 엘리트 동원 전략과 통하는 것이다. 따라서 체제 형성 초기 북한의 작가들이 생산해 내는 작품은 직접적이든 간접적이든 수용자를 설득시키고자 하는 의도로 정치적 메시지의 내용과 목적을 지녔기에, 비록 암시적이라 할지라도 '정치적' 커뮤니케이션[97]이 될 수밖에 없었다.

이렇듯 북한은 정치체제 형성 초기부터 사실상 문화예술 분야를 인민의 포섭에 관련한 정치적 전략으로 인식하고 그 중 특히 문학을 하나의 미디어로서 체제 구축에 정략적으로 활용해 왔다. 김일성 유일체제 구축의 지난한 과정 속에서 문학은 매우 중요한 정치 커뮤니케이션으로 국가 통치의 핵심 전술이었던 것이다. 이 글에서는 당시 문단의 행보와 소설 작품 형상화 과정의 내적 변이를 통하여 북한 정치체제를 형성하는 데 있어 문학이 어느 정도 기여했는지 구체적으로 구명해 보고자 한다.

북한의 정치체제 형성기는 해방 직후 시기(1945년)부터 유일체제 성립 시기(1967년)까지를 의미한다. 대략 전후기[98]로 나누어

---

97) 브라이언 맥내어/김무곤 외역, 『정치커뮤니케이션의 이해』, 한울, 2001. 28쪽. 참조.

98) 1986년에 북한 사회과학출판사에서 출간된 박종원·류만의 『조선문학개관Ⅱ』(인동, 1988)에서는 평화적 건설시기문학(1945. 8-1950. 6), 위대한 조국해방전쟁시기문학(1950. 6-1953. 7), 전후복구건설과 사회주의 기초건설을 위한 투쟁시기

내부적 변이의 양상을 고찰하였지만 연도순으로 명확하게 구분되는 것은 아니라는 점을 밝힌다. 체제 형성기에 나타난 평론과 소설을 통해 그 변모의 과정을 보았을 때 주체적 공산주의화, 인간 존중화, 갈등의 형성과 형식 미학의 강화 등의 경향을 나타냈다. 이를 보다 심도 있게 살펴보겠다.

2. '주체'적 공산주의화 – 이데올로기의 주체화

해방 이후 북한에 진주한 소련 25군 정치사령관 레베데프 소장의 증언에 의하면 김일성은 스탈린에 의하여 북한의 지도자로 옹립되었고 토지개혁 등의 초기 정치 프로그램은 소련의 주도로 이루어졌다. 이미 스탈린주의적인 레닌주의의 전략전술을 학습한 김일성의 권력 구축 방안은 소련 숭배에서 시작되었다.

> 모도다 해방후 민주개혁의 혜택이라 하면 그뿐이겠으나 어찌하여 이러한 혜택이 우리나라 기나긴 역사우에 이제야 찾아왔는지 이러한 좋은일을 이 지구상에 이룩하기위하여 모색도 음성도 달은 머언 북방사람들이 숫탄 인명을 아시고 피를 흘렸는가 싶으면 이세상엔

문학(1953. 7–1960), 사회주의의 전면적 건설과 사회주의의 완전 승리를 앞당기기 위한 투쟁시기문학(1961–1966, 1967–)으로 시기구분을 하였다. 남한에서 출간된 신형기·오성호의 『북한문학사』(평민사, 2000)에서는 민주건설기(1945–1950), 조국해방전쟁기(1950–1953), 전후복구와 사회주의 건설기(1953–1958), 천리마 대고조기(1958–1967), 주체시대(1967–)로 구분하는데 연도에 있어 약간의 차이를 보인다.

이름없는 성자(聖者)의 숨결도 높아저 작고만 어두운 그림자는 사
라저감을 분명 우리는 믿고 남는바이다.[99]

위 소설의 예문에서는 "머언 북방사람", 즉 소련군들의 은혜를
칭송하면서 그들의 힘으로 민주개혁이 원활하게 실현되고 있음을
명시하고 있다. 북한 단독 정권 수립 직후에는 대부분의 소설들이
이러한 양상을 보인다. 이렇게 초창기 북한에서 소련과의 교류현
상은 문학예술 전반에서 상당히 활성화되어 있었다. 당시 소련 문
학 번역의 현황을 보고한 안함광 글[100]을 보면 북한의 문단은 소
련 문학, 나아가 소련 문화의 섭취를 광범위하게 실시하고 그 필요
성을 인민대중에게 역설하고 있다. 한설야는 국제문화의 교류의
필요성을 역설하며 소련의 예술과 문화를 받아들이는 것을 "역사
적 필연"[101]이라고까지 주장한다. 이 시각은 안함광의 「의식의 논
리와 문예창조의 본질적 제문제」[102]에서도 그대로 연장되어 나타
난다. 안함광 역시 역사적 필연법칙을 따르는 진보성으로 나아갈
수 있다는 한설야의 주장에 동의하고 있다. 이러한 진보성을 위해
인민대중을 교양하여 그들을 소련의 민주주의 예술문화로 이끌 문
학인들이 소홀하면 안 되는 것이 마르크스-레닌주의에 바탕한 '학
습'이다.

---

99) 임순득, 「솔밭집」, 『문학예술』제2집, 1947. 2. 2-3쪽.
100) 안함광, 「북조선민주문학운동의 발전과정과 전망」, 『문학예술』창간호, 1947. 9.
     275쪽.
101) 「국제문화의 교류에 대하여」(『해방기념평론집』, 1946. 8.), 『현대문학비평자료
     집』, 태학사, 1993. 47쪽.
102) 『문화전선』, 1947. 4.

이 학습의 근간이 되는 마르크스-레닌주의 이론체계에 의하면, 당은 가장 훌륭한 계급 의식(프롤레타리아 의식)을 소유한 소수의 프롤레타리아로 구성된다. 이들은 소수의 지식인(Intellektuelle)[103]들이다. 당은 최상 최고의 프롤레타리아 엘리트들로 구성되어 프롤레타리아 계급의 전위로서 그들을 대표한다. 계급 의식으로 무장한 지배 엘리트로서의 당원은 우둔하고 무능력한 프롤레타리아 대중을 대신해서 그들의 의식과 의지를 실현시키고 계급 이익을 관철하며, 계급 의식을 강화하도록 교육 지도한다. 때문에 프롤레타리아 대중에게 당은 반드시 필요하며, 당은 프롤레타리아 대중을 위해 존재하게 된다. 이 경우 당과 프롤레타리아 대중 사이에는 이질성이 전혀 상정될 수 없으며, 당의 권익 관심 의지가 곧 프롤레타리아 대중의 권익 관심 의지가 되며, 그것이 바로 공동선의 의지요 그것을 당이 대변하게 된다. 이런 원리 때문에 공산주의 체제에서는 지배자(당)와 피지배자(인민 대중) 사이에 동일성이 형성되는 것으로 상정된다.[104] 당은 마르크스-레닌주의라는 이데올로기의 유일한 보존자·파수자 및 담지자·확산자·강화자가 되어 권위적으로 기능을 수행한다. 당이 설정하는 최후의 목표는 자유와 평등이 지배하는 공산주의 사회의 쟁취에 있다. 이를 위해 우선 권력을 장악해야 하는데 권력 장악을 위해서는 현실의 지배

---

103) 이 때 지식인은 부르주아지(생산 수단 소유 계급)나 프롤레타리아(노동자 계급)에 소속성을 갖지 않는 부유계층으로서의 지식인 개념과는 다르다. 이 부유계층은 도리어 기회주의적 계층으로 비판될 수 있는 집단이다.

104) 이 일원주의(Monism)는 다원주의(Pluralism)사회의 지배/피지배의 역학관계와 엄청난 대조를 이룬다. -김지운·방정배·정재철, 위의 책. 70~71쪽.

계급을 타도해야 하며, 혁명이라는 기존 질서 붕괴 행위가 선행되어야 한다. 민중들로 하여금 실제로 행동하게 하여 기존 질서의 파괴를 실행하게 하는 혁명에 동참하게 할 경우, 당의 선전 선동조직의 기능을 행사하는 커뮤니케이션 매체를 적극 활용한다. 이를 통해 인민들에게 "정보 및 이미지의 의도적인 통제와 조종"[105]을 행사할 수 있게 된다. 이때 문학을 통한 통제와 조종의 '교양' 작업은 공산주의의 실현으로 나아가는 지름길이었다.

① 프로레타리아 국제주의 기치에 충실한 쏘련 인민은 평화와 민주주의와 사회주의의 위업을 위하여 투쟁하는 위대한 중국 인민과 모든 인민 민주주의 국가 근로 인민들과의 형제적 친선 그리고 자본주의 및 식민지 국가 근로 인민과의 친선적 뉴대를 발전 강화시키고 있다.
　친애하는 동지들 및 친우들!
　우리 공산당은 공산주의 건설을 위한 투쟁에 있어서 쏘련 인민의 위대한 지도적 향도적 력량이다. 당 대렬의 강철 같은 통일과 한결 같은 단결은 당의 력량과 위력의 주요 조건이다. 당의 통일을 눈동자와 같이 수호하며 당의 정책과 결정을 수행하는 적극적 정치 투사로서 공산당원을 교양하며 전체 근로 인민 즉 로동자들, 꼴호즈원들, 인테리들과 당과의 련계를 일층 강화하는 것이 우리의 과업이다.[106](밑줄;인용자)

② 깊은 애도 속에 잠겨있는 전체 조선 인민은 자기의 해방의 은인

105) 김기도 편저, 『정치선전과 심리전략』, 나남, 1989. 20-21쪽.
106) 「쏘련공산당 중앙위원회와 쏘련 내각 및 쏘련 최고 쏘베트 상임 위원회로부터 – 쏘련의 전체 당원들과 전체 근로인민들에게」, 『문학예술』, 1953. 3. 9쪽.

이며 조국의 완전 통일 독립과 민주와 평화를 위한 장엄한 투쟁에서 우리 인민을 항상 성심 성의로 도와주었으며 우리 투쟁의 앞길과 전망을 밝혀주신 위대한 쓰딸린 대원수에게 대한 사랑과 존경의 뜻을 더욱 새롭게 하면서 <u>그가 념원하던 우리 인민의 자유와 행복 우리 나라의 자주 독립을 하루 속히 쟁취하기 위하여 쓰딸린의 우수한 제자 중의 한 사람인 김일성 원수</u>와 그의 령도 하의 조선 로동당과 공화국 정부의 주위에 더욱 튼튼히 결속되며 당과 수령이 부르는 원쑤 격멸의 결전애로 더욱 힘차게 나설 것을 엄숙히 맹세한다.[107](밑줄;인용자)

예문 ①은 스탈린의 서거 후 통일전선의 유대감을 고취시키는 소련공산당 중앙위원회의 메시지를 번역한 자료이다. 예문 ②는 조선노동당 중앙위원회에서 인민들에게 부음을 알리는 내용 중 한 부분이다. 통일전선에 바탕 한 전세계적인 공산주의 연대감이 상당함을 알 수 있다. 특히 스탈린에 대한 북한의 강력한 충성심은 향후 소련 수정주의 노선에 대해 북한이 반발할 수 있는 징후를 보이고 있다.

조국해방전쟁시기[108]에 있어 북한의 전쟁 명분은 일본 제국주의 대신에 새로이 한반도를 차지하고자 하는 미국 제국주의의 침

---

107) 「조선 로동당 중앙 위원회와 조선 민주주의 인민 공화국 내각에서 — 전체 조선 로동당 당원들과 전체 조선 인민에게 고함」, 『문학예술』, 1953. 3. 14쪽.

108) 김일성은 전쟁 발발 다음날인 1950년 6월 26일 방송연설을 통해 전쟁의 성격을 정의의 해방전쟁으로 규정하고, 모든 힘을 전쟁의 승리를 위하여 바칠 것을 강조하였다. 이후 그는 「우리의 예술은 전쟁승리를 앞당기는데 이바지하여야 한다」(1950. 12. 24), 「우리 문학예술의 몇 가지 문제에 대하여」(1951. 6. 30), 「우리 예술을 높은 수준으로 발전시키기 위하여」(1951. 12. 12) 등의 연설을 통해 전시문학의 전투적인 사명과 임무, 주제방향과 창작실천적 문제들에 대한 방향을 제시하였다.

략에 대항해야 한다는 것이었다. 북한 정치체제의 확장에 기반 한 것이었는데 이것은 소련의 사회주의 체제를 모국으로 한 통일전선의 연대에 토대를 두고 있다. 그래서 북한에서는 당시까지도 사회주의적 사실주의를 창작 원리로 하여 직접적인 창작 지침[109]을 내리고 있었다. 이는 전쟁의 승리를 위해 '문학예술의 무기화'[110]를 주장한 김일성의 연설 내용에 기초하고 있다. 문학예술의 무기화 지침은 다음과 같은 것을 요구하였다. 첫째 숭고한 애국심을 형상할 것, 둘째 인민군대의 영웅성과 완강성을 표현할 것, 셋째 적에 대한 증오심을 옳게 표현할 것, 넷째 국제친선사상을 테마로 한 작품을 많이 창작할 것, 다섯째 사회주의 사실주의의 창작방법을 체득할 것 등이다. 그리하여 이를 통해 "현 단계에 있어 문학예술 일꾼들의 임무는 조국 해방 전쟁에서 영웅적 인민 군대와 후방 일꾼들이 쟁취한 승리를 인민들 속에 고착시키는 데 있다"며 인민들에게 '정신의 기사'가 되어 '마음의 무기'를 가지고 '승리의 고착'을 이룩할 것을 요구하였다.

---

109) 당시 문학인들의 창작의욕을 고취시키기 위하여 '쓰딸린상'을 제정하여 시상하기까지 하였다. -「1951년도 문학예술부문에서의 우수한 로작들에 대한 쓰딸린상」, 『문학예술』, 1952. 4.

110) 김일성이 문화예술인들과의 접견석상에서 한 연설 내용을 보면, "예술일꾼들은 우리의 예술이 민족적 형식과 민주주의적 내용을 가진 인민적 예술로 또는 국제주의 정신으로 일관하고 형식주의를 배격한 심각한 사상성을 가진 예술로 발전되는 때에라야만 성과있게 발전될 수 있다는 것"을 기억해야만 하고, "우리의 예술은 인민들의 친선을 노래하며 우리의 인민들 속에서 국제주의 감정을 배양시켜야"한다. "동시에 민족예술을 발전시키기 위하여서는 쏘련의 선진예술과 우리의 친선국가 인민들의 예술을 반드시 연구하여 그의 우수한 성과들을 우리의 민족적 토대위에 적합하게 섭취"하여 "우리 예술의 장래 발전과 제인민간의 친선적 련락과 우호의 강화를 촉진"해야 할 것이라고 주장한다. -『문학예술』, 1951. 12. 5-7쪽. 참조.

사회과학원 문학연구소의『조선문학통사』에서는 그 내용을 다시 6가지로 구분하였다. 첫째는, 인민의 고상한 애국심과 민족적 자부심을 정당히 형상할 것, 둘째 영웅을 형상할 것, 셋째 '원쑤'들의 만행을 철저히 폭로할 것, 넷째 프롤레타리아 국제주의 사상을 반영할 것, 다섯째 자연주의적 요소를 숙청하고 사회주의적 사실주의에 기초할 것, 여섯째 작가들은 위대한 무기, 문학예술의 창조자로서 애국주의적 세계관을 부단히 제고할 것 등이다. 김선려·리근실의『조선문학사』111)에서는 위 내용 중 사회주의적 사실주의를 '우리식 사실주의'로 표현한 점이 다르다.

이러한 교시의 내용을 구체적으로 형상화한 작품들에서는, 해방 이전에 미천한 신분이었던 주인공이 해방 이후 전개된 북한 사회주의 체제로 인해 새로운 삶을 가지게 되고 이후 전쟁이 발발하자 인민군대에 입대하여 영웅이 된다는 이야기가 하나의 공식처럼 등장한다. 이와 같은 현상은 영웅을 그려냄에 있어 대중적 영웅주의를 보여줄 것을 요구한 당 문예정책과 밀접한 관련이 있다.112)

한설야113)는 북조선 문예총과 남조선 문련이 합동하여 생긴 조선문예총의 담화에서 김일성이 "현 단계에 있어서 문학예술 일꾼들의 임무는 조국해방전쟁에서 영웅적 인민군대와 후방 일꾼들이

---

111) 과학백과종합출판사, 1994.

112) 대중적 영웅주의란 '영웅이란 어떤 전설적인 비범한 인간을 의미하는 것이 아니라, 어젯날의 노동자, 농민, 사무원, 학생들 또는 이들의 자제이므로, 이들의 풍부한 감성과 인간성, 그들이 갖고 있는 사상과 신심 그대로를 묘사한다면 오늘날의 우리 공화국의 영웅들이 될 것'이라는 김일성의 교시 내용 중 하나이다.

113) 한설야, 「김일성 장군과 문학예술」, 『문학예술』, 1952. 4. 4-10쪽.

쟁취한 승리를 인민들 속에 고착시키는 데 있다"라고 한 사실에 주목하여 "승리의 고착"을 주장한다. "장군은 우리의 영웅적인 인민군대가 전선에서 적을 소탕하며 자기 강토를 회복하며 완전한 해방으로 나아가는 그 전투적 실상과 승리의 모습들을 인민들의 머리 속에 재생시켜 영원히 남게 하는 '정신의 기사'로서의 문학예술인들의 사업이 전투의 승리와 아울러 병행 되여야 할 것을 우리에게 명백히 가르쳐 주었다"는 그의 말은 조국해방전쟁시기 문학인이 생각하고 있는 문학의 형상을 보여 준다는 의미가 있다. 그리고 예외 없이 소설에서 그러한 양상은 매우 잘 드러나고 있었다. 즉 북한군은 '영웅'으로, '적(남한군과 미군)'은 '승냥이'에 비유되며 지극히 부정적으로 나타나 선악의 대비가 극명하다.

조국해방전쟁기 북한 소설에서 북한군은 거의 절대적인 긍정적 인물로서 영웅으로 형상화되고 있다. 반면 남한군, 특히 미군에 대해서는 적대감이 드러난다. 미군에 대한 고정적 이미지로 선악의 대비는 뚜렷하다. 장렬하게 죽어가는 인민군대의 용맹성과 그들을 잃는 억울한 심정이 노골적으로 드러나면서 미군에 대한 선정적 묘사를 병행하여 적대감을 가일층 고조시키는 예가 다반사였다.

> 오후 차가 빽하고 고동을 울리며 정거장에 와 닿았다. 삭도 사무실에 웅기 중기 모여 있던 미군놈들과 「국군」놈들이 고아대며 정거장으로 내달려 갔다. 이슥해서 길다란 화물 렬차가 씩씩 하고 강가에 증기를 뿜으며 삭도 창고 앞 구내 인입선에 끌리여 들었다. 놈들은 고함을 지르며 채쭉으로 인부들을 후려갈기기 시작했다. 인부들은 유개차 속에서 네모난 탄약 상자며 누런 헝겊으로 길쭉하게 포장

한 무기들을 메여 창고 앞에 날라다 놓았다. 키 큰 미군 장교놈이 턱을 쳐들어 좌우를 가르키는데 따라 인부들은 창고 속에와 삭도 운전대 앞으로 따로따로 나누어 옮겨간다. 삭도 운전대 앞에 카빙총을 메고 선「국군」놈은 인부들을 시켜 날라온 상자들을 련속 삭도 바가지에 담아 올리기 시작했다. 미군 장교놈이「국군」놈을 향해 무어라고 지껄여댔다.「국군」놈은 운전 기록장과 연필을 들고 서 있는 삭도 사무원 림재철을 향해 위협하듯이 눈알을 딩굴리며 총뿌리를 쳐들어 대고는 큰 소리로

『얘 오늘 중으로 다섯 화찻걸 다 실을 수 있지』

하고 머리가 반백이나 된 나 먹은 이를 보고 마치 아이한테 하듯 나무렸다.114)

예문은 문체적으로 이분법적 갈등을 부추기는 표현들이 난무하다. '미군놈' '국군놈'이라는 적대적 호칭으로 부르는 그들은 "고함을 지르며 채쭉으로 인부들을 후려갈기"고, 나이 먹은 이도 "위협하듯이 눈알을 딩굴리며 총부리를 쳐들어대"며 "턱을 쳐들어 좌우를 가르키는" 예의 없고 몰상식한 자들로 형상화하고 있다. 물론 지금도 북한의 교과서에는 '미국놈, 국군놈, 교장놈' 등의 지칭으로 계급성, 식민성을 부각시켜 갈등을 일으키는 문체를 사용하고 있다. 이것은 특히 전쟁기에서 유래된 것으로 보인다. 이러한 갈등의 바탕에는 '숭고한 것/비속한 것'이라는 원초적 분류가 잠재되어 있다. 즉 자신들의 사상에 대한 정신적 고귀성을 암시하려는 것이다.

---

114) 김형교, 「조가령 삭도」, 『문학예술』, 1953. 3. 86쪽.

황건의 『불타는 섬』[115](1952)는 인민군의 투쟁과 숭고한 애국심, 대중적 영웅주의를 형상화하였다고 칭송받는 작품이다. 1950년 미군이 5만여 명의 고용병들과 300여 척의 함선, 1000여 대의 비행기 등 막대한 병력을 동원하여 대규모로 인천상륙작전을 감행할 때, 단 한 개 중대의 포병무력으로 맞받아 싸워 그들의 상륙을 3일간 지연시킨 바 있던 월미도 해안포병의 영웅적 투쟁을 작품 소재로 하고 있다.

이 작품은 몇몇 통신수들이 전투가 한창인 월미도로 들어오면서 시작된다. 인천상륙을 저지하기 위한 최후의 격전지인 월미도 전투의 절박함과 인민군대의 용맹이 잘 드러나고 있다. 불바다를 연상시킬 정도로 비장한 전투의 현장에 새로 투입된 "선연한 세라복의 통신수"들이 펼치는 죽음의 선택과 그 과정은 개별적이고 주체적인 계기 속에서 드러나고 있다. 김일성의 존재는 배후에 가려져 있지만 영웅적 선택의 바탕이 되고 있다. 이 작품은 당시의 다른 소설들과 마찬가지로 치열한 전투에서 인민군이 얼마나 용감하게 싸웠는가에 초점이 맞추어져 있다. 주인공 김명희는 전쟁 중에 배치된 통신수로서 전쟁이 패배할 것이라는 것이 확실해지자 철수를 명령받는다. 그러나 김명희는 훌륭한 중대장 리대훈과 그 밑에서 끝까지 남아 월미도를 사수하기로 한다. 8명의 동료들과 함께 죽음을 함께 하여 산화하기로 결정하는 것이다. 이것을 결정하기까

---

115) 이 작품은 1953년 '조선인민군 창건 5주년 기념 소설집'『화선』에 발표된 소설이다. 6월에 발표된 작품집의 말미에 1952년 1월이라는 창작시기가 표기되어 있다. 1982년 리진우에 의해 각색되어 인민배우 조경선이 연출을 맡아 영화로 제작되었다.

지 그들의 심리적 동요는 상당히 세밀히 묘사되어 작품의 긴장감을 유발시키고 있다.

> 중대장 리대훈도 여전히 타는 듯한 열 오른 눈을 명희에게 돌렸으나 기쁨에 거북스레 눈을 껌벅이었다. 물흐르듯 하던 땀이 아직 채 잦아들지 못한, 흙먼지에 얼룩이 진 얼굴이며, 너덜이 난 샤쓰며, 바지며, 그 사이에도 비죽비죽 내어민 피흘리는 살이며 명희는 중대의 모든 동무들과 함께 그에게 벌써부터 마음이 흠뻑 사로잡혀 버렸다.116)

위의 예문 이외에도 작품 곳곳에 치밀한 묘사가 나타나고 있다. 이 작품은 절대적인 극한 상황에서 인생의 가장 찬란한 순간을 맞이하는 남녀의 애절한 사랑이 비극적 죽음을 통해 숭고하게 승화되는데, 문체 역시 이에 크게 기여하고 있다.

정치체제 형성 초기 북한의 '교양'117)하는 문학은 당과 인민 사이의 동일성 보다는 소련 사회주의와 북한 사회주의 체제의 동일성 형성에 주안점을 두었다. 소련을 중심으로 한 사회주의 체제의

---

116) 황건, 「불타는 섬」, 『화선』, 문예출판사(평양), 1953. 10쪽.
117) 김일성은 1968년에 기본 발상이 배태되어 1977년에 교시한 『사회주의교육에 관한 테제』에서 "학생들은 학교에서 조직적이며 체계적인 교육을 받는 것과 함께 사회관계속에서 생활하면서 교육교양을 받는다. 그러므로 후대교육을 잘하기 위하여서는 학교교육을 강화하는 것과 함께 교육적 영향을 주는 모든곳에서 학생들을 올바로 교육교양하여야 하며 학교교육과 사회교육을 밀접히 결합하여야 한다"고 교시하였다. 학제 내 교육과 학제 외 교육을 '교육-교육교양'의 관계로 파악했다는 것을 알 수 있다. 필자는 「북한 아동문학과 교육 연구」(『한국문학이론과 비평』, 한국문학이론과 비평학회, 2006. 3)에서 혼동을 피하기 위해 이를 '교육-교양'으로 정의한 바 있다. 이렇게 제도권으로 교육교양의 역할이 인입, 구체화되기 이전부터 북한에서는 문학의 '교양'으로서의 역할이 매우 중시되었다.

위성국인 북한 간의 국제 커뮤니케이션은 초기 무조건적인 숭배와 추종으로 나타나다가 점차적으로 동등한 관계인 '친선'의 형태로 변모된다. 그리고 위 작품들에서 보듯 전쟁을 계기로 인민 속에서 내부의 긍정적 주인공을 찾아 형상화함으로써 해방기보다는 훨씬 '주체'적 문학 개념이 활성화되고 당과 인민 중심으로 전환되는 계기들이 곳곳에서 감지된다. 그리하여 결국 '주체'적 선언 이후에는 대부분의 교류 작품이 사라지게 되는 것을 기관지인 『조선문학』을 통해 확인할 수 있다.

『조선문학』을 보면, 1957년 11월 소련의 '10월 혁명 40주년 기념'특집, 1959년 10월과 11월 '소·중과의 친선' 특집, 1960년 4월에는 '레닌' 특집이 다루어진다. 중국의 경우는 1955년 11월 호풍 비판을 번역 소개하고 1956년 10월 로신 서거 20주년을 기념하는 중국 특집 내용이 게재되며 1958년 8월에는 주양의 글들이 번역 소개되기도 한다. 그러나 갑자기 1960년 6월과 7월 연속적으로 '미제 침략군은 남조선에서 즉시 물러가라'는 구호성 특집이 게재된다. 이후 지극히 산발적으로 소·중과의 교류를 나타내는 작품과 평론 등이 보이다가 그마저도 1961년 11월 이북명의 정론 이후에는 국제적 관계성을 의미하는 소통 양상이 급격히 미약해진다. 그리고 '주체' 개념의 본격적 설정을 통해 '당과 인민의 동일성'으로 급격히 방향 전환이 이루어졌다. 이 방향 전환에서 예민하게 감지되는 부분은 중국과의 우호적 교류 확대의 징후이다.

북한에서 '주체' 개념이 처음 만들어지게 된 것은 김일성의 권력이 도전을 받게 된 것과 관련이 있다. 국제적으로 스탈린 사망 이후 개인 우상숭배 비판의 흐름과 사회주의권의 수정주의 흐름이 국내에서 김일성의 정적들에게 김일성 권력에 도전하는 계기로 작용하였다는 것이다. 1955년 무렵까지도 소련파, 연안파, 갑산파 등 많은 파벌들118)이 김일성과 연립 정권을 구성하였고, 1967년 갑산파 제거를 마지막으로 유일지도체제를 구축119)하기까지 김일성의 권력은 언제나 도전받는 불안정한 권력기반 위에 있었다. 한국전쟁 실패의 책임을 물어 수가 가장 많고 부담스러운 국내파인 박헌영, 이승엽 등을 숙청하기는 했지만, 전쟁 시 소련과 중국의 원조 때문에 소련파와 연안파가 득세하는 계기가 되었다. 1956년 2월 후루시초프의 스탈린 개인숭배 비판과 사회주의권의 수정주의 여파는 김일성의 정적들을 고무시켰다. 그래서 김일성은 이러한 경쟁세력들을 종파라고 규정짓고 그들 종파가 중국과 소련을 등에 업은 세력이었기에 사대주의자라고 비판하면서 '주체'적 개념을 제시하면서 8월 종파사건을 단행하였다.

어떤 사람들은 쏘련식이 좋으니, 중국식이 좋으니 하지만 이제는 우리 식을 만들때가 되지 않았습니까. 쏘련의 형식과 방법을 기계적으로 따를 것이 아니라 그 투쟁경험과 맑스-레닌주의의 진리를 배우

---

118) 조만식이 이끄는 민족주의파는 일찍이 소련에 의하여 거세되었고 남은 권력집단은 김일성의 빨치산파와 갑산파를 포함한 범빨치산파, 조선계 소련인들을 지칭하는 허가이 등 소련파, 중국에서 돌아온 혁명가들로 구성된 박일우 등 연안파, 조선과 일본에서 공산주의 운동한 사람들을 망라한 국내파였다. 이중 가장 수가 많은 것이 국내파였고 가장 수가 적은 것이 빨치산파였다.

119) 이는 김일성의 「국가 활동의 모든 분야에서 자주, 자립, 자위의 혁명정신을 더욱 철저히 구현하자」(『조선문학』, 1968. 1)라는 조선민주주의인민공화국 정부정강을 참조할 것.

는 것이 중요합니다. 그러므로 쏘련의 경험을 배우는 데 중점을 두어야 합니다. 쏘련의 경험을 배우는 데 형식만 따르는 경향이 많습니다.[120]

위의 예문에서 보듯 '주체'의 개념은 '우리 식으로 하자는 것'으로 정의되었다. 그러나 소련과 중국은 8월 종파사건에 크게 반발하여 북한의 내정에 개입한다. 이를 계기로 김일성은 자신의 정적들이 교조주의, 형식주의, 종파주의, 관료주의에 젖어 있어 혁명과업을 곤란하게 했다면서 '주체의 확립'에 대한 개념을 작품과 문예이론을 통하여 더욱 적극적으로 발전시켜 나가게 된다. 주체사상이 본격적으로 북한의 지배이념이 된 것은 1967년 갑산파의 권력 도전과 이들을 숙청하고 권력에 본격 부상한 김정일이 주체사상을 유일사상으로 추진하면서부터이다. 1967년 6월 김일성은 연설에서 "유일사상이 곧 주체사상"이라는 언명이 발표하였다. 이것은 김정일의 주도로 옹립 되었던바 김일성의 권력승계 전략과 밀접한 관련이 있다고 할 것이다.

그런데 이 '주체'라는 정치적 전변에 마르크스-레닌주의가 다시 크게 작용했다는 것이 중요하다. 이 마르크스-레닌주의는 '스탈린의 마르크스-레닌주의'이다. 스탈린 사후 소련의 마르크스-레닌주의는 스탈린 격하 운동에 따라 구각을 벗어던지는 방향으로 복귀했지만, 북한의 마르크스-레닌주의는 '스탈린의 마르크스-레닌주의'를 온존시켰다. 그리고 이를 '유일체제'라는 파시즘으로

---

120) 김일성, 「사상사업에서 교조주의와 형식주의를 퇴치하고 주체를 확립할 데 대하여」, 『김일성 저작집 9』, 조선로동당출판사, 1980. 477쪽.

'주체화'하여 권력의 부자세습에 이용하였던 것이다. 사실상 북한
에서는 마르크스—레닌주의가 폐기되지 않았고, 사회주의 체제는
그대로 유지하면서 체제 변화를 거듭하여 공산주의로 진전 되어가
는 것이다. 즉 북한의 정치체제는 사회주의와 공산주의 선언, 그
이후의 파시즘의 유일체제로 전변된 것이다. 파시즘화한 유일체제
는 소련 스탈린의 마르크스 레닌주의를 재모방한 것이다. 따라서
현재처럼 주체사상만으로 북한 문학 전체를 해석하는 학계의 동향
은 연구의 객관성을 담보하기 위해서 지양되어야 할 부분이다.

　이러한 '주체'적 공산주의화가 진행될 당시 북한의 정치 커뮤니
케이션으로서의 문학은 당과 인민 사이의 동일성 형상화에 주안점
을 두었다. 마르크스—레닌주의에 바탕 한 (전위)당과 인민 사이의
동일성을 형성하려는 목적의 '교양'으로서의 커뮤니케이션은 공산
주의 선언121)과 결코 무관하지 않다. '소련' 체제 지향에서 '주체'
의 공산주의화가 본격화되는 것이다. 외부적 동일성 지향이 내부
적 동일성으로 변화했다는 의미이다. 즉 '당과 인민의 동일성'이
중시되었다. 소설 내부에서 이러한 경향은 뚜렷이 발견된다. 이것
이 조국해방전쟁을 계기로 생성되었고 중국과의 우호적 친선을 다
룬 작품이 빈번한 것을 볼 때, 소련과의 관계는 전쟁을 계기로 서
서히 소원해지기 시작했다는 것을 알 수 있다. 그리고 중국의 대약
진 운동을 모방한 천리마 운동을 계기로 중국과의 관계가 더욱 밀
착된 것으로 보인다. 이는 오체르크를 다루는 뒷글에서 자세히 살

---

121) 김일성, 「공산주의 교양에 대하여」(전국 시, 군 당위원회 선동원들을 위한 강습
　　 회 연설), 1958. 11. 20.

펴보겠다.

1958년 8월을 기해 높은 단계의 공산주의 사회로 진입되었음을 천명했던 북한은 아직까지 전 세계의 사회주의화와 제국주의와의 투쟁이 지속적 혁명과제로 남아 있다며 반혁명 세력과의 투쟁을 강화하고 인민들을 공산주의적으로 교양시킬 과업에 주력한다. 문학에서는 새로운 시대의 영웅, 즉 '공산주의적 인간형'을 형상화하고, 대중을 교양 개조시키는 사업이 펼쳐지게 된다.[122] '주체'적 공산주의의 북한 문학은 주로 당시의 '천리마 현실'을 반영하여 인민 형상화에 주력하였다.

관제지인 『조선문학』의 권두언에서는 "오늘 우리나라는 미증유의 정치적 로력적 앙양 속에서 사회주의의 길을 따라 비약적인 템포로 전진을 계속하고 있"으며,"김일성 수상은 사회주의를 향하여 천리마를 탄 기세로 달리고 있는 우리 근로자들의 헌신적 로력 투쟁을 높이 평가"하는데, 이에 비해 "우리 문학의 전진은 오늘의 약진하는 현실적 발전에 비춰볼 때 그 템포가 너무나 굼뜨"다고 비판한다.[123] "얼마 전에 소설가들은 련명으로 소설가들에게 소설 작품이 나오지 않는 실정에 비추어 궐기하자고 호소문을 발표하였다. 그러나 그 후에도 다름이 없다. 빈 소리를 치지 말고 공담을 하지 말자!"[124]고 작품의 양적 증대를 역설하며 "공산주의 새 문

---

122) 1959년 『조선문학』1월호에는 작가들의 새해 결의를 담은 글들이 등장하고, '전변하는 대지'라는 슬로건을 내건 시 4편이 소개되며, 3월호 권두언에서는 한설야가 「공산주의 문학 건설을 위하여」를 통해 1958년을 "위대한 비약과 변혁의 해"라 칭한 바 있다. 그만큼 북한 사회에서 1958년은 '전변의 해'로 기록된다.

123) 「천리마의 기상으로」, 『조선문학』권두언, 1958. 11. 3~6쪽.

학"이라는 "거대한 시대적 비약에 적응할 것을 요구"[125]한다. 이러한 범문단적 논의를 바탕으로 사회의 급격한 공업화와 산업화에 걸맞는 문학적 대응을 총체적으로 시도한다. 생산력의 발전 없이는 사실상 체제 유지가 힘들다는 당 지도부의 판단은 급속한 생산력의 증대를 통해 공산주의 낙원을 현실화하기 위한 투쟁을 벌여 나갔고, 문학 역시 이러한 노선의 실행에서 예외가 아니었다. "천리마 현실을 제때에 민감하게 반영하며 우리 시대의 영웅인 천리마 기수들의 전형을 훌륭히 창조하는 것은 문학예술 부문 앞에 나선 매우 절박한 과업"[126]이었던 것이다. 따라서 당시 대부분의 소설작품들은 '주체'적 공산주의의 이데올로기를 명시하면서 정치 커뮤니케이션으로서의 역할에 충실하였다.

　　공산주의에로의 전진을 주름잡는 사회주의 건설의 천리마적 대고조, 조국 통일을 위한 보다 성숙된 투쟁─이것은 우리 나라의 전후 정세를 규정하는 기본 조건으로 되었다.
　　도시와 농촌에서의 사회주의적 개조를 위한 투쟁과 그 빛나는 수행, 인민 대중들에 대한 사상 교양 사업을 계급 교양과 혁명 전통 교양과 결부시켜 진행하는 문제는 각별히 중요한 사상 과업으로 제기되었다. 당의 령도를 받들어 인민 대중을 교양하는 우리 문학은 인민들을 우리 당의 빛나는 혁명 전통으로 무장시키며 공산주의 교양을 강화하며 그들을 높은 계급적 각성과 자력 갱생의 혁명 정신으로 고무하는 데 예리한 창작적 힘을 경주하였으며 이러한 특성들은

---

124) 강효순, 「우리도 천리마를 타자」, 『조선문학』권두언, 1958. 12. 6쪽.
125) 연장렬, 「시대의 영웅─로동 계급의 긍정적 주인공」, 『조선문학』, 1959. 3. 137쪽.
126) 박종원·류만, 『조선문학개관Ⅱ』, 인동, 1988. 229쪽.

이 시기 우리 나라 문학 발전의 새로운 원천으로 되었다.[127)]

예문처럼 인간 정신의 기사인 작가들은 자력 갱생의 혁명정신으로 인민들을 고무 교양하는 작품을 쓰는 데 온 힘을 기울였다. 공장의 복구건설과 농업 협동화 등 자립민족경제 실현 등의 형상화에 역점을 두었던 것이다.

김병훈의 「해주-하성서 온 편지」[128)]의 경우, 대학입시를 눈앞에 두고도 자원하여 건설장으로 달려온 서칠성이라는 평범한 청년이 혁명적인 자각에 의해 진정한 투사가 되어 동료들을 격려하여 3-4년 정도 소요되어야 할 해주-하성 간의 철길 개건 공사를 75일 만에 끝낸다는 이야기이다. 다음 예문은 이를 곁에서 지켜보던 명희가 감동하여 오빠에게 보내는 편지이다.

> 그래서 천리마를 탔지요. 어느 환상 소설을 읽어 보니까 빛의 속도로 나는 로케트를 타고 열흘 동안 우주를 다니다 왔더니 그동안 땅 우에서는 5년이라는 세월이 흘렀더라나요. 그래요. 우리도 천리마를 타고 해주-하성 삼년길을 한달 반이라는 '우주 속도'로 달리는 거야요.
> 제일 빠른 천리마! 우리 시대에 이보다 더 큰 영광으로 불리우는 이름은 없을 것입니다. 모두 기세 충천했지요. 박동무가 말하다싶이 '시간이 우릴 따라오다 기진맥진하여 나자빠지도록 고삐를 채 보세!' 이런 기세였답니다.[129)]

---

127) 안함광, 「당의 령도 밑에 발전한 문학의 길」, 『조선문학』머리글, 1965. 10. 8쪽.
128) 『조선문학』, 1960. 4.
129) 김병훈, 「'해주-하성'서 온 편지」, 『조선문학』, 1960. 4. 44-45쪽.

이처럼 명희나 칠성과 같은 평범한 인물의 열정적 근로의지는 당과 수령에 대한 자발적인 충성에 바탕하고 있다. '당과 인민의 동일성'인 것이다. 이 작품을 통해 작가는 "조선에서의 천리마 운동의 시대적 본질과 그 비밀을 론증하려고 하였는바 그는 여기서 그 과정 자체를 성실하게 재현해 보이는 각도에서가 아니라 그의 고삐를 틀어 쥔 변천된 세 세대 로동 계급의 무한히 아름다운 정신적 미를 일반화하는 각도로서 증명하려고 애썼다. 작가는 어렵고 험한 길을 돌아 상상봉에 오를 때 비로소 생활의 참된 보람을 느끼게 된다는 생의 진리를 간직한 조선의 한 보통 로동 녀성의 솔직한 고백을 통하여 우리 나라 청년 건설자들의 전설적인 영웅주의를 낳게 한 시대의 사상과 리념을 예술화하려고 노력하였다"[130]고 당시 평론에서는 평가하였다. "'전체는 하나를 위하여, 하나는 전체를 위하여'라는 공산주의 생활 규범 밑에 서로 도우고 이끌면서 생활을 전진시키고 있는 집단주의적 생활의 흥겹고 보람찬 나날은 우리 문학의 혁명적 랑만성의 특성을 규정한다. 동시에 그것은 조국과 인민을 위한 사업에서 온갖 난관 애로를 영웅적으로 싸워 이기는 정신의 극적 체험과 긴장 속에서 나타나기도 한다"[131]는 말에서 보듯 북한이 지향하는 '주체'적 공산주의화를 위한 대인민 커뮤니케이션의 양상은 '국민형성유대감'[132]을 야기하는 데 목표가

---

130) 현종호, 「새 시대 로동 계급의 형상과 작가 정신」, 『조선문학』, 1960. 6. 109–110쪽.

131) 안함광, 「당의 령도 밑에 발전한 문학의 길」, 『조선문학』머리글, 1965. 10. 10쪽.

132) 와이드너(E. Weidner)의 주장에서, 특히 정치 발전의 궁극적 목표라고 하는 국민형성(nation building)이란 '특정 정치 체계 내의 국민들이 심리적으로 유대·

있었다. 즉 당과 인민의 일체감이라는 것은 '전체주의적 인간형'을 만드는 것이 목적이었던 것이다. 이를 위해 명시적으로 제시되어 왔던 체제 이데올로기는 '주체'라는 역사적 전변을 통해 인간 개개 인, 인민을 '호명(Interpellate)'[133]하면서 수용자를 주체화시키 고 이에 따라 명시적 의미의 이데올로기는 내면으로 침잠하게 된 다. 이러한 체제 이데올로기의 내면적 커뮤니케이션의 당위적 형 성에 여러 가지의 문학 장르들이 큰 역할을 하였다. 실화를 바탕으 로 한 서사적 작품인 오체르크[134]와 같은 경우가 특히 그러하다. 1961년 '실화문학'으로 명칭이 변경되면서 나타나는 장르의 정체 성 갈등과 용어상의 혼란 등은 북한 내부의 헤게모니 전환과정을 극명하게 드러내고 있다. 주체 문제를 '민족'과 관련지어 본격적 탐색이 이루어진 고전문학작품 논의[135] 역시 이러한 측면에서 이

연대감을 지니게 되는 소위 일체감이 형성되는 것'이라 볼 수 있는데 매스 커뮤니 케이션은 여기에 결정적 역할을 할 수 있다는 것이다.—박기태, 『현대정치와 커뮤 니케이션』, 커뮤니케이션 북스, 1999. 19쪽.

133) 이는 알튀세르의 개념이다. 호명의 메카니즘은 개인을 주체의 자리에 위치시키 는 이데올로기를 의미한다. 즉 주체는 이데올로기적 국가 기구가 유포하는 이데올 로기에 의해 내면화된 관계로 자연스럽게 무의식적으로 편입된다. 알튀세르는 특 정 사회질서, 특정한 생산 관계의 집합, 권력이라고 느껴짐이 없는 특수한 권력의 행사 등을 지속 가능하게 하는 교묘한 메카니즘을 이론화했다. 그렇다면, 호명은 실제 주체화라기보다는 타자화를 오히려 내면화시키는 권력 이데올로기의 유용한 기제라 할 수 있을 것이다.

134) 이와 같은 정치적 문학 장르에 오체르크 외에 발라다, 뿌블리찌쓰찌까 등의 장르 도 있었다. 이러한 장르들이 실화문학, 담시, 정론 등으로 명칭이 변한 것은 북한 내부의 정치적 변화를 반영하는 것이다.

135) 류창선은 「문학 형식에서의 민족적 특성」(『조선문학』, 1958. 11)에서 18세기 고 전 작품들을 집중 조명하고, 김광현 역시 「예술적 기교에 대한 생각」(『조선문학』, 1958. 12)에서 주체와 민족 문제를 고전과 연관짓는다. 이러한 양상은 1967년 전 후에 전문단적으로 다시 한 번 강조되는데, 1966년 6월 『조선문학』에 실린 김영필

해할 수 있겠다.

3. 인간 존중화 – 이데올로기의 내면화

레닌은 사회주의 혁명 이후에도 기존 착취 계급들의 잔존세력이 남아 있다고 전제하여 프롤레타리아 독재의 일정 기간을 거쳐야 비로소 공산주의 사회로 이행될 수 있다고 보았다. 완전한 공산주의 사회의 도래를 위해서는 착취 억압계급의 완전 제거, 물질적 기능적 하부구조의 창출, 공산주의적 인간형 창출의 세 가지 전제가 충족되어야만 한다. 첫 번째 전제조건은 혁명이란 수단으로 손쉽게 달성할 수 있을 것이나, 두 번째 세 번째 조건은 참으로 지난한 과제일 수 있다. 특히 에고이즘과 개인적 이익을 초월하여 모든 사람을 위해 희생적 노동을 갖다 바치는 인간형을 교육하고 만드는 노력은 인간 본성을 간과한 요구이다. 공산주의를 위해 순수한 기쁨과 열정으로 자진해서 열심히 일하는 인간관을 상정하는 것은 처음부터 무리한 것일지 모른다는 것이 기존 커뮤니케이션 연구자들의 시각이다.

그러나 북한의 사회를 보면, 정치와 문학의 밀접한 연동으로 심리 전략만 적절히 행사된다면 커뮤니케이션을 통한 공산주의적 인

의 「작가의 개성과 고유 조선어」나 1966년 7월의 고전작가들의 주체사상을 다룬 특집 등을 들 수 있다. 따라서 실제 북한 내부의 문단적 전변은 1958년을 전후하여 격변하며 1967년 전후에 다시 한 번 전환의 시기를 겪었다는 것을 이러한 문학담론들을 통하여 확인할 수 있겠다.

간형을 만들 수 있다는 것을 알 수 있다. 체제 형성기 유일체제의 안정된 수립을 위해 주변 정적들을 숙청하고 외부 세력을 배제하면서 권력을 공고히 해 나가는 과정 속에서, 대부분의 소설이 '당과 인민의 일체감', 나아가 '김일성과 인민 개개인의 유대감'과 같은 동일성을 형성하는 데 아주 많은 공을 들이고 있었다. 이는 당시의 소설이 전략적이고 직접적인 정치 커뮤니케이션으로 기능하고 있었다는 것을 입증한다.

적의 평양 점령으로 인해 나약했던 한 여성이 단련된 투사가 되어 가는 과정을 보여주는 황건의 「안해」[136]나, 김일성의 사진을 보고 오열하며 빨치산에 가담한 이유를 생각하던 주인공이 "조선의 자유와 독립을 위하여 청춘을 바쳐 싸우신 당신을 본받아 인민의 한 사람인 저도 어찌 그 길을 따르지 않으오리까"[137]라며 결심하지만 미군에게 붙잡혀 결국 총살당해 버리는 임순득의 「조옥희」의 경우, '인간 존중화'를 논하기는 어렵다. 또한 황건의 『불타는 섬』에서 중대장과 통신수가 죽음이 두렵지 않느냐는 말을 주고 받던 중 갑자기 명희가 이야기를 바꿔 지금 우리들이 월미도에 이렇게 앉아 있는 줄을 장군께서는 아실까요라며 질문을 던지고, 중대장은 장군님께서 모든 정을 기울여 눈앞에 지키고 있을 거라고 비장하게 말하며 죽어 가는 장면도 마찬가지이다. 이러한 초기 작품들에서는 일단 당과 체제 우선 경향을 느낄 수 있다.

그러나 같은 조국해방전쟁을 소재로 한 작품일지라도 전쟁 이후

---

136) 『문학예술』, 1951. 9.
137) 임순득, 「조옥희」, 『문학예술』, 1951. 6. 20쪽.

에는 급격히 다른 양상을 보인다. 김영석의 「지휘관」의 경우는 주인공인 태익이 적들이 점령한 고지를 공격하는 과정에서 연대장 리인수 동지에게 감동을 받는 내용인데 "적의 포사격이 시작될거요! 그 흉악한 적탄에 단 한 사람이라도 피해를 입으면 안 되오! 단 한 사람이라도 말이요!"[138]하는 연대장의 말은, 조국해방전쟁 당시 작품의 내부적 경향과는 사뭇 다른 점을 드러낸다. 즉 전쟁 이후 전쟁을 반복하여 기억하려는 표상을 담지한 작품들을 포함하여 개별적 인민, 즉 '인간의 존중화'를 다룬 작품이 크게 늘어난다는 것이다. 김북향의 「아버지와 아들」에서는 제련소 용광로 실험이 실패했을 때 당위원장이 격려하자 "종호는 가슴이 울먹울먹해졌다. 그렇다! 당은 굳은 신념과 힘과 높디 높은 그 무엇을 가지고 자기들의 뒤를 꼬나 주며 격려해 주고 있다!"[139]며 정치성을 부각시킨다.

이러한 인민 개개인에 대한 배려와 존중화는 주인공 혹은 모든 등장인물의 '적극적 자발성'을 바탕으로 이루어진다는 설정이다. 특히 사회주의 기초건설시기의 작품들이 그러하다. 이 시기 북한은 아직도 정치적으로 여러 계파가 균형관계를 이루고 있었으며, 김일성 중심의 만주항일혁명[140] 투쟁의 계승자들은 하나의 정치적 세력에 해당하였다. 1950년대 말에 이르러 부르주아 반종파 투쟁을 계기로 해서 김일성 중심의 유일체제가 서서히 구축되었다.

---

138) 『조선문학』, 1958. 3. 9쪽.
139) 『조선문학』, 1958. 11. 72쪽.
140) 1953년 항일유격투쟁 전적지 조사단이 조직되어 항일혁명문학을 발굴 소개하면서 이후 혁명적 문예전통으로 자리 잡는 토대를 마련한다.

박종원·류만의 『조선문학개관Ⅱ』에서 평가하는 이 시기는 "중
공업의 우선적 장성을 보장하면서 경공업과 농업을 동시에 발전시
키는 전후 경제건설의 기본로선을 구현하고 있는 인민경제복구발
전 3개년 계획과 5개년 계획을 성과적으로 수행함으로써 사회주
의 기초를 튼튼히 하고 인민들의 생활을 안전 향상시켰으며 도시
와 농촌에서 생산관계의 사회주의적 개조를 완성하고 사회주의제
도를 튼튼하게 세워놓게 되였다. 전후시기에 조성된 정세와 혁명
임무, 근로자들을 창조와 건설에로 힘있게 불러일으키고 그들 속
에서 사상사업을 강화해야 할 과업 등은 문학예술의 기능과 역할
을 백방으로 강화할 것을 요구"[141]하던 시기였다. 또한 김일성이
전후 시기 "문학 앞에 나온 과업을 성과적으로 수행하기 위하여서
는 주체를 철저히 세우고 당의 문예정책 집행을 방해하는 부르죠
아적 및 종파주의적 경향을 철저히 극복 청산하고 작가 대렬의 사
상적 통일과 단결을 더욱 강화하며 당성, 로동계급성, 인민성의
원칙을 견결히 고수하고 사회주의적 사실주의 창작방법을 철저히
구현할 데 대한 방침을 제시"[142]하여 주체적 발전의 계기를 만들
어가던 때였다.

물론 그 이전부터 문단 자체 내에서 이미 징후는 감지된다. 한설
야[143]는 1954년도 1월에 1953년 창작사업의 제성과를 평가하며 앞
으로의 문학의 창작 방향을 제시한 바 있다.

---

141) 박종원·류만, 『조선문학개관Ⅱ』, 인동, 1988. 176–177쪽.
142) 박종원·류만, 위의 책. 177쪽.
143) 한설야, 「전진하는 조선문학」, 『조선문학』, 1954. 1.

① 조국 해방 전쟁에서 력사적 승리를 쟁취하고 전후 인민경제 복구 발전을 위한 투쟁에 총궐기한 영웅적 조선 인민의 장엄한 승리적 전진과 함께 우리 문학도 부단히 전진하고 있으며 발전하고 있다. 언제나 현실에 튼튼히 립각하여 미동도 하지 않은 우리의 사실주의적 인민 문학은 우리 인민의 고상한 애국주의와 영웅주의를 진실하게 반영하면서 일찍이 우리 문학사에 잇어 본적이 없는 드높은 질적 앙양의 길에 들어서고 있으며 당적 문학의 기치를 높이 들고 인민들에 대한 교양적 역할을 빛나게 수행하고 있다. 이것은 바로 우리 문학이 공화국 북반부에서 날로 공고 발전의 길을 걷고 있는 인민 민주 제도에 그 토대를 두고 있으며 당과 경애하는 수령의 옳바른 지도에 립각하고 있는 때문이다.144)

② 우리 문학이 앞으로 발전하기 위하여는 우리의 매개 작가 시인들이 문학의 당성 원칙을 고수하고 사회주의 레알리즘에 철저하며 문학예술에 있어서 맑쓰—레닌주의 미학 원칙을 우리 나라 현실에 적용한, 우리 문학의 창작 강령으로 되는 경애하는 수령의 말씀에 충실할 때만이 비로소 가능하다는 것을 새삼 명심해야 할 것이다.145)

위의 예문은 서두이고, 아래의 예문은 이 글의 결론 부분이다. "사실주의적 인민 문학"이 "고상한 애국주의와 영웅주의"를 반영해야 하며 당과 수령의 지도에 따라야 한다는 것을 역설하고 있다. 창작의 방법론은 "사회주의 레알리즘"과 "맑쓰—레닌주의 미학"을 바탕으로 하되, "우리 나라 현실에 적용"시키는 "수령의 말씀에 충실"해야 한다는 것이다. 이처럼 문학의 자율성보다는 정치적 종속

144) 한설야, 위의 책. 110쪽.
145) 한설야, 위의 책. 123쪽.

성이 이미 강조되어 있다.

자립민족경제를 실현해야 하는 당대의 책무를 위해 전 인민들을 고무하는 "우리 문학은 오늘 이러한 전진 운동에 있어서 전체 근로 인민들을 창조적 로동에로 고무하며 이 로상에 존재하는 모든 곤난과 애로들을 극복하는 데로, 사회주의 기초 건설의 위업에로 고무할 사명을 지니고"[146] 있기에, 당시 소설은 '국민형성유대감'을 형성하려는 목표를 위해 긍정적 인물의 전형을 창조하기로 한다. 그래서 프롤레타리아, 즉 자립 민족 경제의 현실을 이룩하기 위하여 공장의 복구에 나선 노동자들의 생활의 형상화가 권유된다. 이 북명의 「새날」[147]은 복구건설 사업에서 모범 노동자가 되고 싶었던 김천쇠의 이야기이다. 약혼자 삼례가 있던 고향을 떠나 전후 복구 현장 가열로 1호 직장 1직 신학구 작업반에서 15일 정도 지났을 때이다. 같이 온 친구 최순만이 못 견디고 집으로 돌아가 버리자 김천쇠는 갈등한다. 그러다가 사실 이 공장의 지배인인 과장이라는 사람을 만난다. 과장은 사태의 심각성을 충분히 인식하고 있는 인물이다. 문제는 "전 공장적으로 부족되는 로력의 총수였다. 그 부족을 보충하자면 역시 농촌 청년이나 소시민에다 대부분 의존할 수 밖에 없었다. 그러나 신학구네처럼 신입공에 대한 지도 육성 사업을 등한시한다면 열 명 아니 그보다 더 많은 최순만이가 다시 생기지 않으리라고 어떻게 단언할 수 있겠는가?" 그래서 "사업 조직과 로력 배치의 불균형으로 해서 허공에 떠 있는 건달 로력

---

146) 「로동에 대한 주제와 그 다양성」, 『조선문학』권두언, 1956. 1. 5쪽.
147) 『조선문학』, 1954. 3.

이 있지 않을까 생각"하면서 "한 개의 건달 로력이 다른 로동자들
의 건설 의욕에다 미치는 영향이 크"기에 지배인은 김천쇠를 불러
다 놓고 일장연설을 한다. 힘든 공장 생활에 향수병까지 걸려 있던
김천쇠는 지배인의 이야기에 고무되어 고향 쌍봉골로 편지를 써서
박삼례와 어머니까지 오게 한다는 내용이다.

　변희근의 「빛나는 전망」148)은 정전 직후에 중요하게 제기되었던
여성들의 사회 진출 문제를 다루고 있다. 가정의 울타리에서 벗어
나 힘겹지만 노동 속에서 그 가치를 추구하려는 혜숙과 그녀를 이
해하지 못하는 남편 윤호와의 갈등을 중심으로 전개된다. 매봉산
가스당크 복구 현장의 용접공으로서 밤낮을 가리지 않고 공장복구
에 힘을 쏟던 혜숙은 남편이 제대하여 돌아온다는 소식을 받는다.
집으로 돌아온 윤호와 별 대화도 나누지 못하고 야근을 나가는 혜
숙에게 윤호는 청수공장으로 배치되어 내일 떠나야 하니까 공장을
그만두고 자신과 가자고 말한다. "모범 로동자가 되어 동무들의 존
경과 사랑을 받"기를 원하던 혜숙은 동생 영희가 박동무와 결혼하
여 공장을 그만두려 하는 사실을 알고 이를 말리는 맹렬여성근로자
이다. 그래서 혜숙은 남편과 같이 가기를 끝내 완강히 거부한다.
이를 이해하지 못하고 갈등하던 윤호는 예전 합성공장에서 기능을
배워 주던 최아바이를 만나 마음을 바꾸게 된다. 아내 혜숙이 공장
에 그대로 남아 열심히 일할 것을 당부하고는 자신은 떠난다. 참다
운 근로정신을 가진 노동계급의 노력투쟁은 반대하던 남편 윤호까
지 감복시키고 마는 것이다. 혜숙은 가정이나 개인의 행복보다는

---

148) 『조선문학』, 1954. 6.

당과 혁명의 이익을 위해 헌신하고 희생해야 한다는 북한 정치체제의 기본 논리를 그대로 수용해 현실에 적응하는 맹렬여성의 전형적 귀감이다. 같은 작가의 「겨울밤의 이야기」[149]는 카바이드 공장의 전로공 박령감의 이야기를 다루고 있다. 2천도의 고열이 나는 전기로의 일은 고되지만 환갑인 그는 한직으로 돌리려는 직장장의 제의를 한사코 마다 하며 힘든 일을 자처하는 모범 근로자이다. 자신이 실수로 발판에 다리를 다쳐 입원하고 나온 사이 발판을 미리 고치지 않은 과실에 책임을 물어 직공장이 문책당한 것을 알고는 위원장을 찾아 간다. "아바이네들은 나라의 주인이고 기둥"이기에 사람을 사랑할 줄 모르는 자는 남들을 지도할 수 없다는 위원장의 말에 감복한다는 내용이다.

김북향의 「아버지와 아들」[150] 은 제련소의 용광로에서 대를 물려 일하게 되는 아버지 박종호와 아들 박주섭의 이야기이다. 박주섭은 공업 대학을 졸업하고 실습생으로 소련에 2년 가 있다 귀향하여 아버지가 일하는 제련소로 배치받았다. 그는 제련기술학습회 등을 통해 소련에서 배운 신기술을 도입하여 여러 난관을 극복하고 마침내 증산에 성공하게 된다. 이 외에도 김승권의 「그가 갈 길」[151]은 피혁생산협동조합의 제화기술자 기능공인 춘삼이와 광수의 이야기를, 지봉문의 「채광공들」[152]은 공훈광부가 되기 위해 증산경쟁에 열심인 옥주와 창호의 이야기를 다루고 있다.

---

149) 『조선문학』, 1955. 5.
150) 『조선문학』, 1958. 11.
151) 『조선문학』, 1956. 10.
152) 『조선문학』, 1958. 12.

　특히 북한문학사에서 가장 고평 받는 작품의 예를 보면 다음과 같다. 김병훈의 「길동무들」은 군당 위원장인 주인공 '나'가 도 당 전원회의를 마치고 돌아오는 길에 오명숙이라는 처녀를 기차에서 만나 겪는 이야기를 그리고 있다. 그녀의 초롱 안에는 잉어 5만 마리의 알이 들어 있었는데 이를 양식하기 위해 그녀는 '양어학' 책을 읽고 강경애의 '인간문제'를 읽으며 열차가 멈출 때마다 초롱에 물을 갈아 주기 위해 쉼 없이 뛰어다니는 맹렬여성으로, 지나치게 영웅주의가 드러난다고 느껴질 정도이다. 생동감 넘치는 실천적 공산주의 인간의 전형인 명숙으로 말미암아 '나'는 "회의 때마다 강조하고 책에서마다 읽은 말이지만 그것이 한 사람, 한 일꾼의 실생활 속에 진리로 용해되며, 품성으로 체득되기란 얼마나 힘든 것인가!"[153]라는 고정관념을 깨고 그녀에게 감복한다. 이 작품은 "농촌천리마기수—처녀의 랑만적인 성격을 매혹적으로 품위있게 형상한 작품으로서 사회주의 현실주제의 소설창작에서 뚜렷한 자욱을 남겨놓았다"[154]고 고평된다. 권정웅의 「백일홍」[155]의 경우, 산간벽지에서 철길을 지키는 영예 군인 선우혁과 그 가족의 이야기로서 일신의 안위는 돌보지 않고 전체의 이익을 우선시하는 공산주의적 인간형의 전범을 보이고 있다. 이 작품 역시 "천리마 시대 인간들의 아름답고 고상한 내면세계를 깊이있게 밝힌 것으로 하여 이 시기 천리마 기수의 형상 창조에 바쳐진 문학을 대표하는

153) 『조선문학』, 1960. 10. 70쪽.
154) 박종원·류만, 위의 책. 235쪽.
155) 『조선문학』, 1961. 9.

작품의 하나"[156] 로 평가된다.

> 지금 내 앞에는 스물 두 살의 야금 기수인 안 형태 동무가 앉아
> 있다. 그는 사람과 만나는 첫순간, 말보다 앞서 가벼운 웃음을 띄우
> 며 그 웃음보다 앞서, 어른 앞에 조심해 나서는 소년과도 같이 어려
> 워하고 수줍어하는 애타나는 표정을 짓는다. 그의 이 순진함은 나이
> 보다 더 어린 민청에 금방 들어 온 17-8세의 소년과도 같은 인상을
> 준다. 그러나 작업복 우에 흰 실험복을 받쳐 입은 그는 외양만으로
> 도 틀림없는 기술 일'군이였다. 그는 어리게 보이나 자기가 할 바
> 사업은 깨닫고 있는 단련된 사람에게서만 볼 수 있는 의젓한 태도로
> 써 이야기를 한다.[157]

예문은 소설작품에서 긍정적 영웅의 풍모를 먼저 묘사 제시한
것이다. 사상적으로 성숙한 인간의 외양이 주는 이미지를 연출함
으로써 인민 개개인의 품격을 고양하는 '존중감'과 '자부심'을 내
면적으로 고취시키려 했던 것으로 보인다.

이렇게 인민들 각 개인을 '존중화'하며 자발적으로 '주체화'하는
방향으로 문학의 커뮤니케이션이 진행되는 것은 호명을 통해 국가
적 민족적 '자부심'을 부추기며 장차 파시즘적인 전체주의 인간형
을 만들기 위한 유대감을 형성하는 데 목적이 있었다. 레닌식의
공산주의적 인간형 만들기의 의도를 넘어서는 것이다. 이것은 북
한의 독특한 심리적 통치 전략, 정치 커뮤니케이션의 성격이 소련
의 것과 명백히 달라지고 있기 때문이다.

---

156) 박종원·류만, 위의 책. 236쪽.
157) 윤시철, 「한 청년이 걷는 길」, 『조선문학』, 1957. 10. 3쪽.

체제 이데올로기의 명확한 확립을 위하여 공산주의 문학 건설의
과업으로 공산주의자의 전형 창조를 요구[158)]하였던 것이다. '하나
는 전체를 위하여, 전체는 하나를 위하여'라는 전체주의 사상은 근
로자들 사이에 '새로운 도덕적 품격을 가진 사람들'을 형상화하고
나아가 오체르크를 계승한 실화문학 장르처럼 실제 생존하는 인물
들을 많이 다루어 체제 이데올로기를 내면화시키면서 생활 현실과
밀착시킨다.

> 우리의 사회주의 제도와 청산리 정신이 낳은 새 형의 공산주의자
> 들—천리마 기수들인 진 웅원, 길 확실, 리 신자, 김 수복, 리 홍렬,
> 강 하종, 리 만성 등 수 많은 실화의 주인공들이 수천 수만의 새로운
> 실화의 주인공들을 낳고 있으며, 긍정 감화의 새 불'길을 일으키고
> 있는 사실을 누구도 간과하지 못할 것이다.[159)]

예문에서 보듯 실화문학에서 실제 주인공을 각자 '호명'해 작품
화하면서 '주체'화시키는, 이러한 독자와의 커뮤니케이션 행위는
소설에서와 마찬가지로 긍정적 영웅의 전형을 형상화한다.
1960년대 중반에 이르러 나타난 혁명적 대작의 창작 경향 역시
처음에는 대중적 영웅 만들기에서 출발하였다. 생성 초기의 혁명
적 대작이란 역사적 격변기를 배경으로 대중적인 영웅의 활약상을
그리는 것을 목표로 하였다. 이때의 대중적 영웅은 긍정적 전형을

---

158) 엄호석, 「사회주의적 애국주의와 긍정적 주인공」, 『조선문학』, 1958. 8. 104-
    112쪽. 참조.
159) 최일룡, 「실화 문학에 대한 생각」, 『조선문학』, 1961. 9. 171쪽.

보다 구체적이고 역사적인 상황 속의 인물로 규정함으로써 당의 요구를 적극적으로 반영하는 것이다. 이 창작 경향은 1964년 11월 7일 「혁명적 문학예술을 창작할 데 대하여」라는 김일성의 교시에 의해 촉발되어, 60년대 중반 이후 몇 년 동안 집중적으로 이루어진다. 이는 사회주의적 사실주의 창작방법의 하나로, 문학의 교양적 측면과 공산주의적 사상성을 중시한다. 핵심은 영웅의 형상을 묘사하되, 전설적이고 비범한 인간형보다는 평범한 청년이 점차적으로 혁명 의식화되고 시대의 선각자로 변모하는 '혁명적 세계관의 형성'을 보여 주는데 있다. 이를 통해 광범위한 인민대중의 모범이 되고 대중들을 혁명적으로 고양시킬 수 있게 되는 것이다.

석윤기의 『시대의 탄생』(1966)은 조국해방전쟁을 시대적 배경으로 삼았다. 주인공 박세철은 작품의 초반부 분별력 없이 미제국주의에 대한 적개심만이 과도한 타입의 인간형에서, 후반부로 가면서 점진적으로 변모해 간다. 그리하여 정치적으로나 전투적으로나 크게 성장하여 단련된 영웅적 인간형으로 바뀌게 된다. 이 작품 속에는 항일혁명투쟁을 직접 겪지 못한 젊은이들이 무모한 행동을 하여 아군을 곤경에 빠뜨리는 장면이 간간이 등장한다. 그때마다 유격대원 출신이었던 노련한 군인의 지도와 수령에 대한 충성심으로 난관을 무사히 극복해 간다는 내용이다.

이러한 혁명적 대작의 창작은 신화의 거대한 확장을 꾀하여 체제의 우월성을 전통성과 결부하여 안정화시키는 전술 기능으로 변질된다. 즉 일반 인민의 영웅성을 고취하고 긍정적 주인공을 형상화하는 것이 아니라 김일성의 우상화 작업으로 전변되어가는 것이다. 권정웅의 단편소설 「역사의 자취」(1967)과 석윤기의 「눈석이」
(1968) 등은 김일성의 탁월한 전투능력과 인격적인 측면을 그린
대표적인 작품이다. 「눈석이」는 1936년 2월의 남호두회의 직후를
배경으로, 단 몇 명의 호위병을 데리고 남호두를 떠난 김일성 장군
이 반년도 못 되어 대부대를 이끌게 되어 무송현 성진공 전투를
성공으로 이끄는 이야기이다. 「역사의 자취」는 항일 유격대의 행
군 도중 고통 받는 인민들을 보살피는, 김일성의 인간적인 면을
중점적으로 묘사하고 있다. 그는 전투를 수행하는 데 있어 탁월한
예지력을 발휘하는 동시에 민중들과 결코 유리되지 않는 인간적
행보를 보인다. 완벽한 공산주의적 풍모를 지닌 혁명가상을 형상
화함으로써 혁명의 정당성과 수령의 정통성을 보장받고자 하였다.

　이러한 단편적인 수령의 형상은 이후 1970년대에 들어서면서부
터는 총서의 형식으로 간행된다. 『불멸의 역사』 총서가 그것이다.
항일혁명투쟁에서 영웅적 지도력을 발휘한 김일성의 일대기를 체
계적이고 총체적인 모양새로 가다듬어 내게 되는데, 이는 북한이
초기의 사회주의를 거쳐 완벽한 공산주의의 사회로 진입하였다고
선언한 이후 파시즘적인 유일사상체제로 정치체제가 변모되었음
을 문학을 통하여 짐작케 할 수 있는 부분이다. '인간'을 둘러싼
'집합적 표상'의 대상이 초기의 인민 중심주의를 벗어나 김일성 자
체로 집중됨으로써 내면적으로 숭고한 것과 세속적인 것으로 구별
시키려는 권력의 함의를 파악할 수 있다.

　서사 문학 전반에 나타난 '인간 존중화'를 통한 공산주의적 인간
형 창출 경향은 1972년경에 이르면 '주인다운 사람'을 만들기 위한

인간 개조 이론으로서의 주체사상에 영향을 주면서 정치적으로 강화된다. 1972년에 새롭게 개작된 주체사상은 주민들의 무사안일주의, 수동성, 소극성, 개인주의, 이기주의, 본위주의 등의 인성을 개선하기 위해서 제시되었다. 60년대에 반대파 간부들의 종파주의를 비판하던 김정일의 관심이 권력기반이 어느 정도 안정화된 70년대 들어서 간부들의 일상적인 근무 태도에 관심을 보였다는 정치적 상황과 밀접한 관련이 있다. 이는 황장엽이 주도적 역할을 한 것으로, 첫째 단계의 주체와 둘째 단계의 주체는 의미가 달라진다는 것이 일반적 견해이다. 대외적 자주, 경제적 자립, 국방에서의 자위라는 첫째 단계에서 인간이 역사발전의 주체라는 '인간 중심의 세계관'으로 새롭게 구성되었다고 평가된다. 그렇지만 "첫째 단계의 주체사상이 기본적으로 맑스-레닌주의를 이념적 전제로 한 사상이라면 인간 중심적 주체사상은 맑스-레닌주의를 폐기한 새로운 패러다임의 사상"160)이라는 견해는 재고되어야 할 것 같다. 왜냐하면 북한 소설의 내부적 변모 양상을 보았을 때 '인간 존중화' 경향은 이미 내재161)해 있었고, 어차피 마르크스주의의 시초가 '인간 존중'에 있었기 때문에 그것이 마르크스-레닌주의를

---

160) 서재진, 위의 책. 110쪽.

161) 1961년 9월 조선로동당 제4차 대회는 북한에서 '사회주의 기초 건설'이 이룩되었음을 선언하는 한편 계속적인 혁명을 촉구하게 된다. 이때 제시되는 '사상·문화·기술'의 3대 혁명은 사상 혁명을 통해 사람을 개조하고, 문화혁명을 통해 사회를 개조하고, 기술 혁명을 통해 자연을 개조한다는 내용이다. 이러한 '사회주의 전면적 건설을 다그치기 위한 투쟁시기'의 문예정책이나 이론은 이전 시기인 '기초건설 시기'와 크게 다르지 않았다. 이 시기에도 당에서 강조한 것은 인민들의 '사상 개조'였다. -윤재근·박상천, 『북한의 현대문학Ⅱ』, 고려원, 1990. 278쪽.

폐기한 것은 아니라는 것이다.

　마르크스-레닌주의 이론에 의하면, 현대 공산주의는 '인도주의'를 의미한다. 그 말은 인간은 존재 질서에서 뿐만 아니라 가치 질서에서도 최고의 존귀한 존재라는 의미이다. 모든 것은 인간을 위해 존재하고 인간이 가장 존귀하며, 인간 위에 존재하는 신을 상정하는 것은 곤란하다. 무신론, 인도주의, 공산주의는 이렇게 결합된다. 인간이 가장 존귀하므로 인간성이 존중되어야 함에도 불구하고 인간은 실제에 있어 비이성적이고 부자유한 삶을 강요당하며 살고 있다고 공산주의 이론에서 지적된다.[162]

　당이 설정하는 최후의 목표는 자유와 평등이 지배하는 공산주의 사회의 쟁취에 있기에 주체사상을 위한 내부적 전변은 오히려 마르크스 레닌주의가 이상화한 공산주의를 이념적으로 더욱 공고화하는 것이라 할 수 있다. '주체'적 공산주의화라는 체제 확립과 국가 통치 전략은 스탈린식의 마르크스-레닌주의에 바탕 하면서 대인민 커뮤니케이션 전술이 보다 다양하게 암시적으로 이루어졌다. 이러한 상호 영향관계의 소통양상은 북한 정치체제를 형성해 나가는 데 있어 문학이 정치의 하위에 종속된 것만은 아니었다는 사실을 보여주는 의미가 있다. 문학을 통해 주체사상 형성의 징후가 충분히 포착된다는 것이다.

---

162) 김지운 · 방정배 · 정재철, 위의 책. 65쪽.

4. 갈등의 형성과 형식 미학의 강화
— 암시적 이데올로기의 구현

위에서 살펴본 바처럼 실제 소설의 창작 과정과 형상화된 작품을 분석해 보았을 때, 북한의 문학작품들은 소련에서 전수받은 체제 이데올로기를 주제로서 명시하거나 주인공과 같은 인물을 통해 수용자인 독자로 하여금 이데올로기에 밀착되는 '일체감'을 내면화하는 심리 전략, 즉 정치 커뮤니케이션을 행사하였다. 아울러 형식적 특성을 적극 활용한 암시적163)인 형태의 정치 커뮤니케이션 전략에 관한 전술들 역시 보다 치밀하게 이루어지고 있었다.

체제 형성기 소설작품 내의 플롯은 대체적으로 일관된 이니시에이션 스토리로서 루카치 소설 미학의 이론을 그대로 수용한 교양소설의 형태였다. 총체성을 지향하는 사회주의 리얼리즘에서 문제적 인물이 갖는 긍정적 형상의 전형화에 적합한 구조였다. 그러나 초기 작품 주인공의 형상은 실제작가의 지나친 개입으로 우연성이 난무하고 무갈등의 안이한 성취가 많아 형식적으로 불안정하였다. 이는 6·25전쟁을 거치면서 문학이 정치사상 교양의 '무기'로서 제대로 역할을 수행하지 못했다는 비난을 받게 된 계기가 되었다. 그래서 사회주의 기초건설시기의 문학은 결국 "반동적이며 반인민

---

163) 랜서는 화자의 이데올로기적 도구가 '명시적' 혹은 '암시적'으로 드러날 수 있다고 하였다. 암시적 이데올로기는 담론의 "심층 구조적" 측면에서 수행되며, 명시적 이데올로기는 텍스트의 표층 수준에 나타난다. 이데올로기가 더 깊히 파묻힐수록, 잠재의식적으로 이해되고, 논의 없이 수용될 기회가 더 커진다. —수잔 스나이더 랜서/김형민 역, 『시점의 시학』, 좋은날, 1998. 218-219쪽. 요약.

적인 '문화 로선'"을 지니고 이태준, 임화, 김남천 등과 "박헌영,
리승엽 간첩 도당이 문예 전선에 뿌린 사상적 여독"을 숙청해서
인민들을 "낡은 사상 잔재에서 완전히 유리된 사회주의 투사로 교
양"해야 할 사명을 방기했다는 비판에 직면하였다.

① 사상으로부터의 『문학의 탈환』 『상실한 문학의 재건』의 요란스
러운 소음이 울리고 묘사의 있어서 절대의 『객관주의』 눈에 띠이는
물체를 『사진적 정확성』으로 묘사할 것이 떠벌여지고, 예술의 반사
회성에 립각한 『인간 탐구』—사회 현실에서 얼굴을 돌리고 사회 생
활의 현실적 투쟁으로부터 도망하려고 시도하면서 전형화를 거부하
는 『인간 묘사론』이 그 더러운 가장 행렬을 계속하고 정상적인 심
리를 기형화하거나 희화하며 그것을 마음껏 확대하여 온갖 병적이
고 동물적인 사색과 본능을 인간의 심오한 리론적 사색과 대치시키
려고 시도하는 『날개적 사실주의』의 『아다린』적 효능이 제멋대로
선전되고 있은 그런 탁류 속에서 그 모든 더러운 것 썩어빠진 것
독소 협잡물들과 자기의 형상을 타협시키지 않고 끝까지 견결히 투
쟁해온 작가는 누구보다도 먼저 리기영이었다.[164]

② 새 생활을 창조하는 길에 들어선 북조선 인민들의 의식을 마비시
키며 그들에게 불신과 절망의 사상을 주입할 목적으로 산문 분야에
서 로골적으로 자연주의의 독소를 뿌린 자는 리태준이었다.
　그는 북조선에 온 후에 일제 시대의 그의 작품들인 「밤길」과 「천
사의 분노」등 작품을 우리 출판물들에 기만적으로 발표함으로써 부
패한 무사상성과 비속성 정치적 무관심성을 설교하는데 광분하였

---

164) 한효, 「자연주의를 반대하는 투쟁에 있어서의 조선문학(3)」, 『문학예술』, 1953.
　　3. 110쪽.

다...(중략)... 리태준은 이와 같은 자기의 자연주의적 수법을 엄폐할 목적 밑에 로골적으로 카프문학을 비방 중상하였으며 『현대적 현실주의』의 방법을 제창하기에 이르렀다. 그는 조선 문학에 있어서 참된 력사적 「주류」를 카프 문학으로써 대표되고 있는 사실주의 문학에서 찾을 것이 아니라 반동적 「九인회」문학에서 찾아야 하며 따라서 오늘의 창작 방법은 사회주의 레알리즘이 될 것이 아니라 『현대적 현실주의』로 되여야 할 것이라고 떠버리었다. 그리고 그는 一九四八년에 북조선 직업 총동맹 중앙 위원회 문화부에서 출판한 「써-클 수첩」에서 「소설이란 무엇인가?」에 대하여 썼는바 이 론문에서 그는 사실주의 방법을 완전히 무시하며 인민들과 발맞추어 나가기를 거절하는 낡은 부르죠아 문예학의 방향을 선전함으로써 우리의 소설이 인민들을 교양시키는 사업에 동원되는데 지장을 주려고 시도하였다.

또 그는 문학이 근로 계급의 혁명 투쟁에 있어서 중요한 무기로 되는 것을 백방으로 반대하여 나섰는바 一九四七년에 남조선 출판물을 위하여 보낸 그의 글에서 림화의 반인민적 비계급적 「문학론」을 지지하면서 그것이 『비방자들에게 큰 타격을 주게 될 것이다』라고 썼다. 그리하여 그는 그의 소위 『현대적 현실주의』가 림화에 의하여 론리화된 반당적이며 비계급적인 문학의 방법이라는 것을 력설하였다.

리태준은 자연주의의 독소를 뿌리는데 수단과 방법을 가리지 않았다. 그의 모든 활동과 모든 작품이 이 목적에 복종되었다.

그에 의하여 뿌려진 이 유해한 독소는 우리 문학의 건전한 발전을 좀먹으면서 과거의 소위 「순수 문학」에 향수를 느끼고 있는 작가들에게 악영향을 주었다.[165]

---

165) 한효, 위의 책. 138-139쪽.

예문 ①을 통해 당시 문학인, 즉 지식인들의 반발적 논쟁이 사상적 '탁류'로 표현될 만큼 극성이었다는 것을 알 수 있다. 예문 ②에서 한효는 이태준과 의식적 무의식적으로 연계 동화된 당시의 작가들과 작품들을 하나하나 거론하며 그 창작 경향을 맹비난했다.

기록주의와 도식주의 비판은 '전쟁의 패배'에 관한 책임론과 희생양 만들기라는 북한 문단의 정치적 산물로 보인다. 정치적 파장으로 문학에 대한 일방적 왜곡이 횡행하여 반종파 투쟁이 지속적으로 일어난 것은, 정치적 잣대에 휘둘린 이념의 색깔 논쟁에 꿰맞추는 '정보 왜곡의 일반화' 과정이었던 것이다. 아래의 예를 보면 그 내막이 보인다.

> 이 작품에서 미국 선교사 부인을 천사와 같은 사람으로 떠받치고 미제의 조선 민족에 대한 인종적 멸시의 사상을 그대로 선전하여 나섰다...(중략)... 갖은 말로 조선 인민을 모독하여 가면서까지 미국 선교사들의 자선심을 선전하였는바 리 태준에 의하면 승냥이의 심보를 가진 미국 선교사들의 기만과 위선은 천사와 같이 찬양되여야 하며 조선 인민은 그들의 『자선』의 혜택을 받을 자격도 없는 딱한 인간들이라는 것이다.[166]

이 글은 P부인의 위선을 풍자한 이태준의 「천사의 분노」(『신동아』, 1932. 5)라는 소설을 평가한 것이다. 작가가 미국 선교사 부

---

166) 윤세평, 「해방전 조선의 반혁명적 문학 집단 '구인회'의 정체」, 『문예전선에 있어서의 반동적 부르죠아 사상을 반대하여』, 조선작가동맹출판사(북한), 1956. 96쪽.

인의 이중성을 풍자한 작품을 창작하였음에도 해당 작품의 의도 혹은 의미와 전혀 다르게 부르주아 반동 미학으로 왜곡 분석됨으로써 결론적으로 이태준의 숙청에 악용되었다. "혁명 사업에 기여하는 작가의 길은 바로 사상성과 예술성이 풍부한 작품들"을 생산하는 것167)이라 했지만, 문단에서는 실제 부르주아 리얼리즘의 독소를 퍼뜨린다며 대대적으로 '예술성'을 표명한 남로당 계열을 숙청하였다. 그 이후 부르주아 리얼리즘의 형식적 문학성에서 사용하였던 방식을 그대로 활용하여 본격적인 전변의 과정에 재차 나섰다. 이는 문학사적인 함의를 지니는 것이다. 무엇인가 문단 지식인들의 뿌리를 흔들만한 적이 출현했다는 의미였다. 그래서 그들은 생존을 위해 자신들이 죽였던 적의 칼, 문학의 형식 미학을 다시 손에 들었던 것이다.

당시 문학의 경향을 한효168)는 세 부분으로 나누어 살펴보면서, 문단에는 "전후 인민경제 복구 건설 3개년 계획을 성과있게 수행하고 있는 우리 인민들 앞"에서 "사회주의에로 이행하고 있는 과도기적 제 임무를 철저히 실천할 과업"이 있다고 하였다. "전후 복구건설—그것은 우리 인민의 새로운 모랄이며 새로운 전망이다. 그것은 혁명적 랑만주의의 현실적 기초"이므로, 작가들은 "복구건설 투쟁—그것이 우리 문학의 새로운 중심적 쩨마"로 삼아야 한다. 이제까지 "주인공에 대한 진실한 묘사 대신에 그의 모든 성과가 아주

---

167) 「로동당의 문예정책은 우리 문학 발전의 기본」, 『조선문학』권두언, 1956. 4. 4-13쪽.
168) 한효, 「우리문학의 10년-3」, 『조선문학』, 1955. 8. 149-173쪽.

쉽게 달성되고 그러한 용이성에 의하여 점차 장성하게 되는 도식
주의의 널리 알려진 형태가 전후 문학에 나타났었는바" 이러한 경
향을 극복한 형태로 긍정적 주인공이 형상화 되어야 함을 강조했
다. 더불어 "우리 문학에서 우리가 랑만적 스타일에 대한 진지한
이야기를 할 때가 왔"기에 이를 작품에 적극 반영해야 한다는 것이
다. 이 '때'의 내면을 읽을 필요가 있다.

　도식주의에 대한 적극적 비판은 1952년 11월 엄호석의 비평[169]
을 통해 문제가 제기된다. "주제의 국한성과 협애성 그것은 우리
문학 안에 있는 중대한 약점의 하나"이며, "일부 작가들의 주제들
은 천편일률로 인민 군대 전사들의 용감성에만 국한"되었다. "우
리 시대의 문학의 기본 주인공은 영웅"이지만 "인민들의 영웅적 면
모에 대한 묘사를 위하여 작가들이 실지의 영웅만이 아니라 후방
의 보통 인민들과 전선의 보통 전사들을 선택"해야 한다는 것이다.
또한 생활을 깊이 연구하지 않아 "디테일의 진실성을 추구"하지 못
하고, "추상성"이 드러나는데 이는 "생활을 공식화하며 개념화하
며 또는 단순화하는 도식주의"이기에 위험하다. "도식주의는 작가
가 생활로부터 출발하여 생활의 진실을 묘사하는 것이 아니라 일
정한 작가의 사상으로부터 출발하여 생활을 그에 알맞도록 강요하
면서 필경 새 것과 낡은 것과의 투쟁으로 특징지여지는 생활의 모
든 굴신성, 예리성, 그리고 복잡성을 이모 저모 깍아버리고 평탄
하게 만들며 단순화하는 경향을 말한다. 이 경향은 생활 자체를

---

169) 「문학발전의 새로운 징조—최근의 작품들과 그 경향을 말함」, 『문학예술』,
　　1952. 11. 92–110쪽.

빈약화하며 심하여서는 예술을 청산하는 길로 작가들을 이끌고 나가는 것"이다. "작가가 생활로 깊이 침투하지 않은 탓으로 그 갈등을 전형적으로 형상화하지 못"하였다. "우리 사회에 있어서 새 것과 낡은 것과의 투쟁은 사회 발전의 모멘트이며 따라서 사회 발전을 방조함을 자기 사명으로 하고 있는 우리 문학에 있어서의 근본 주제의 하나로 된다. 낡은 것의 약화는 이 근본 주제를 무의미하게 만들었으며 해당 작품으로부터 예술적 령혼과 극적 감동을 거세하여 버리게 하였다. 이리하여 작품에 심각한 갈등이 없다는 비난을 인민들로부터 작가들이 받게 된 것은 당연한 일"이라는 것이다. 이러한 비판은 이후 시기 문학의 방향을 짐작케 하는 의미가 있다.

그리하여 작자들은 점차적으로 갈등 구조를 배치하여 주인공이 역경을 극복하고 승리를 얻는 그 과정에 소설 사건의 중심을 두게 되었다. 신빙성 없는 화자의 서술이 주류였던 작품의 시점은 점진적으로 안정되었으며 문체도 형식적 미학의 강화로 인하여 서정성이 중시되기에 이르렀다. 더불어 묘사에 대한 작가들의 안이한 태도를 비난하면서 '언어'에 대한 깊이 있는 천착이 범문단적으로 촉구되었던바 이러한 모든 과정은 북한 문학의 질적 양적 완성도를 제고(提高)시키는 방향으로 실천되었다.

사실상 북한 정치체제 형성 초기에 발전모델로 설정하고 지향하려 한 소련처럼 '부강한 자주독립국가'를 이룩하고, 유토피아를 건설하는 것은 소련 문화예술의 체득과 사회주의 체제 수용, 마르크스–레닌주의의 철저한 사상적 전이를 통해서만이 가능한 일이기에 당시 선전매체로서 기능한 소설 역시 이러한 정치체제 이데올로기의 선전성이 중시되어 나타날 수밖에 없었다. 그래서 정치체제 형성기 초기의 소설들은 형식적 미학은 도외시하고 '생기발랄한 민족적 품성을 가진 조선 사람의 형상'으로서의 획일적―정치적 인간형들만을 창작하고 동시에 무갈등론170)의 원칙을 고수하면서 사회주의의 조국인 소련에 완전히 복종하는 형태를 취했었다. 조국해방전쟁시기 북한 소설에서는 미군과 남한군이 지극히 부정적 인물로 묘사되었고, 북한군 및 애국적 인물 등의 긍정적 인물은 혁명적 낙관주의와 대중적 영웅주의에 입각하여 형상화되었다.171) 긍정적 주인공들은 대부분 애국적이고, 승리에 대한 자신감과 굳은 의지를 지니고 있으며, 극한 상황에서도 여유를 잃지 않고 위기와 고난을 슬기롭게 극복하여 임무를 완수하는―혹은 비장한 죽음을 맞이하는― 영웅적 인물이다. 부정적인 성격을 지니고 있다고 하더라도 대부분 교화되어 변모됨으로써 갈등으로까지 언급할 수 없을 정도이다. 소설에 등장하는 북한군은 대체로 농민 혹은 노동자 출신으로서, 개인 희생과 당에 대한 헌신, 김일성에 대한 충성을 맹세하고 있으며, 여성도 거의 동등하게 현장에 참여한다는 점에서 특징적이다. 그러나 전의를 고취하고자 하는 목적의식이 지나치게 작용하여 인물을 이상화시키고 성격을 단순하게

---

170) 무갈등론은 사회주의 국가들이 초기에 실시했던 예술론으로 사회주의 혁명을 완수한 나라에서는 갈등과 모순이 감소되었기에 문학에서 갈등을 일으킬 필요가 없다는 주장이며, 북한 문예이론 역시 초기에 이러한 무갈등의 원칙을 고수한다.

171) 그 결과 이들은 지나치게 이상적으로 형상화됨으로써 인물성격이 단순화되고 유형화되는 문제점을 보여주게 된다. ―김춘선, 「북한문학의 전개양상을 통해 본 제특징」, 『현대소설연구』12, 2000. 396쪽.

만들었다. 즉 소설의 인물들이 도식적 형상화에 그친 한계를 보여
주는데, 전반적으로 서사학에 대한 천착 없이 이념의 과도한 주입
만이 난무하여 문학성이 취약하였던 것이다. 바로 이러한 경향이
문단 내부의 문학인들에 의해 자발적으로 비판되어 거대한 문단적
'전변'을 맞이하게 되었던 것이다. 그 내용을 살펴보면, 첫째, 문
체를 통한 형식적 미학의 추구가 제안된다.

① 달래'벌엔 밤이 내리었다. 커다란 조화 속에서 생겨나듯 어둠은
어느 곳에서 오는지 모르게 온 벌판을 삽시간에 삼켜버렸다. 그리고
는 찬란한 별들이 대지의 천정을 장식하듯 낮게 내려와 빛을 뿜었
다. 종일 덥던 방천은 신선하고 서늘한 공기로 갈아졌다. 거무축축
한 대지에선 무르익은 사과 냄새가 풍긴다.

어느 사이 생겨났는지 공중엔 흰 띠 같은 안개가 두어 줄 떠 올랐
다. 그것은 금시 조용히 어데로 흘러가 버릴 것 같이 애잔히 걸려
있다.

제방에 올라서 보면 동네마다 불'빛이 쭉 깔렸다.

황초리, 풍전리, 금제리, 그밖에 강건너 동네들의 휘황한 불'빛이
둥그렇게 벌을 옹위하고 반짝인다. 비만한 대지는 그 가운데 무겁게
누워 숨을 쉬고 있다.[172]

② 질주하는 땅크가 개활 지대에서 산협으로 잡아들자 좌우 산천이
그리운 민주 수도로 찾아나 가듯이 뒤로 또 뒤로 달려 나가는 것이
김두섭의 감시경 속에서 어른어른하였다. 역시 아름다운 메요 물이
었다.

---

172) 천세봉, 「석개울의 새봄(제3회)」, 『조선문학』, 1957. 8. 3쪽.

　　그 산협에 있는 집들도 어깨를 죽죽 펴며 달려 나가는 것 같았다. 그 속에는 응당 할머니, 할아버지, 어머니, 어린것들도 또 소, 닭과 강아지도 있을 것이었다. 쪽 같이 푸른 하늘에 희고 소담한 구름장이 송이송이 떠도는 것도 한양 즐거워 보였다.

　　어느덧 두섭의 머리에서는 어릴적의 일이 축음기관처럼 빙빙 돌아갔다.[173]

　　③ 이러한 느낌이 차츰 마음에 자리를 잡자 동호의 걸음은 활기를 띠였다.

　　개암나무 냄새며 찔레꽃 냄새가 흐뭇이 풍겨 오는 들은 먼 산밑에 닿았다.

　　동호는 들국화며 새풀이 무성한 해묵은 참호를 뛰어 넘어 달'빛이 허옇게 보이는 행길 쪽으로 향하였다.

　　그의 배낭은 점점 작아 보이고 풀벌레 우는 들은 고요히 깊어 갔다.[174]

　　체제 형성 초기 작품은 생경한 정치성으로 인해 서술에서 갑작스러운 작가의 등장, 불분명한 화자 등 서술의 일관성이 부족하고 선전성에 치중한 경향을 많이 보여 주었다. 그러나 예문 ①과 예문 ②, ③을 보면, 형식적 측면에서 낭만적 톤의 문체를 사용하여 이전의 소설 경향과는 판이하게 다른 서정성을 강조한 것을 알 수 있다. 특히 예문 ②와 ③은 피 흘리는 전장의 현실을 다루었지만 그와는 정반대되는 느린 호흡의 낭만적 서술이다. 전쟁 중의 창작

---

173) 한설야, 「김두섭」, 『문학예술』, 1953. 3. 59~60쪽.
174) 신동철, 「들」, 『조선문학』, 1958. 11. 90쪽.

소설 예문 ②는 낭만적 묘사가 도입부 정도에 그쳤다. 그러나 전쟁이 끝난 후 전쟁을 기억하려는 창작 행위인 예문 ③에서는 전장의 군인을 주인공으로 내세웠을 뿐, 이념이나 전투와는 전혀 상관없이 전체 배경 구조 자체를 낭만적 설정으로 취함으로써 체제에서 거부감을 가질 만한 주관주의적 요소를 상당히 내포하였다. 즉 이미 이념적으로 방만해진 서사가 나타났던 것이다. 이러한 부분을 통해 당시의 소설작품에서 제기되어질 문제의 방향을 충분히 짐작해 볼 수 있다.

특히 전면적 사회주의 건설 시기에 이르러 문학은 당성, 계급성, 인민성을 반영하는 문학적 안정성, 형식 미학적인 성취의 완성을 요구하면서, 인민 주체들의 영웅화로 인해 작가들에게도 '생활 속의 연구'가 권유되었다. 창작 사업에 대중을 발동시키라175)는 '군중적 문학예술운동'176)의 교시 하에 작가와 신인의 경계가 허물어지려는 양상에 대해 신인들은 '신비주의'를 극복해야 한다며 집체창작177)으로, 작가들은 문학적 영역을 지키기 위해 장르간의 벽을

---

175) 한설야, 「김일성 수상의 교시를 받들고」, 『조선문학』, 1961. 1. 7쪽. 또한 이 글에서 한설야는 문학써클이 써온 글을 작가들이 다듬어 낸다면 이는 집체창작의 한 방법이기에 이를 통해 실생활에 바탕 한 좋은 작품이 나올 수 있고 집체창작을 보편화시킬 수 있다고 주장한다.

176) 모든 작가, 예술인들과 전체 문학예술 써클원들과 문학예술 애호인들이 교시를 받들어 조선문학예술총동맹을 결성하여 다른 모든 분야에 있어서와 같이 문학예술 분야에 있어서도 신비성과 보수주의를 철저히 분쇄할 것을 다짐하였다. ─「김일성 원수께 드리는 편지」, 『조선문학』권두언, 1961. 3. 5─7쪽.

177) 기존의 개별적 창작에 비해 집체창작이 우월하며, 세밀한 사전 준비와 계획 사업이 동반되는 씨나리오와 희곡의 경우 집체적 창작을 원칙으로 해야 한다고 주장되었다. 그리고 집체창작이라 하여 사람의 머리수를 집체성과 동일시하는 결함들은 극복되어야 한다고 지적된다. ─「천리마 기수 전형 창조와 집체 창작」, 『조선문학』

허무는 집체창작에 관심을 두면서 동시에 문학써클 같은 신인들과 변별될 수 있는 문학성과 문체의 강화[178]를 들고 나왔다.

둘째, 문학작품의 언어에 관해 치밀한 통제가 본격화된다.[179] 사실상 문학인들의 자율적 내부규제로 보기 어려울 만큼 언어와 문체에 대한 지나치게 심한 간섭이 공표되기도 하였던 것이다.

> "바람결이창문을 떠밀 듯이 부수고 지나간다"의 "부수고"라는 형용사는 적당하지 않으며 "천보 령감은 이 말을 듣드니 불쾌한 듯이 붓털 같이 숱한 눈섭을 치켜올리며 숱 붙은 미간을 찡그렸단 다시 웃는다"라는 표현은 진실하지 못하다. 눈섭을 치켜올리면서는 미간을 찡그릴 수가 없는 것이니 이것은 실지와 부합되지 않는 표정 묘사다.(「조가령 삭도」중에서) "하루일을 마치고 향기가 코를 찌르고 숨이 막힐 듯한 길을 원희는 용선이와 함께 걸으며"란 표현은 숨이 막힐 정도로 향기가 코를 찌르는 길이란 뜻인지, (아마 그런 뜻이기

권두언, 1961. 11. 4~7쪽.

178) 일부 작품의 기록주의적 요소를 극복하기 위하여 인물들의 내면세계를 추구해야 하고, 풍부한 서정성으로 현대적 미감에 맞게 제고되어야 한다. "현대성 구현에서 서정성을 풍부히 구현하기 위해서는 무엇보다 인간들의 내면 세계를 깊이 추구하여야 하며 혁명적 랑만성과 전투적인 서정을 풍부히 해야 하며 동시에 랑만적, 서정적 스찔의 작품도 위대한 시대 정신의 높이에서 창작하여야 한다."-「천리마 기수 전형 창조에서 가일층의 전진을 이룩하자!」, 『조선문학』권두언, 1963. 11. 4~7쪽.

179) 이러한 경향의 예로는 김명수의 「문학에서 '미학적인 것'을 바로 찾기 위하여」(『조선문학』, 1957. 3), 고정옥의 「작가의 언어」(『조선문학』, 1957. 9)「문학에서의 언어」(『조선문학』, 1960. 5)「작가의 개성과 언어문체를 두고」(『조선문학』, 1966. 6), 김광현의 「예술적 기교에 대한 생각」(『조선문학』, 1958. 12), 김헌순의 「형상성 제고와 언어구사에서 제기되는 몇가지 문제」(『조선문학』, 1964. 8), 석인해의 「언어와 문장에 대한 단상」(『조선문학』, 1966. 6)「새로운 문장탐색을 위하여」(『조선문학』, 1967. 4), 김영필의 「작가의 언어와 고유 조선어」(『조선문학』, 1966. 6), 천청송의 「작가의 문체와 개성」(『조선문학』, 1966. 7) 등이 있다.

는 하겠으나) 또는 가파른 언덕길에 숨은 막히고 꽃향기는 무르익어 코를 찌른다는 의미인지 불명확하게 표현되어 있으며 "낮은 밤을 이 여"라고 한 것은 "낮에 밤을 이여"라는 것의 잘못된 표현이다.(「고압 선」중에서) "진행자가 무대에서 물러난 뒤 중얼 중얼하던 장내는 갑 자기 물뿌린 듯 잠잠해졌다"의 "중얼중얼"은 "웅성거리던"이라고 바 꾸어 놓음이 더 자연스러웠을 것이고 "관중들은 손 하나 까딱하지 않고 모두 동상 같이 무대를 바라보고 앉아 있을 뿐이다"라는 표현 은 사물에 대한 사실주의적 진실한 감각이 아니며, 인간을 무기체와 동일시하는 그릇된 비유며 형용이다. "정신이 아찔아찔하고 눈 앞이 갑자기 회감해지자 온몸에서 맥이 탁 풀리는 것을 느끼였다"중의 "회감해지자"라는 말은 자기의 자리를 찾지 못하였으며 "복순이를 옆구리에 메고 기여나오다가 배전실을 채 못나와 의식을 잃고 말았 다"라고 하였으나 사람을 옆구리에 낄 수는 있어도 멜 수는 없는 일 이다.(「행복한 사람들 중에서) "소대장의 량 다리는 적탄에 관통되 였던 것이다. 그가 주저앉은 홈채기의 이름 모를 노란 꽃 위에 핏방 울이 떨어져 더욱 붉다"라는 표현은 그러한 정항에서의 진실한 감 정, 즉 적개심의 격정을 보지못하는 단순한 객관주의적 형식주의적 묘사에로 떨어지고 있다. "바깥은 여름 태양이 무덥게 내려쪼이고, 고지 일대는 형언할 수 없는 화약 냄새 땀 냄새 피 비린내 나무껍질 과 잎새 냄새가 꽉 차있다" 중의 "차있다"라는 형용사는 그 여러 냄 새가 엄불린 취각적 특성을 전하지는 못하며 "따바리 소리 경기 소 리 고함 소리가 휘황히 얽히여 들려왔다" 중의 "휘황히"라는 부사는 자기의 자리를 얻지 못하였다.(「고지의 영웅들」 중에서)[180]

---

180) 안함광, 「소설문학의 발전상과 전형화상의 몇 가지 문제」, 『조선문학』, 1954. 2. 148-149쪽.

위의 예문은 당시 북한 사회의 정세가 내부 결속력을 더욱 공고히 하려는 과정에 놓여 있다는 것을 미루어 짐작할 수 있게 해 준다. 북한 문단은 어느 시점에 이르러 언어 문제를 비롯한 "예술적 기교"181)에 대한 논의를 한층 강화하였다. 이는 도식주의 비판을 둘러싼 반종파 투쟁과 맞물려 있었던 북한 문단의 내부적 '전변', 변동기를 반영하는 것이다.

도식주의는 처음 엄호석의 비평182)문제가 제기되고 한효183) 역시 도식주의는 무갈등이론에 맹종할 수 있는 요소라며 공감을 표시했다. 그러나 엄호석184)은 도식과 함께 비판받아야 할 기록주의가 작가들의 독창성을 위해 유해하다며 서정적 주인공 또는 나를 통하여 독창성이 실현될 수 있다고 봄으로써 홍순철185)로부터 엄청난 비판을 받는다. 사회주의 리얼리즘을 잘못 이해하고 주관적 편견을 가졌다는 것이다. 이러한 내부적 논쟁은 김명수186)가 안함광의 논문187)을 비판함으로써 더욱 확대되어 가는 양상을 보인다.

이를 자세히 살펴보겠다. 『조선문학』의 「문학은 계급적 교양의 유력한 무기다188)라는 권두언에서는 "근로인민들에 대한 계급적

---

181) 「우리 문학 발전의 위력한 고무」, 『조선문학』권두언, 1956. 6. 13쪽.

182) 「문학발전의 새로운 징조-최근의 작품들과 그 경향을 말함」, 『문학예술』, 1952. 11. 92-110쪽. 참조.

183) 「우리 문학의 10년」, 『조선문학』, 1955. 6월(138-172쪽), 7월(123-146쪽), 8월(149-173쪽) 연재. 참조.

184) 「사회주의 레알리즘과 우리 문학」, 『조선문학』, 1955. 3. 137-155쪽. 참조.

185) 「근로자들의 계급적 교양과 문학평론」, 『조선문학』, 1955. 4. 170-179쪽. 참조.

186) 「농촌 생활과 문학의 진실」, 『조선문학』, 1955. 3. 156-173쪽. 참조.

187) 「문학의 사상적 기초」, 『조선문학』, 1955. 1. 133-153쪽. 참조.

188) 『조선문학』, 1955. 6.

교양"이 "사회주의 레알리즘 문학"의 존재이유로서, "문학 창작에 있어 계급적 교양 사업을 강화한다는 것은 바로 문학의 당성과 사상성을 강화한다는 것을 의미"한다고 하였다. 따라서 "인민들을 애국주의 사상으로 무장시킴"에 있어 "우리 작가들은 오늘 우리 사회에서 진행되는 혁명 투쟁의 본질적 모습을 예리하게 파악하며, 새것과 낡은 것과의 갈등을 심각하게 조명해 내며, 새것의 승리와 낡은 것의 패망을 적극 촉진시키며, 우리 혁명의 종국적 승리―조국의 통일 독립과 사회주의 사회 건설과 화려한 공산주의 미래를 향하여 계급적 교양의 유력한 무기인 문학 작품을 들고 총동원"되어야 한다며 당시 문학의 변화 가능성을 시사했다.

엄호석[189]은 제2차 전연맹 쏘베트 작가대회와 관련한 제언에서 사회주의 리얼리즘을 "사회주의를 건설하는 사람들의 문학인 동시에 사회주의를 지향하고 그 승리를 위하여 투쟁하는 사람들의 문학"이라 규정하고, 현재 북한에서 일부 작가들의 작품이 "자료의 배렬과 련결로 슈제트를 대치하며, 따라서 작품을 기록으로 만듦으로써 인간 성격을 그속에 파묻어버리는 경향에 대하여" 비판한다. 이러한 작품들은 "예술을 위하여 유해한 것"인데 "작품의 사상은 그것을 체현한 일정한 성격이 밝히는 바, 인물만 있고 그 성격이 없는 작품에 있어서의 사상은, 작가의 선언으로 작품의 사상이 서술되는 것이 허용되며 따라서 성격이 필요하지 않다면, 그때엔 예술도 필요 없는 것"이 된다는 것이다. 이러한 '기록주의'적 경향은 문학작품에 있어서 "작가들의 독창성"을 위해서도 유해하다.

---

189) 엄호석, 「사회주의 레알리즘과 우리 문학」, 『조선문학』, 1955. 3. 137-155쪽.

"일부 서정시인들은 문학이 객관적 현실을 반영한다고 하여, 그 객관적 현실의 반영이 마치 서정 시인의 주관적 토로와 모순 되는 것처럼 인식하는 경향이 있다. 이러한 그릇된 인식이 창작 실천"에 있어 "예술의 파멸"을 가져올 수 있다. "서정시에 있어서는 객관적 현실의 반영이 항상 '서정적 주인공' 또는 '나'"를 통해서 실현되고 거기에 "독창성"이 나타날 수 있는 것이다.

그러나 이 글은 홍순철[190]에 의하여 엄청난 비판을 받는다. 홍순철은 엄호석의 글이 사회주의 리얼리즘을 잘못 이해하고 "주관적 편견"을 가졌다며, "우리 시대의 새 것과 낡은 것과의 모순과 갈등에서 오는 고민은 우리 작품에서 허다히 반영되고 있을 뿐만 아니라, 그러한 고민의 해결의 열쇠를 과거의 고전들에서만 찾게 된다는 것은 전혀 사실과 부합되지 않는 것"으로 "'고민'의 문제를 들고서 오늘의 우리 문학을 과소평가하게 된 것은 역시 당적 계급적 견지에서 우리 문학을 보려고 하지 않는데 연유한 것"이라며 맹공을 퍼붓는다.

김명수[191]는 "광범한 협동 조합의 조직 운영은 토지 개혁 다음에 가는 거대한 전변"이라며, "이 새로운 농촌 현실을 진실하게 반영"하려면 "전후 로동자들의 복구 건설 투쟁을 취급한 작품들에서 나타난 결함들을 다시 반복치 않기 위하여" "생활"과 "당 정책", "맑스—레닌주의"를 연구하되 그 연구를 "교조적으로 하지 말"고 "문학을 비속화하지 말자"고 주장한다. 문학은 오히려 "농민대중

---

190) 홍순철, 「근로자들의 계급적 교양과 문학평론」, 『조선문학』, 1955. 4.
191) 김명수, 「농촌 생활과 문학의 진실」, 『조선문학』, 1955. 3. 156—173쪽.

에 대한 계급적 교양 사업에 있어서, 그들을 정신적 문화적으로 더욱 발전시키기 위한 강력한 교양 수단이 되어야" 한다. "인간 형상을 정치적 해설로, 사상의 단순한 마이크로폰으로 대치하려는 것은 오직 문학을 비속화하는 도식주의자"의 행위이기에 주제를 "천명"하는 식의 "슈제트의 도식"을 배격하고 주제를 "설정"해야 한다고 하였다. "문학은 생산 문제의 해설 서적으로 될 것이 아니라 로동에 대한 인간의 관계를 묘사하며 로동을 인간 성격의 형성 및 발전의 계기로서 포착하며 사색과 감정과 사색과 감정과 개성을 가진 성격으로서의 인간을 형상"해야 하는데, 왜냐하면 "문학은 다른 예술과 함께 또 다른 이데올로기 형태와는 달리 인간에 대한 미적 교양을 수행하며 아름다운 것의 표상을 통하여 진리를 깨닫게 하며 그들의 사상 감정을 더욱 고상하고 풍부히 해 주는 것"이기 때문이다. 그래서 김명수는 안함광의 논문[192]을 비판하며, 작품의 경우 리동춘의 「새길」이 긍정적 인물을 귀공자처럼 모시고 있다고 비난한다. 리동춘의 작품을 비판하는 내용은, 주인공이 "협동 조합 조직에 나서자 모두 대기하고 있었던 것처럼 척척 조합에 들어"오고 "밭갈이의 시기가 늦어질 위험이 박두하자 상부에서 벌써 알아 차리고 뜨락또르를 보내"주며 "돼지가 병이 났으나 아무 피해도 없이 주사 한 대로 해결"되는 이러한 안이한 전개와 소설의 구성 방식을 비난하는 것이다. 강형구의 「출발」의 경우, "난공사가 불과 수일만에 완성"되고 "협동 조합의 우월성을 보여 주려는 작자의 조급한 마음은 이 어려운 공사에 조금이라도 지장

---

192) 안함광, 「문학의 사상적 기초」, 『조선문학』, 1955. 1.

이 있을세라 또한 원규와 진옥이 편에 조그만 불리한 일이라도 있을세라 용의 주도한 배려"를 하는 한계를 갖고 있다고 하였다. "경제 형태가 사회주의적이라고 해서 여기에 망라된 조합원들이 곧 사회주의자들로 급변하지는 않"는다는 것이다. "조합은 그들의 개인주의적 의식을 청산하며 그들을 사회주의적 인간들로 전변시키는 장구한 학교"이며, 아직까지 협동조합은 "쏘련의 선진적 꼴호즈의 수준에까지 올라"서지 않았기에 "현실 속에 존재하는 어두운 면들을 가리우며 그것을 보여 주지 않는다는 것은 당 정책 수행을 방조함에 있어서 하등의 기여로 되지 않으며 독자들을 꿈나라로 유도한 자장가로 되고 말 뿐"이라는 것이다. 작가들에게 보다 구체적인 형식적 구조적인 문학 실천을 요구하는 것이다.

이에 비해 김하명[193]은 '역사적 전변'의 문학의 방향을 풍자문학에서 찾고 있다. 그는 무갈등론의 극복을 풍자문학으로 보는데, 풍자문학이 우리 민족의 전통적 문학양식이었다는 것과 사회주의 미학에서도 중시하는 문학양식이었다는 점에 착안한다. "풍자적인 빠포쓰는 언제나 증오, 분노, 혐오, 모멸, 조소 등의 감정으로 나타난다. 이 풍자적 빠포쓰는 자기 사회의 인민 생활에 대한 깊은 관심, 참다운 성실성, 애정을 토대로 하여 발생한다. 이 분노, 증오, 조소의 감정은 언제나 사회에 대한 높은 비판 정신의 산물"인 것이다. "오늘 조선 인민은 자기 력사상 처음으로 자기 수중에 주권을 쥐고 인민 민주주의 제도를 창설하였으나 낡은 세력은 제국주의 반동의 도움을 받아 운명을 연장시켜 보려고 갖은 책동을 다하고

193) 김하명, 「풍자 문학의 발전을 위하여」, 『조선문학』, 1954. 4. 118-132쪽.

있다. 우리 풍자문학은 이 투쟁의 갈등성과 긴장성을 형상화하여 온갖 부패하고 사멸해 가는 것에 대한 인민 대중의 분노와 경멸의 감정을 전달해야 한다. 동시에 낡은 것을 폭로하며 새 것의 불가극복성에 대한 확고부동한 신념을 표현하는 유모어와 웃음을 전달"해야 하는 것이다. "풍자적 작품들에서 그 부정적 형상들에 심오한 일반화가 주어지지 않았을 때에는 그 작품은 한낱 일화로 되고 말며 독자의 분노와 증오를 야기하지 못하고 결과로 교양적 의의를 감쇄"시킬 수밖에 없다. 그래서 풍자문학은 "전후 복구 건설 도상에서 우리의 전진을 방해하는 일체 보수성, 침체성 및 락후성과의 투쟁에서 가장 강력하고도 예리한 무기"가 될 수 있는 것이다.

이렇듯 문학적 '형식'의 완성도를 둘러싼 몇 년에 걸친 '문단적 전변'의 혼란상은 결국 당의 공식적인 언급을 불러오게 되었다. "문학의 내부 실정으로 볼 때에 사실주의적 현실 반영에 있어서 최대의 암으로 되고 있는 것은 도식주의"이며, 이는 "죽은 개념과 사상적 공식에 의해서 주관적인 독단에 기초"한 것으로, "자연주의의 변종인 기록주의"와 함께 극복되어야 한다는 것이다. "당성"과 함께 "기교적 문제"도 결코 도외시하지 말아야 한다. 즉 "문학 작품을 론의함에 있어서는 오직 내용과 형식을 통일 속에서 보는 사상—예술적 질에 대한 미학적 평가의 규준에 립각하여야" 한다는 것194)이다.

---

194)「제이차 작가대회를 성과있게 맞이하자」,『조선문학』권두언, 1956. 8. 4-9쪽.
참조. 이 외에 「문학은 계급적 교양의 유력한 무기다」(『조선문학』권두언, 1955.
6),「조선 로동당 제3차 대회 결정을 받들고 문학 창조 사업을 강화할 데 대하여
토의」(『조선문학』권두언, 1956. 8) 등 참조.

이러한 당의 공식적인 언급은 문학 창조 사업의 개선 강화 방향
과 대책에 대한 '결정서'195)의 다섯 번째 항목에 그 내용을 기록하
게 된다. "우리 작가들에게 있어서 예술적 소양의 제고는 어느 때
나 우리 문학 창조 사업의 더 한층의 발전을 위하여 절실히 요구된
다. 그러므로 우리들은 자기의 예술적 소양을 높이며 그 기교를
완성하는 데 모든 로력을 기울여야 하며 우리 창작상에 발로되고
있는 도식주의와 류형성, 주제의 국한성들을 극복하기 위한 미학
적 분석과 분석이 반드시 요구된다. 이를 위하여서는 맑스-레닌
주의 선진적 미학이 도달한 수준에까지 우리 평론과 창작의 질을
끌어 올려야 하며 쏘련 제2차 작가 대회에서 거둔 미학적 성과들
을 섭취하는 사업과 전형성 문제와 관련된 미학적 제 문제들을 연
구하며 활발한 론전들을 전개하도록 이를 조직 추진"한다고 대내
외적으로 표명하였다.196)

결국 무갈등론, 도식주의와 기록주의를 둘러싼 북한 문단의 변
동기에서 핵심적 제안과 결론은 '예술성이 풍부한' '낭만적 스타일

195) 「조선작가동맹 제2차 중앙위원회 결정서」, 『조선문학』, 1956. 8. 186–188쪽.
196) 물론 이후에도 논쟁은 간헐적으로 이루어져 김명수는 「문학에서 '미학적인 것'을
바로 찾기 위하여-엄호석의 〈문학 평론에서 미학적인 것과 비속 사회학적인 것〉
을 중심으로」(『조선문학』, 1957. 3)에서 엄호석의 평론에 문제제기한 바 있다. 그
러나 이러한 문학인들 사이의 전변적 혹은 논쟁적 경향은 1958년을 기점으로 급격
히 방향 전환된다. 이는 지식인의 거세 전략과 관련지어 살필 수 있다. 그 정치적
역사적 함의를 살펴보면, '방'을 통해 인텔리들을 거세하려는 내부적 함의와 국제
정세의 변화로 인해 소련 지향에서 중국 지향으로 변해가는 북한 외교의 전략적 함
의가 내포되어 있다. 문단적 전변의 시기에 소통 체계가 혼란스러웠던 것은 종파사
건 이후 내부적인 심정적 동조자들을 색출하여 숙청하려는 인텔리 거세 전략의 일
환으로 볼 수 있다는 것이다.

과 형식'으로 압축 요약될 수 있는 것이다. 이는 남로당계의 숙청과 맞물려 지속적으로 벌어진 것으로 그 반영이 아래에서부터 이루어진 문단적 전변이었다는 점이 매우 중요하다. 즉 당시까지의 위계적 전달로서의 설득 커뮤니케이션의 효과를 의심하는 계기가 되었다는 것이다. 그래서 많은 논란 끝에 당의 교시가 나오는 기형적 상황이 연출되었다. 이는 수평적 소통상황으로의 의미 변화를 의미하는 것이기도 하는, 사실상 김일성으로서는 정치적 위기상황이었던 점을 반영한다. 이제까지의 일방향적 커뮤니케이션이 여전히 가능한 것이 아니라 수용자의 피드백을 고민해야 하는 사회가 되었으며, 심리 전략의 전술적 방향 전환이 필요한 시기가 되었다는 것이다.

문학인들의 문제뿐 아니라 일반 인민들조차 6·25전쟁을 통해서 사상적으로 혼란해졌다는 것은 김일성도 인지하고 있었다. 사회경제적 주축세력인 농민들의 반항이 더욱 심화된 것을 느끼게 되었고 농민들을 장악하기 위해서라도 농업협동화가 절실히 필요했던 것이다. 김일성이 농업협동화를 단행해야 했던 직접적 계기는 북한 농민들이 국가에서 시행한 양곡수매사업을 거부한 사건이다. 북한은 토지개혁 이후 그리고 전쟁 이후 국가적인 양곡수매사업을 1954년에 실시하였다. 당시는 양곡이 북한의 유일한 부의 원천이었으며, 양곡을 국가가 소유해야 노동자와 농민, 인텔리를 장악할 수 있었다.[197] 이러한 사회경제적 변동기의 양상이 대중의 성격 변이를 급격히 초래할 위험성이 있음은 물론이다.

---

197) 서재진, 위의 책. 68-72쪽. 참조.

 이제 김일성은 군중을 대하는 일방향형 커뮤니케이션에서 대중의 성격 변화를 감안하여 '교양'해야 하는 쌍방향적 커뮤니케이션을 고민해야 할 때가 되었다. 이 때 소설의 역할이 매우 컸다. 단순한 선전물에 머무르지 않고 정치소설로 진화하여 달라진 대중의 의식을 반영해내고 다시 재교양 하는 쌍방향 커뮤니케이션의 초기 형태를 보였다. 직접적 선전에서 간접적 암시적 커뮤니케이션의 형태로 진화했다는 것은 문학을 통해 수사학적 커뮤니케이션이 변모한 것을 의미하며, 주변국의 정세 변화와 아울러 대중의 성격 변화198)가 맞물린 변동기적 사회의 특성이 정치체제의 통치 전략까지도 전환시킨 사회적 의미를 갖는다. 체제 형성기 북한의 어느 한 시기에 문학은 설득 커뮤니케이션의 형태에서 '국민형성유대감'을 위한 매스커뮤니케이션의 형태로 변화하는 조짐을 나타냈고, 소설 내적 형식의 변화와 문예이론의 충돌은 수용자인 대중의 '모습'의 변이199)를 통해 쌍방향 소통200)의 의미를 권력계층이 인

198) 프라이스는 여론의 군집적인 성격을 구분하기 위해 군중(crowd), 대중(mass), 공중(public)의 차이점을 분석하였다. 군중은 공유하는 감정 상태에 의한 비이성적인 결합을, 대중은 공유하는 관심에 의한 독립된 개인의 익명적인 결합을, 공중은 이슈를 둘러싼 논의와 반박 등 이성적인 담론을 통한 결합을 특징으로 한다.-김영욱 저, 『PR커뮤니케이션』, 이화여대 출판부, 2003. 114쪽.

199) Public은 변화한다. Public 전체도 변화하며 타깃이 되는 이해관계자로서 각각의 집단도 변화한다. 단적으로 1년의 기간을 주기로 변화하지 않더라도 3년, 5년, 때로는 10년 정도의 장기간으로 살펴본다면 반드시 변화하고 있다. 또한 지금까지 존재하지 않았던 Public이나 타깃이 새롭게 등장하거나 반대로 사라져 버리는 경우도 있다.-이노우에 타카시 편/안진희 역, 『Public Relations』, 양문, 2003. 39쪽.

200) 종래 Public Relations은 '홍보'와 동의어로 사용되어 정보 발신자의 기능만이 강조된 일방향형커뮤니케이션(one-way communication)으로 해석되어 왔지만, 요즘은 수용자의 입장이 강조된 피드백의 현상을 중시하여 정세분석, 위기관리, 자기 수정 기능과 기술로 진행하는 쌍방향커뮤니케이션(two-way communication)으

지하게 되었다는 내부적 혁명으로 해석할 수 있다. 이 혁명의 감지
는 유일체제와 주체사상을 이루는 하나의 계기가 되었을 것이다.

지금까지 살폈던 소설 내의 형식적 특성의 변화에 관한 문단의
논의와 정쟁들은 암시적 선전201)으로의 이행을 의미하는 본격적
정치 커뮤니케이션의 실행과 정착과정을 의미한다. '설득력'과 '일
체감'의 동화의식에 기반 한 수사학적 커뮤니케이션202)이 동원되
어 문학 작품이 정치적 선전물에서 정치소설로의 형태로 변모하였
다. 잠정적이고 은밀한 암시적 선전성은 인간의 의식을 넘어서 무
의식으로 침잠해 들어가는 집단적 '세뇌'와 '감염'의 과정이 문학
성 강화라는 수사학적 커뮤니케이션으로 포장되어 '교양' 작업화
하려는 당시 북한의 내부적 전변을 반영한다. 이는 초기 레닌에게
얻은 지속적 반복적인 슬로건과 상징을 통한 학습의 효과를 주체
적으로 변형해 가는 북한 정치체제의 독특한 변용양상이라 할 수
있다.

로 파악하려는 연구들이 많이 등장한다. ─이노우에 타카시 편/안진희 역, 위의 책.
201) L. W. 둡은 직접적 암시의 선전과 간접적 암시의 선전 중에서 암시적 선전이
   훨씬 더 위험하다고 하였다. ─이영미, 「해방기 북한정치체제 선전매체문학연구」,
   『현대소설연구』19, 한국현대소설학회, 2003. 9. 271쪽. 참조.
202) 텍스트의 상호작용의 의미를 분석한 롤랑 바르뜨의 논의로 보면, 외연적 의미
   (Denotation)가 함축 의미(Connotation)로 이행되는 것이다. 함축 의미는 주관
   적인 수준에서 일어나기 때문에 이것을 의식하지 못하는 경우도 종종 있으며, 함축
   적인 가치가 외연적인 사실로 오독되는 것도 흔하다. ─존 피스크 저/강태완 외역,
   『커뮤니케이션학이란 무엇인가』, 커뮤니케이션 북스, 2001. 165쪽.

5. 북한 정치체제의 형성과 문학

이상의 분석을 통해 볼 때, 북한의 정치체제 형성기 문학은 고도의 정치적 심리 전략의 전위대 역할을 하였음이 입증되었다. 그 심리 전략은 고도로 치밀하여 오리엔탈리즘에 버금갈 정도이다. 북한의 모든 문학 작품이 처음부터 김일성 형상화에 극력 매진하지는 않았다. 초기의 정치적 갈등 상황을 극복하고 유일체제를 완성하기까지 각 작품 내에서 김일성의 형상은 배경화 되어 있다가 차츰 전경화 되며 나아가 신격화 된다. 이 과정은 장기간에 걸쳐 이루어지며, 그 사이 정치적 변동이 반영되는 것은 물론이다. 1958년을 전후로 격변의 시기라 할 만한 문단적 전변이 있었고, 1967년을 전후하여 다시 한 번 유일 권력 지형의 공고화라는 전략적 인식이 있었다.

북한은 체제 형성 초기부터 문화예술 분야를 인민의 포섭에 관련한 정치적 전략으로 인식하고 그 중 문학, 특히 소설을 하나의 실재(non-fiction, fact) 미디어로서 체제 구축에 정략적으로 활용해 왔다. 김일성의 유일체제 구축의 지난한 과정 속에서 문학은 중요한 정치 커뮤니케이션으로 국가 통치의 핵심 전술이었던 것이다. 이 글에서는 당시 문단의 행보와 소설작품 형상화 과정의 내적 변이를 통하여 북한 정치체제를 형성하는 데 있어 문학이 어느 정도 기여했는지 구명하였다.

북한 정치체제의 권력기관은 문학을 통하여 직접적 정치 커뮤니케이션을 행사하였고, 이후 점차적으로 간접적 심리 전략으로, 더 나아가 암시적 심리 전략으로 그 경향을 변모시켰다. 해방 이후 소련의 사회주의에 대한 맹종에서 벗어나 차츰 주체사상을 구체화시키면서 유일체제를 이룩하는 북한의 정치 사회적 변모 양상에 문학도 그대로 순응하였으며, 문학은 선전 선동의 정치적 커뮤니케이션으로서 인민 대중과 소통하려는 정치권력의 공고화 과정에 치밀한 전략으로 행사되었다. 그래서 사실상 북한의 주체사상과 그 문학은 오랜 시행착오 끝에 완성된 고도의 선전술과 선동술이 병행된 정치 커뮤니케이션의 완성체라 할 수 있다. 이때 북한의 소설은 정치적 심리 전략으로서 장기간에 걸쳐 정치 상황에 역동적으로 연동되어 변형하면서 주체사상 유일체제의 형성과 구축에 암시적으로 기여하였다.

이렇듯 북한이 문학과 문예이론 등 '문화'를 통하여 전변 구축하고자 했던 정치 커뮤니케이션 전략은 프랑크푸르트 학파의 비판이론가들이 지적한 부분들과 일정 부분 닮아 있다. 아도르노와 호르크하이머의 문화산업론에서 본격적으로 폭로된 '대중 기만(Massenbetrung)으로서의 계몽'과 어느 정도 유사해 보인다. 여기에서 '집단 기만의 도구'로 기능시키려는 의도의 문학 작품 텍스트들은 인민을 지배 세력이 의도하는 방향으로 끌고 가는 지배 도구가 되는 것이다.203) 체계에 의한 생활 세계의 식민지화에 커뮤니케이션 행위 이론이라는 처방으로 대항했던 하버마스의 논리와

---

203) 물론 이러한 견해는 비판미학 등 상이한 세계관으로 해석 가능할 것인가의 문제가 있을 수 있지만 '내재적 접근법을 지양한 연구'라는 전제에서 시작하였기에 문학 해석의 다양성을 위해서도 무리가 없을 듯 하다.

오리엔탈리즘으로 식민자와 피식민자의 관계성을 새롭게 정의했던 에드워드 사이드, 이러한 모든 내부적 관계성에 권력이 존재함을 인식한 푸코 등 현대 이론가들의 모든 논리는 결국 정치 커뮤니케이션으로 해석될 수 있다. 그리고 이러한 총체적 모델이 바로 북한의 문학일 것이다.

근래 국제사회는 북한 문제와 관련하여 논의가 활발하다. 세계 평화의 유지에 북한의 핵이 그만큼 부담이기 때문이다. 김정일의 체제 유지에 대한 문제 인식 역시 같은 맥락에서 이루어지고 있다. 노동당의 위상이 추락하고 김정일이 내세운 선군(先軍)정치를 통해서만이 체제 유지가 가능할 정도로 북한 사회 저변의 이완 현상이 심각하다는 주장[204]과 "북은 폭정의 전초 기지(outposts of tyranny)"라는 콘돌리자 라이스 미국 국무장관 지명자의 인준 청문회 발언[205], 김정일 초상화 위에 반체제 구호가 적혀 있는 사진이 인터넷 매체를 통해 공개된 것 등을 통해 볼 때 북한 체제의 유지는 어려운 듯 보인다. 그러나 현재 북한과 같은 상황에서 폭동이나 혁명이 일어나지 않는 것이 오히려 불가사의하며 모든 근대 국가의 상식과 자연법적인 이치가 유독 북한 땅에서만은 통하지 않고, 그 세습 체제가 굳건히 이어지고 오히려 당당해지는 현실을 설명할 방법이 없다[206]고 한다. 기존 연구 일각에서는 김정일 체

---

204) 김현호, 「노동당의 추락」, 『조선일보』, 2005. 1. 11.
205) 라이스는 구 소련의 반체제 인사인 나탄 샤란스키의 저서 『민주주의론』에 나오는 '마을광장이론'을 인용하면서 북한의 체제 전환 가능성에 대한 의지를 표명했다.-『조선일보』, 2005. 1. 20.
206) 김대중, 「북(北)의 눈에 '한국'은 없다」, 『조선일보』, 2005. 1. 20.

제 유지의 근원을 좌익계의 항일독립운동이나 가부장제에까지 소
급하기도 한다. 이러한 분석들은 그동안 북한 연구가 북한 정치체
제 내에서 문학이라는 정치 커뮤니케이션의 심리 전략을 통해 수
십 년에 걸쳐 단단하게 뿌리내린 심리적 종속상태와 그들 인민의
내적 타자성을 제대로 규명해내지 못했기 때문으로 보인다. 이 연
구를 통해 북한 체제 동향 분석의 미진함이 다소나마 해소될 수
있기를 기대한다. 사족으로, 북한이 개인의 재산 상속법을 명문화
(2002년 3월 제정)한 후 최근 '김형직–김일성–김정일–김정일의
아들'이라는 수순의 '권력 세습'에 관하여 전례 없이 공언하는 것
역시 대중의 성격 변화를 감안한 정치 커뮤니케이션 전략으로 이
해할 수 있을 것이다. 이렇듯 대인민적 심리 조율이 뛰어난 북한
체제와 통일이 된다면, 일정 기간 '정신적 정화' 내지 '심리적 전변'
의 형태를 통한 한국 사회 통합이 광범위하고 압축적으로 이루어
져야 할 것 같다. 그래야 통일에 있어 남한의 자유민주주의 정치체
제가 주도권을 잡을 수 있고, 독일의 예와 같은 우를 범하지 않으
면서 사회적 경제적 심리적 소모비용을 줄일 수 있기 때문이다.

제4장
북한의 문학 장르 오체르크와 통일전선

1. 새로운 문학 장르의 도입과 변모

   북한의 주체사상과 유일체제의 형성과정에 있어 사실상 문학은 하나의 선전매체로서 선전 선동의 수단으로 김일성을 위시한 권력 계층에 의해 적극 활용되어 왔다. 여기에서는 북한문학사에서 새롭게 형성되었던 문학 장르인 오체르크에 관해 고찰하겠다. 오체르크는 북한 정치체제의 형성 과정에서 매우 중요한 문학 장르임에도 불구하고 그동안 남한 연구에서 소외되었다. 주체사상과 연관된 문학적 형상화의 논의에만 치중해 왔기 때문일 것이다.

   사실상 오체르크라는 하나의 문학 장르만으로도 북한 정치체제 형성 과정을 전반적으로 이해할 수 있을 만큼 이 장르는 사회주의 통일전선 연대와 김일성의 유일체제 형성에 밀착되어 있다. 즉 동북아시아 문학과 정치의 관계에 있어 북한만의 독특한 정치 상황을 반영하는 이데올로기적 문학 장르로 매우 특징적이다. 먼저 오체르크가 북한에 도입되어 실화문학으로 변모하는 과정을 고찰한 후, 실제 작품들의 내용과 경향을 분석하고 이 문학 장르의 정치적 함의와 역사적 의미를 해석 평가하기로 하겠다.

　북한에서 오체르크에 관해 최초로 소개하는 비평은 1952년 12월 『문학예술』에 실린 이효운의 「문학장르 오-체르끄에 관하여」[207]이다. 주지하다시피 사회주의 정치체제 수립 초기부터 북한의 문학은 일종의 정신적 무기로서 기능하였다. 이효운은 이 글에서 실제 이용되지 않은 '문학적 탄약과 무기'가 많음을 지적하면서 그중 한 장르가 '오체르크'라 하였다.

> 　오-체르끄는 당당히 독립된 문학 쟝르이며 또 그것은 특수한 자기 기능을 가진 문학적 무기이다. 이에 관하여서는 전세계 진보적 문학사가 실증하는 바이며 특히 쏘베트 문학이 우리에게 이것을 인식하는 데 충분한 자료를 제시한다.[208]

　위 예문을 보면 오체르크가 소련에서 유래했음을 알 수 있다. 북한의 초기 정치체제가 소련 사회주의 체제의 이식이라는 점을 감안해 볼 때 문학장(場)도 그 영향권 내에 존재했을 것이라는 짐작은 어렵지 않으며, 실제 초기 문학작품들 속에서 소련은 선진적 모국으로서 숭앙의 대상으로 재현되었다.

　이효운은 당시 문학인들이 수필을 폄하하는 고정관념에 젖어 스케치에서 시작되는 오체르크를 정상적인 문학 장르가 아닌 문학적

---

207) 이효운이 '오-체르끄'로 소개하였음에도 '오체르크'를 문학 장르명으로 선택한 것은 이후 실제적으로 창작된 작품이나 평론에서 계속 오체르크로 명명하고 있기 때문이다.

208) 이효운, 「문학 장르 오-체르끄에 관하여-창작 방법을 중심으로」, 『문학예술』, 1952. 12. 126쪽.

부속품으로 인식하려는 것을 비판하면서 이 장르의 중요성과 독립
성을 주장한다. "쏘련 전쟁 문학에 있어서 오체르끄는 빛나는 페-
지를 차지하고 있으며 거대한 역할을 하"(128쪽)여 많은 유명한
소련 작가들이 이 장르의 작품을 생산하였고, "오늘 우리 공화국
의 전쟁 문학에서도 많은 작가들에 의하여 이 문학 장르의 요소는
「수첩」「보도」「수필」「기행문」「실기」 등에서 장성되고 있"(128쪽)
기는 하지만 "옳바른 리론으로 무장된 기초 위에 정확한 과학적
의식 밑에 씌여졌다고 보기 어렵"(128쪽)기에 소련에서의 창작 이
론과 작품 경향 소개의 필요성을 역설한다. 즉 전쟁 발발 이후 오
체르크로 분류할 수 있는 많은 작품들이 창작되었지만 실제 구체
적으로 이 장르에 대한 이론 정립이 부족하여 사회주의 체제의 사
상적 선전을 일관성 있게 추진하기 어려웠기에 이제라도 그 이론
적 정립이 시급하다는 점을 문제제기한 것이다.

　그는 이 글에서 오체르크의 성격을 몇 가지로 규정한다. '산문적
성격, 소설 구조, 슈제뜨(이야기 줄거리), 특징적 묘사' 외에 고리
끼가 말한 '시평적 성격'을 추가하여 정의 설명하고 있다.

　　오-체르끼스뜨는 흔히 그려지는 사건을 직접적으로 평가하며 독
　자로 하여금 판단으로 혹은 사실적 또는 숫자적 실증으로도 용납되
　게 하며 오-체르끄의 사상적 내용을 시평적으로 해득시키며 강조한
　다.[209]

　위 예문은 고리끼가 시평적 성격으로서의 오체르크를 설명하면

---

209) 이효운, 위의 책. 129쪽.

서 작가의 기능을 언급하는 부분이다. 이효운은 오체르끼스트[210) 들이 추구해야 하는 오체르크의 "강력한 무기로서의 성격은 그것 이 생활과 현실을 깊게 알며 그 속에서 새롭고 의의 깊은 현상을 발견하며 중요한 정치적 사회적 제문제를 제기하며 해결하며 사회 현상을 꾸준히 연구"(129–130쪽)하는 데 있다면서, "나라를 인식 하기 위하여서는 오–체르끄가 좋고 특별히 유리"(131쪽)하다고 주 장한다. 이효운은 특히 이 장르가 "자주적인 떳떳한 문예 쟝르이 면서 다른 시평 같은 것과는 달라서 형상적 요소를 가지는 동시에 구체적인 시평과 학술 연구의 요소를 다분히 내포"(130쪽)한다고 하였다. 오체르크는 "전술적이며 전투적인 문학 쟝르이며 진보적 작가들은 언제나 그 무기로써 생활에 적극적으로 작용"(130쪽)하 는 러시아 문학사의 '능동적 무기'이며, 고리끼의 주장처럼 "우리 성과에 대하여 선동하며 널리 보여 주는 일은 새로운 사회주의 인 간 형성을 촉진"(131쪽)하는 것으로 오체르크의 목적은 "대중 교 양"(131쪽)에 바탕하며 "연구와 소설의 중간 형태"(130쪽)로 "테마 의 옳은 선정과 그 테마의 사회적 정치적 의의"(138쪽)에 작품의 성공 여하가 달려 있다고 설명한다.

　이 내용을 정리 분석해 보면, 문학이 갖는 사회주의권의 주요한 기능인 대중 선동의 내용이 상당히 조직화, 체계화 되어야 하는데 이에는 오체르크 장르가 가장 적절하고 우선 시급하게 이론적으로 조직화되어 사회적 문단적 입지가 확보되어야만 체제를 안정적으

---

210) 이는 수첩을 갖고 풍부한 자료를 현실에서 수집하여 오체르크를 창작하는 작가 를 의미한다.–이효운, 위의 책. 138쪽.

로 형성하고 나아가 전쟁을 독려, 승리를 이끌어 낼 수 있다는 것이다.

이효운에 따르면 오체르크는 "엄중히 현실적 사실을 요구"(136쪽)하는 실화를 바탕으로 한 서사적 작품군(群)을 의미한다. 기행 오체르크, 초상 오체르크, 사건 오체르크, 시평(時評) 오체르크, 전쟁 오체르크 등이 있다.

먼저 기행 오체르크에 대하여는 "오랜 역사를 가지고 있으며 해방후 문학에서는 리태준씨의 「쏘련 기행」 백남운씨의 「쏘련 인상」 등을 들 수 있으며 한흥수씨의 「프라가의 봄」도 이 종류에 드는 것으로 짐작"(133-134쪽)된다고 하였다. 초상 오체르크는 소련의 예로 고리끼의 「브·이·레닌」 등을, 북한의 예로 한설야의 「인간 김일성」 「영웅 김일성」이 "초상 오체르크의 첫 작품"(134쪽)이라면서, 안함광이 평론집 『문학의 전진』의 「8·15해방 이후 소설문학의 발전과정」에서 이를 '전기적 문학'이라 한 것은 부정확한 규정이라고 주장한다. 그리고 최명익의 「영웅 한남수」, 현덕의 「하늘의 성벽」 등은 사실 단편소설이 아니고 초상 오체르크에 가깝다고 하였다. 사건 오체르크는, 이북명의 실기인 「포수 부부전」이 사건 중심으로 주인공들을 그려서 초상 오체르크에 가까운 듯 보이나 실제로는 사건 오체르크라 하고, 한효의 「서울 사람들」도 이에 속한다고 하였다. 시평 오체르크는 커다란 사회적 여론을 불러일으키는 발판이 되는 것으로, 오체르끼스트는 종종 사건의 참가자가 되어 사건에 대한 시평적 사유와 결론을 공개적으로 토로해야 하는데, 아직 북한에서 이렇다 할 성과작은 없다고 하였다. 전쟁 오체르크는 소련 문학에서 특히 위대한 조국 전쟁 시기에 주로 발전 개화하였으며 "전쟁 시기에 「뿌라우다」를 선두로 모든 신문과 출판물 들에는 이런 오체르끄가 매일과 같이 발표"(135쪽)되었다고 한다. 북한의 경우, "「로동 신문」을 위시하여 여러 우리 신문에 실리는 「수기」 「보고」 「실기」 등에서 우리는 우리의 전쟁 오체르끄 발전 과정을 고찰 할 수 있"(135쪽)다며 가장 대표적인 작품으로 김사량의 「바다가 보인다」를 예로 들었다. 북한에서 전쟁 오체르크는 "원쑤들과 영웅적으로 싸우는 우리 인민군대와 중국 인민 지원군 부대에 직접 참가한 수다한 기자들이 뜨거운 애국심과 불끓는 증오심을 품고 조국과 수령과 로동당에 대한 끝없는 신심과 승리에 대한 굳은 의지를 여실히 반영하였으며 전개되는 전국을 옳게 보도"(135쪽)하였다고 한다. 이렇듯 오체르크의 작품 창작과 이론적 정립의 문제 제기가 발생된 시점 등을 볼 때 이 장르는 일단 소련 사회주의 체제의 영향권 안에서 촉발되었지만 6·25전쟁을 통하여 전시 인민들의 결속감을 위하여 강력하게 문제 제기되고 범위가 한층 확대되었으며 지속적으로 체제 유지에 부합하는 문학 장르로 성장하였던 것이다.

이효운에 의하면 훌륭한 오체르크 작품들은 "쏘베트 시대의 주인공들의 초상을 그리며 그들의 일에 관하여 이야기 하면서 오-체르끄는 사람들로 하여금 영웅들을 따르자는 의욕을 고무하며 쏘베트 인간이 가지고 있는 무한한 힘에 대한 신념을 굳게하며 그들의 공산주의적 창조력을 추동"(133쪽)하면서 "구체적 선동력과 문학 예술성을 융합하며 유기적으로 내포하고 거대한 투쟁력으로 인민을 교양하며 조직하여 나아"(132쪽)가는 것이다. 하지만 "최근 소련에서 그것은 오-체르끄다 혹은 단편 소설이다 또 혹은 중편이다 하고 론쟁되는 작품들이 많이 창작"(132쪽)되기는 하였으나 "쏘련 문학론에서도 아직 확정된 구별론이 없"(133쪽)고 "「오체르끄를 어떻게 써야 하는가?」에 관한 일정한 처방은 없다"(137쪽)[211]는, 즉 장르적 정체성에 관한 문제는 여전히 남아 있었다. 그는 위에서 살핀 오체르크의 기본 형태에 대한 "구별은 아직 상대적이며 또 다른 종류가 더 있을 수 있으며 또 앞으로 발생할 수도 있다"(136쪽)며 장르의 형식적 범주를 아예 열어 놓기까지 하였다.

  이처럼 실화를 바탕으로 한다는 구체적인 소재 제시 외에 정치적 사회적 의의의 주제에다 소설과 연구의 중간 형식이며 더불어 시평이라는 성격적 특성으로, 오체르크가 하나의 독립적 문학 장르로 인정받기에는 그 형식적 애매함과 방대함 때문에 언제든 문학적 정체성에 이의가 제기될 수 있었다. 특히 실화를 바탕으로 한 교양적 정치적 서사이기에 어느 정도 기록주의, 도식주의, 무갈등의 함정에 빠질 가능성이 농후했다. 따라서 오체르크는 당시 '형식 미학의 강화'와 관련된 '문단적 전변'[212], 즉 종파 배격이라는 반종파 투쟁에서 논쟁의 중심에 설 수 밖에 없었다.

  그러나 1957년 10월 24일 소련의 와짐 쏘꼴로브의 「현대 쏘베

---

211) 이효운이 "오체르끼스트는 자기의 재능과 기질과 스타일에 따라 각기 독특하게 기본 테-마를 전개시킨다"(140쪽)며 작가의 개성을 인정하는 점 역시 장르의 체계화를 어렵게 하는 원인이다.

212) 이영미, 「북한 정치체제의 형성과 문학─소설의 정치 커뮤니케이션 기능과 관련하여」, 『현대소설연구』, 한국현대소설학회, 2005. 3. 316쪽.

트 문학에 있어서의 오체르크」가 『문학신문』에 번역되어 실리면
서, 오체르크 장르는 소련의 사회주의 통일전선의 빛나는 성과로
재평가된다. 이 글은 신문 오체르크와 문학 오체르크를 구별하며
특히 문학 오체르크를 중요시한다. 문학 오체르크는 단편소설과
실재성에 있어 구별되는 '실재 소설'로, 신문 오체르크 때문에 종
종 '실패한 단편소설'로 여겨지는 편견을 버려야 한다는 것이다.
"새로운 오체르크, 고리끼형의 오체르크는 아직도 쏘베트 사회에
존재하고 있는 모든 사회적, 기술적, 경제적 변혁의 직접적이고
명쾌한 기록이며 정확한 그림이다. 이 변혁들이 세계 력사에 획기
적인 것처럼 한 문학 형식으로서의 오체르크도 의의가 자못 큰
것"(4쪽)이라는 주장이다.

이후 다시 강능수[213]가 장르적 결속력을 강화하고 적절히 방어
하는 평론을 쓰면서, 문단적 전변과 관련된 오체르크의 도식주의
기록주의 문제는 확실히 수습된 것으로 보인다.

작가 대회 이후 우리 작가들은 일부 작품들에서 표현되던 도식주
의 및 기록주의적 경향과, 쟌르들의 국한성, 협애성에 대한 문제 등
을 실지 창작 활동을 통해서 극복하였으며 또 극복하고 있다. 특히
우리에게 어느 정도 생소하게 느껴졌던 오체르크 문학이 최근 년간
에 이르러 상당한 발전을 보게 되였다는 사실은 주목할 만한 것이
다. 이와 같은 현상은 일찍이 우리 문학에서 찾아볼 수 없었다.[214]

---

213) 강능수, 「오체르크 문학에서 제기되는 몇 가지 문제」, 『조선문학』, 1958. 6.-강
능수는 김일성의 외사촌동생으로 사실상 북한 문단의 핵심 주류로서의 행보를 보
인다. 따라서 이 때 그의 평론은 오체르크의 모호한 문학적 입지를 크게 보호해 주
는 역할을 하였다.

위의 예문은 오체르크 문학이 처음 도입된 이후 괄목할 만한 성과를 올렸음을 보여준다. 그는 오체르크 작가들의 역할이 영예로운 날쌘 통신원과 같아 "현실에 있는 사실들을 기동적이며 시사성 있게 예술적으로 묘사"(136쪽)하는 장르적 특성을 잘 드러내야 한다고 하였다. 설명성이 때때로 남용되면 기록주의적 경향에 떨어질 수밖에 없는데, 이는 전적으로 작가가 "오체르크의 미학적, 교양적 의의를 적게 인식하며 나아가서는 오체르크를 하나의 독립된 문학 쟌르로서 보지 않는 안일한 태도와 결부"(138쪽)되는 것이다. 오체르크의 고유한 특성인 사실성에 의거하여 생활의 진실을 반영하려는 '설명성'은 기록주의와는 하등의 관계가 없으며 오히려 "인물의 성격, 전형적 환경 묘사를 통하여 생활의 본질을 간명하게 표현하기 위한 수단"(139쪽)이며 "작자의 높은 정론성과 시적인 주정 토로로 표현"(139쪽)되는 것이다. 강능수는 오체르크 역시 문학 일반에 작용하는 전형 창조의 과업이 해당되기에 북한에서 창작되는 오체르크의 종류가 대체적으로 인물 오체르크, 즉 초상 오체르크 중심으로 이루어지고 있음을 분석하였다. 이 "오체르크에는 작가의 생활 체험에 기초한 예리한 정론성과 시적인 랑만을 자유 분망하게 피력하여 독자들이 인식하고 있는 우리 생활의 진리를 재인식시켜 주며 크낙한 포부와 긍지"(140쪽)가 담겨 있다. 따라서 '보도의 신속성 및 시사성' '생활적 내용의 진실' '작품의 주제' '비판적 빠포쓰' 등을 통해 오체르크의 전투성을 강화하여 인민들의 삶의 교과서로서 청소년들의 사회주의적 애국주의

214) 강능수, 위의 책, 135쪽.

교양을 담당해야 한다는 것이다.

강능수는 여기에서 오체르크를 '정론성'과 연결시켜 논의하고 있다. 정론성을 알아 보기 위해서는 당시 오체르크와 장르적 헤게모니의 갈등 관계에 놓여 있었던 '정론'과의 관계를 살펴볼 필요가 있다. 정치체제 형성 초기 북한 문단에는 새로운 장르가 많이 도입되고 창작되었다.[215] 오체르크 외에도 발라다, 뿌블리찌쓰찌까 등이 있었다.

발라다는 시문학 장르로서 정률이 처음 시평론에서 언급하고 이효운에 의하여 정식으로 소개되었다. 발라다는 중세 유럽에서 춤출 때 부르는 노래로 구비 문학으로 전승되다가 차츰 서정-서사시의 성격을 띠게 되었다. 사실주의 발라다의 창시자는 뿌쉬낀으로 "로씨야 인민의 생활 속에 현실적으로 뿌리를 박고" "당시 인민 생활의 암흑면, 사회의 모순을 폭로 비판하는 비판적 사실주의 문학의 무기"가 되었다. "인민들의 사회주의적 애국주의 교양에 막대한 기여"를 한 "쏘베트 발라다의 주제"는 "쏘베트 주권과 공산주의를 위한 쏘베트 인민들의 애국적-영웅적 투쟁"이며 반드시 "극적 대사"와 "스토리"가 있는 "서정-서사시적 형식"이어야 했다. "로

---

215) 기관지인 『조선문학』을 통사적으로 고찰해 보면, 오체르크는 장르의 고유한 명칭과 범위 선정에 엄청난 혼란을 겪고 있음을 알 수 있다. 장르 자체의 범위가 워낙 광범위하고 모호하여 다른 명칭으로 사용되거나 혼효되곤 하였다. 구체적으로 오체르크로 명명되기 전에는 단편소설, 종군기, 수필, 작가 수기, 수상 등으로 구분되다가 오체르크로 어느 정도 기간 통합되고 다시 또 수필과 혼용되었다. 레뽀르따쥬, 뿌블리찌쓰찌까, 현지 보도, 정론, 회상기 등으로 장르명의 혼란을 겪다가 1958년 1월 이후에는 목차에서 '오체르크 및 수필'로, 다시 '오체르크'로서 '정론'과 완전히 구분되어 사용된다. 이후 1961년부터 '실화문학'으로 명칭이 변경되었다.

씨야 비판적 사실주의 발라다들이 많은 경우에 로씨야 인민의 고
담과 전설들을 소재로 하였다면 쏘베트 발라다들은 절대 다수가
쏘베트 인민의 실생활에서 생생한 소재들을 얻어내고 있다는 점"
으로 구별되며, 우리의 구전문학에서도 쉽게 비슷한 형식의 구전
민요를 찾을 수 있다. 해방 후 북한 문학에서 처음 발라다를 창작
한 시인은 조기천이다. 그의 작품으로는 「항쟁의 려수」와 「그들은
셋이였다」 등이 있다.[216]

　뿌블리찌쓰찌까는 1954년에 처음 등장했는데 윤시철의 「우리
의 한결같은 념원」(『조선문학』, 1954. 12)이 시초이다. 이후 그의
「우리 인민의 힘」(『조선문학』, 1955. 6), 서만일의 「공민의 자랑」
(『조선문학』, 1955. 9) 등이 있다. 이 뿌블리찌쓰찌까가 바로 '정
론'이다. 1956년 1월에 '정론'으로 바뀌어 나타났다. 김영석의 「조
국에 대한 생각」(『조선문학』, 1956. 1) 이후 계북의 「당이여 우리
는 오직 너의 것이다」(『조선문학』, 1956. 2) 등이 있다.

　당시 정론에 대하여 논의한 글로는 윤세평의 「정론에 대하여」[217]
가 있다. 광범위한 사회 정치 논평으로서 우리나라에 일찍부터 있
어 왔던 정론을 레닌도 어떤 하나의 장르로서 국한시켜 보지 않았
다고 주장한다. 정론은 "오체르크, 론설, 펠레똔, 기사문으로도 될
수 있으며 사변 일기"(124쪽)로도 될 수 있는데, 중요한 점은 "전
투적 맑스주의자들의 붓으로 흥분하여 쓴 혁명적인 사변의 화

---

216) 이효운, 「시문학 장르-발라다에 대한 고찰」, 『조선문학』, 1954. 4. 119-134쪽.
　　참조.
217) 『조선문학』, 1958. 3.

폭”(124쪽)으로 오체르크나 수필보다도 논쟁적이며 전투적이라는
것이다. 특징으로는 ‘시사성’과 ‘정치성’, ‘지도성을 가진 평론적
성격’을 지니며, 생활에 대한 직접적인 관찰을 통하여 “첨예성과
격동성”(126쪽)을 지님으로써 독자들에게 “인식적 교양적 역
할”(126쪽)을 해야 한다. 정론은 “로씨야의 혁명적 민주주의자들
이나 고리끼와 같은 탁월한 작가들의 실례를 들 것도 없이 우리의
탁월한 고전 작가들인 박 연암과 정 다산들에서, 그리고 많은 카프
작가들에게서 예술적-정치적 산문의 고귀한 표본들을 보게 된다.
박 연암과 정 다산의 정론들에서 특징적인 것은 그들의 정치적 발
언의 깊이와 예리성이 항상 예술적 형상의 깊이와 결부되고
있”(126쪽)다는 것이다. 따라서 “사상 사업에서 정론이 가지는 위
력”(126쪽)을 제고하기 위해 “우수한 전통을 계승하여 심각한 주
제의 선택으로부터 정론의 문학적 기교를 제고시키는 일에 이르기
까지 일층의 전진”(129쪽)을 해야 한다고 역설한다.

실제 북한문학사에서 정론 작품들을 살펴보면, 대개의 경우 반
드시 ‘나’라는 일인칭으로만 일관되게 서술하고 작가의 분명한 개
입이 있으며, 오체르크, 평론, 기행문, 일기체 형식 등으로도 이루
어져 사실상 오체르크보다 더욱 광범위하고 애매한 형태의 장르라
고 할 수 있다. 오체르크는 일인칭과 삼인칭이 혼용되고 전지적
작가 시점 등의 완벽한 단편소설 형태도 있기에, 둘 중 어느 것이
장르의 상위 개념인지 하위 개념인지의 문제는 더 논의가 필요할
듯 하다.

지금까지 고찰한 바에 따르면, 오체르크는 발라다나 뿌블리찌쓰

찌까와 마찬가지로 당시 소련 사회주의 체제의 위성국으로서 북한
의 위상을 짐작케 하는 정치적 문학 장르였다. 발라다가 담시로,
뿌블리찌쓰찌까가 정론으로 변모되었던 것처럼 오체르크 역시
1961년경 '실화문학'218)으로 완전히 명칭219)이 변경된다. 뿌블리
찌쓰찌까가 먼저 정론으로 바뀐 것은 이것이 더욱 정치적 선동성
이 강한 내용의 체제 이데올로기적 장르220)여서 인민과의 위계적
정치 커뮤니케이션에 더 위력을 가졌기 때문인 것으로 보인다. 오
체르크는 온전히 소련에서 도입된 '문학' 장르로서 단편 소설과 같
은 문학성도 갖추고 있었기에 '주체'를 내세우려는 체제의 내적 규
율이 뒤늦게 실행된 것으로 파악된다. 하지만 이는 당시까지도 북
한이 소련 사회주의 체제의 직접적 영향권 내에 있었다는 것을 반
증한다고 하겠다.

실화문학에 대한 평론을 쓴 바 있는 최일룡221)은 "모범적인 실
례를 가지고 군중을 감화시키는 것은 사람들을 교양하는 우리 당
의 방법"(170쪽)이라는 김일성의 교시에 따라 "공산주의 교양의
가장 힘있고 옳바른 방법"(170쪽)으로 "근로자들의 사상 생활과
정신 도덕적 풍모의 거대한 전변에 직접적인 커다란 영향을 주고

218) 천세봉, 「천리마 시대와 소설 문학」(『문학신문』, 1961. 3. 21), 『현대문학비평자
료집5』, 태학사, 1993. 369쪽.
219) 이전에 조정국이 「'실화' 창작에서 제기되는 몇 가지 문제」(『문학신문』, 1960.
9. 2)를 통하여 장르명 변경의 가능성을 보여준 바 있다.
220) 가장 정치적인 슬로건을 지향하는 정론의 명칭 변경은 6·25전쟁을 계기로 북한
내부에서 소련의 모국으로서 외교적 장악력이 쇠퇴하고 중국이 우호적으로 부상하
게 되는 '외교 노선의 다변화'와 밀접한 관련이 있는 것으로 보인다.
221) 최일룡, 「실화 문학에 대한 생각」, 『조선문학』, 1961. 9.

있는 문학 쟌르의 하나가 바로 우리 시대에 와서 더욱 꽃피고 있는
실화문학"(171쪽)이라 하였다.

> 실화─이것은 공산주의에로 나아가는 우리의 전진을 촉진시키는
> 우리 인민의 천리마적 현실 속에서 싹트고 있는 가장 아름다운 기적
> 들을 무엇보다 먼저 발굴하고 그것을 예술적으로 전달해 주는 가장
> 전투적이며 민활한 문학의 가장 뚜렷한 한 쟌르이다.[222]

　위 예문은 실화문학의 정의로 "지난 시기 우리의 정기 출판물들
과 단행본들을 통하여 수많은 실화들이 발표되었다"(172쪽)라고
한 내용 등을 종합해 볼 때, '실화문학'이 오체르크의 '주체'화한
장르명이라는 것을 알 수 있다.[223] 여기에서 최일룡이 "실화가 단
편 소설에 더 가까운 것인가 또는 예술적 정론에 더 가까운 것인가
하는 것은 앞으로 더 론의할 필요가 있"(172쪽)다고 본 것은, 오체
르크 장르 시대와 마찬가지로 실화문학 장르 시대에서도 그 형식
적 범주가 여전히 제대로 규정되지 못하고 있음을 의미한다. 이를
통해 유일체제 확립 이전까지 북한의 정치체제가 얼마나 유동적이
고 복잡했는지를 어느 정도 미루어 짐작할 수 있다.

---

222) 최일룡, 위의 책, 171쪽.
223) 그러나 실제 실화문학만이 오체르크를 완벽하게 계승하였다고 할 수 만도 없다.
　　왜냐하면 실화문학으로 바뀐 이후 수필, 종군기, 단상, 수기, 전투 실기, 방문기,
　　인상기 등으로 다시 분화된 작품들이 나타났기 때문이다. 뒤에 언급하겠지만 실화
　　문학으로 변모된 장르는 초상(인물) 오체르크로서 문학성 예술성을 충분히 갖춘 서
　　사물로 한정된 듯하다.

2. 오체르크의 내용과 경향

앞에서 살폈듯 오체르크는 이미 북한 정치체제 초기에서부터 일정 기간 문학 장르의 연도별 평가에서 하나의 온전한 문학 장르로서 꾸준히 그 지위를 확대시켜 왔다.

① 작년도 산문 분야에서 또 하나 특기할 사실은 오체르크 창작에 대해서다. 많은 작가들은 급격한 현실의 전변과 함께 오체르크에 대한 관심이 커졌다. 그리하여 전쟁 중에도 수다한 작품들이 창작 발표되었으나 전후 인민 경제의 복구 건설과 관련된 작품 창작이 급속히 요구되면서 이 문학 쟌르는 더욱 작가들에게 광범히 리용되기 시작하였고 적지 않은 성과를 거두고 있다. 이 방면에서는 서만일의 「행복의 원천」「빛나는 전망」「조국의 품안으로」한봉식의 「로력 전선」윤시철의 「두 세계」「진실한 사람들 속에서」변회근의 「위대한 초상」「할머니의 소원」천청송의 「가교 공사장」김승구의 「김책 제철소에서」리종민의 「일어서는 원산항」 등의 오체르크들은 시사성과 정치성이 풍부한 소재들을 높은 예술적 형상으로 반영하면서 우리 문학의 새로운 쟌르로서의 오체르크의 보다 높은 발전을 약속하여 주었다.224)

② 특히 오체르크에 대하여 언급한다면 아직 이 정예롭고 민활한 쟌르를 유능하고 솜씨 있게 다룰 수 있는 작가가 많지 못하며 그 전투성과 정론성, 시사성을 마비시키면서 다만 단편적인 에피소드의 라렬로써 졸렬한 신문 기사로 떨어지게 하며 첨예한 사회적 문제들을

---

224) 한설야, 「전진하는 조선문학─1953년도 창작사업의 제성과」, 『조선문학』, 1954. 1. 118쪽.

제기하지 못하며 우리 시대의 긍정적 인간들의 생동하는 성격들을
재현하지 못하면서 이 쟝르를 사상 예술적으로 저하시키고 있
다.225)

①의 예문은 장르 도입 초기 오체르크의 여러 성과에 관해 한설
야가 긍정적으로 평가하는 내용이다. ②의 예문은 당시 문단의 산
문비평 분야에서 도식주의 비판의 일환으로 제기된 것이다. '정예
롭고 민활한 쟝르'라는 칭송으로 이 장르에 관한 문단적 관심과 기
대를 알 수 있다.

이렇듯 당시 북한 문단에서 서사 문학 장르로서 일정한 위치를
구축하고 있었던 오체르크의 작품들을 구체적으로 고찰하도록 하
겠다. 오체르크는 단편소설, 기행문, 수필, 연구논문 등 형식이 너
무나 다양했음을 앞에서 분석했다.

① 기사장 동무 !
이제 막 바다에서 돌아 와 보니 벌써 청진 수산 사업소로 떠나셨
군요. 영전이 된다는 소식을 듣고 떠나기 전에 꼭 만나 보려고 했었
는데 이렇게 빨리 떠나실 줄은 몰랐습니다.
어쩌면 지금쯤은 벌써 그 곳에서 사업에 착수하였으리라고도 생
각됩니다.
기사장 동무는 아마 뒤쫓아 간 나의 이 편지를 받아 들고 ≪황 룡
하 선장이 이게 웬일인가? 무슨 사연일가?≫하고 호기심과 의아스
러운 심정으로 피봉을 뜯으실겝니다.226)

---

225) 한설야, 「계급적 교양과 사회주의 레알리즘의 제문제─1955년 창작사업개관」,
『조선문학』, 1956. 2. 11쪽.

② 모든 것이 구름과 비에 싸여 시간을 분별할 수 없게 어둠컴컴한 날 오후였다. 『여기서 좀 기다려 주십시요. 지금 좀 바빠서…』이렇게 한마디 남기고 어디론가 나가버린 관리 위원장이 돌아오지 않은 것도 벌써 두어시간은 된듯싶다. 방안은 습기 때문에 온 몸이 말할 수 없이 끈적거렸다. 때로는 옆으로 후려갈기는 바람이 출입문을 열어 젖히면서 채찍 같은 빗줄기들을 마루바닥에 뿌려던졌다. 그 문밖으로 보이는 사무실 앞마당의 늙은 들메나무는 비에 흠뻑 젖은 가지들을 휘저으면서 비바람과 싸우고 있었다. 뒷잿등에서부터 밀려내려오는 흙탕물은 땅을 핥으며 쏜살 같이 흘러내리다가는 앞마당 도랑가에서 다른 물줄기들과 부딪치여 소용돌이치면서 범람했다. 어디고 ―논에도 수리동에도 앞마당가 도랑에도 그보다는 신천벌 전체가 수량을 각각으로 뿜어올리고 있었다. 이렇게 끈적거리는 방안의 습기와 어디고 넘쳐나는 흙물들과 간단없이 들리는 비소리 바람소리들은 나의 마음을 무엇인가 불안에 설레이게 하였다.[227)

예문 ①은 영웅적 충성심을 갖고 당의 5개년 계획의 증산 운동에 참여한 기사장 동무에 대한 감사의 글을 서간문의 형태로 쓴 글이다. 서간문을 쓴 주인공과 작가의 이름이 다른 것으로 보아 작가가 대변한 것인지 아니면 허구적 작품인지 불분명하다. 예문 ②는 작가가 농촌으로 집단화 과정을 취재하러 간 내용의 도입부인데, 완전한 단편소설 형식으로 문학성이 뛰어난 작품이다. 오체르크는 이처럼 형식적으로나 내용적으로나 방대하기에 통합하여 경향을 선뜻 논의하기 어렵다. 그래서 이효운이 오체르크 장르를

---

226) 박령보, 「풍랑을 뚫고」, 『조선문학』, 1958. 8. 81쪽.
227) 이정숙, 「장마」, 『조선문학』, 1955. 3. 71쪽.

기행 오체르크, 초상(인물) 오체르크, 사건 오체르크, 시평(時評) 오체르크, 전쟁 오체르크 등으로 하위 분류한 것을 따르기로 하겠다.

기행 오체르크의 작품으로는 박웅걸의 「서평양 경기장에서」[228], 이춘진의 「친우의 나라 불가리야」[229], 독일의 맑스 찜메링그의 「산과 강과 영웅들의 나라의 손님으로」[230], 천청송의 「바다를 막는 사람들」[231], 서만일의 「봄베이 인상」[232], 추민의 「크레믈리의 종'소리」[233], 황건의 「육억의 목소리-중국 방문기」[234] 등이 있다. 이 중 「육억의 목소리-중국 방문기」는 작가 황건이 중국을 방문한 내용을 '1. 북경, 2. 초원 사람들의 기쁨, 3. 새 중국의 딸과 안해들, 4. 농민들은 변신하였다, 5. 서호·아름다운 밤, 6. 사회주의 공업화의 주력군, 7. 육억의 목소리'의 목차로 구성하여 세밀히 분석 논의하였다. 연구논문 형식으로 아주 특이한 형태의 기행 오체르크이다. 고리끼가 연구와 소설의 중간 형태로 언급한 것을 생각한다면 이 작품은 연구에 치중한 오체르크라 할 수 있다. 당시 기행 오체르크에는 북한 내부의 여행기도 있지만 소련을 비롯한

---

228) 『조선문학』, 1954. 9. 강성종 등 학생들과 선생들이 서평양 경기장을 복구하는 데 동참했었던 작가가 회고 형식으로 쓴 글이다.
229) 『조선문학』, 1955. 3. 불가리아 방문기이다.
230) 『조선문학』, 1955. 3. 조선 방문 대표단 단장이 북조선에 대한 방문 감상을 특별 기고한 것이다.
231) 『조선문학』, 1956. 7. 관산 관개 공사 취재기이다.
232) 『조선문학』, 1957. 4. 봄베이를 다녀와서 쓴 기행문으로 작가는 이전에도 「인도 기행 중에서」(『조선문학』, 1956. 11)라는 오체르크를 쓴 바 있다.
233) 『조선문학』, 1957. 5. 소련 방문기이다.
234) 『조선문학』, 1954. 10.

동구권과의 교류, 중국과의 외교적 연대, 통일전선의 영향으로 사회주의 체제 국가인 쿠바 등과의 교류를 그린 작품도 있었다. 이러한 현상은 하나의 독립된 국가로서 북한의 세계적 입지를 보다 확고히 하는데 문화교류가 활용되었던 데서 비롯된 것 같다.

초상(인물) 오체르크의 작품으로는 천청송의 「가교 공사장」235), 이춘진의 「복구장으로」236), 한설야의 「민촌과 나」237), 박태민의 「녀성 기중기 운전수」238), 임순득의 「따뜻한 손'길 속에서」239), 이호경의 「삭풍은 불어도」240) 등이 있다. 특히 「따뜻한 손'길 속에서」는 경공업성 평양 제사 공장에 근무하는 '조사공 전춘복의 걸어온 길'이라는 부제의 오체르크로 북한 문단에서 고평을 받은 작품이다. 강능수241)는 이 작품을 "작자의 풍부한 생활 체험에 의해 씌여졌"(140쪽)고 "한 인물의 길지 않은 운명을 통하여 당의 한량없는 손길과 그 속에서 자라나는 당적인 인간의 성장을 보여"(141쪽) 주었다는 평가를 하였다. 여기에서 중요한 '당적인 인간의 성장'은 인물 오체르크의 중심 가치로서 여타 작품 평가에서

---

235) 『조선문학』, 1953. 11. 대동강 목교 가설 공사를 맡은 중국 지원군 공병 부대 담일수 분대장의 이야기이다.
236) 『조선문학』, 1954. 7. 평양시 복구 공사에 자원한 23살 한선옥의 이야기이다.
237) 『조선문학』, 1955. 5. 한설야가 카프 시절 민촌 이기영을 만난 이후부터의 민촌의 문학적 행적을 수필 형식으로 서술하는 내용이다.
238) 『조선문학』, 1955. 5. 종합 청사 벽체 축조 공사에 여성 기중기 운전사로 참여한 리옥녀를 주인공으로 하였다.
239) 『조선문학』, 1957. 2.
240) 『청년문학』, 1958. 4. 제대 후 농촌에서 조합의 반대를 무릅쓰고 자작 실험을 하면서 랭상모를 초과 달성하기 위해 노력하는 영웅의 이야기이다.
241) 강능수, 위의 책.

도 중요한 기준이 되었다.

시평 오체르크의 작품으로는 김광현의「서울도 평양과 같이」[242] 등이 있는데, 주로 수필처럼 쓰여진 시평적 오체르크는 사실상 정론과 아주 흡사하였다. 그래서 정론에서 오체르크로도 쓸 수 있다고 주장한 듯하다.

그 외 사건 오체르크의 작품으로는 이상현의「수상님이 오셨어요」[243]이 있다. 대구가 고향인 돌녀 아주머니가 생활고로 일본 고베로 떠나 30년을 살다가 마침 북한 재일동포 귀국운동에서 제 1차로 남편 이정철과 함께 북한으로 또볼스크호를 타고 입국하는 장면과 김일성을 만나는 장면 등이 등장하는 오체르크로, 작위성이 두드러지는 생경한 정치적 작품이다.

전쟁 오체르크에는 인민군 박경출이 직접 단편 소설 형식으로 체험을 쓴「조국의 바다를 지키는 사람들」[244]등이 있다. 당시 사회의 특성상 전쟁 오체르크가 많을 것 같지만 실제는 혼효된 형식의 전쟁 오체르크와 전쟁을 소재로 한 단편소설의 창작이 더 활발하였기에, 순수 전쟁 오체르크 작품은 오히려 소수였다. 이처럼 실제 작품의 창작에서 각 오체르크의 특성이 분명하게 나타나는 작품은 드물었고, 두세 가지의 오체르크의 특성이 하나의 작품 안에 혼효된 것이 훨씬 양적으로 풍부하였다.

기행 오체르크와 전쟁 오체르크의 두 형식이 혼합된 경우는 김

---

242)『조선문학』, 1958. 4. 1950년 8월 서울에서 평양으로 가는 직통 열차에 탄 노동자, 농민, 문화인의 대표격으로 작가가 쓴 이념성이 강한 글이다.
243)『조선문학』, 1960. 2.
244)『조선문학』, 1954. 2. 김원진 정장과의 이야기를 담은 작품이다.

일신의 「승리의 행군」245)을, 기행 오체르크와 시평 오체르크의
혼합은 한설야의 애급 기행을 다룬 「이 사람들을 보라!—팔레스티
나 피난민 수용소에서」246)를 예로 들 수 있겠다.「승리의 행군」은
김일성의 항일 유격 투쟁의 전적지인 함북 연사군 지구를 답사하
는 이야기이다. 1938년 유격대원들의 5개월간에 걸친 행군 기록
과 무산 지구의 전투 이야기를 회상하는 소설 형식이 중심 내용을
차지하고 있다.「이 사람들을 보라!—팔레스티나 피난민 수용소에
서」는 아세아 아프리카 단결 회의에 참가한 조선 대표단이 가자로
가는 동안의 이야기를 시평적으로 서술하였다.

취재기, 회상기, 현지 보도, 종군기 등의 기행 오체르크, 사건
오체르크, 전쟁 오체르크는 주로 초상 오체르크와 결합하였다. 물
론 초상 오체르크가 해당 서사의 주요 내용이었다.

기행 오체르크와 초상 오체르크가 결합한 경우의 예로는 박진의
「채석 브리가다」247), 박근의 「광맥을 정복하는 사람들 속에서」248),
이정숙의 「장마」249), 송영의 「항일 빨치산의 영웅들」250), 윤두헌의

---

245) 『조선문학』, 1955. 8.
246) 『조선문학』, 1958. 4.
247) 『조선문학』, 1954. 1. 작가가 브리가다의 반장 신재훈 모범 노동자를 소개하는
    글이다.
248) 『조선문학』, 1954. 6. 금강산 내 광산의 김양춘 동무가 열아홉의 나이로 자신만
    의 발파법을 개발하는 과정을 취재한 작품이다.
249) 『조선문학』, 1955. 3. 가장 완벽하게 단편 소설의 형식에 가까운 문학성이 뛰어
    난 작품이다.
250) 『조선문학』, 1955. 4. 1953년 하반기에 김일성 원수 항일 무장 투쟁 전적지 조
    사단의 일원으로 압록 두만의 중국측 대안과 송화강반 일대에 걸쳐 답사한 내용이
    다. 그 때, 1937년 하반기부터 1938년 상반기에 걸쳐 김일성과 함께 항일 무장 투
    쟁의 활약상을 펼쳤던 리두수의 안내를 받았는데 그에 관한 단편 소설 형식의 초상

「창조자들」251), 한성의 「맹세」252), 이춘진의 「조선소에서」253), 한설야의 「파제예브와 나」254), 김명수의 「와실까 니끼포로바의 초상—불가리야 기행 중에서」255), 윤세중의 「용해공들」256), 전재경의 「바다의 영웅 최원준」257), 차자명의 「로력의 집단 속에서」258), 윤시철의 「서호의 모란 동산에서」259), 강능수의 「봄은 이렇게 왔다」260) 등이 있다. 전쟁 오체르크와 초상 오체르크가 뒤섞인 예로

오체르크가 포함되어 있다.

251) 『조선문학』, 1955. 8. 민주건설시기부터 유명한 본궁화학공장의 카바이트 직장장이며 공장 초급당 강사 한도겸의 성공기로, 8·15해방 10주년을 맞아 작가가 다시 방문 취재하는 내용이다.

252) 『조선문학』, 1956. 3. 공장의 신문기사를 위해 '나'가 공무 직장 선반 공작실의 최기석 선반공에게서 200%의 절삭 능률을 내는 새로운 바이트의 연구과정과 결과를 취재 보도하는 내용의 글이다.

253) 『조선문학』, 1956. 7. 흐름식 작업 방법을 개발한 동해의 한 조선소의 작업반장 김금룡에 관한 취재기이다.

254) 『조선문학』, 1956. 8. 한설야가 파제예브의 서거를 추모하면서, 오래 전 외국으로 여행 나갔던 길에 그를 만나 "특히 파제예브의 소박성, 겸손성, 주의깊은 인간에의 배려"를 느꼈던 일을 상술하고 있다.

255) 『조선문학』, 1957. 2. 불가리야에 갔다가 쏘피야에 사는 소박한 근로 여성을 만나 그녀의 조선 학생들에 대한 사랑을 보고 두 나라간 "영구불멸할 친선의 상징"을 본 작가의 글이다.

256) 『조선문학』, 1957. 3. '불'길 치솟는 로 앞에서'라는 부제의 이 글은 강철 생산 5개년 계획을 통해 제강 시간을 단축하고 선진 기술을 도입하여 용해의 마지막 단계인 정련기에서 새로운 작업 방법을 발견한 용해의 명수 브리가다장 추상수를 취재 소개하고 있다.

257) 『조선문학』, 1957. 7. 작가가 영웅 최원준이 근무하는 신포 수산사업소를 직접 방문한 취재기이다.

258) 『조선문학』, 1958. 4. 서구 철강 생산 협동 공장의 기술 연구부의 일원인 리완근 연구원에 관한 면담 취재기이다.

259) 『조선문학』, 1958. 4. 전쟁 당시 중부 전선의 금화 남방에서 정찰병으로 싸우다가 정전 직전에 중국으로 돌아온 지원군 전사 주양명을 만난 중국 방문기이다.

260) 『조선문학』, 1958. 8. 황해 제철소 철골 사업소에서 황철의 용광로가 건설되기

는 김일신의 「사월의 승리」261)가 있다.

결국 순수 형식의 오체르크에서 가장 많은 종류가 초상 오체르크였고 혼효된 형태도 초상 오체르크가 주도하였다는 것을 알 수 있다. 따라서 초상(인물) 오체르크가 사실상 오체르크의 중심적 유형이라 할 수 있다. 사건 오체르크가 희소하며 거의 대다수의 작품이 인물 오체르크의 범위에 있다고 주장한 강능수의 견해는 적절한 것이었다. 실화문학으로 변모한 것도 이 유형이다.

> 우리의 사회주의 제도와 청산리 정신이 낳은 새 형의 공산주의자들—천리마 기수들인 진 웅원, 길 확실, 리 신자, 김 수복, 리 홍렬, 강 하종, 리 만성 등 수 많은 실화의 주인공들이 수천 수만의 새로운 실화의 주인공들을 낳고 있으며, 긍정 감화의 새 불'길을 일으키고 있는 사실을 누구도 간과하지 못할 것이다.262)

위의 예문에서처럼 특히 1958년 공산주의 사회로 진입하였음을 천명한 북한에서 오체르크 장르는 '공산주의 인간형 창조'라는 시대적 요구에 적절히 부응하는 형식263)이기에, '대중 교양'의 커뮤니케이션 즉 정치적 매체로서의 소통 수단으로 영웅적 인물에 관한 초상 오체르크 작품이 많이 요구되었을 것이다. 작가의 대중화

까지 노력한 영웅인 늙은 노동자 원 로인를 작가가 취재하여 형상화한 작품으로, 김일성과 직접 대면하여 치하 받는 결말로 인민 존중감 고취의 선전성을 드러낸다.
261) 『조선문학』, 1956. 4. '김일성 원수 항일 유격 부대의 1938년 4월의 전투 중에서'라는 부제의 이 글은 당시의 정황을 소설적으로 묘사 구성하였다.
262) 최일룡, 위의 책. 171쪽.
263) 이에 관해서는 이북명의 「녀성투사를 장편 오체르크로」(『문학신문』, 1959. 4. 12)를 참조.

요구264)와 맞물려 이러한 양상은 더욱 두드러졌다. 오체르크는 인물 형상화 위주의 실화문학으로 변모하면서 오히려 어느 정도 형태적으로 정립 되었다. 이는 북한 정치체제의 점진적 안정을 반영하는 것이다.

3. 정치적 함의와 역사적 의미

앞서 고찰한 바를 대략 살피면 다음과 같다. 오체르크 장르는 북한 정치체제와 소련 사회주의 체제와의 관계를 보여 주는 문학 장르이다. 보다 정치성이 강한 정론과 비교해 볼 때 문학의 예술성을 지향하였다. 도식주의 기록주의 무갈등의 전(全)문단적 자아비판 속에서 장르 형식의 위험성을 무릅쓰고 생존하였다. 이 문학 장르는 형식상의 방대함과 내용상의 이데올로기성이 장르적 정체성 측면에서 한계였다. 하지만 이것은 당시의 북한 정치체제가 확고한 소련의 사회주의 체제에서 유일체제로의 전변 과정 속에 놓여 있는 변동기 사회임을 드러내는 것으로 체제 형성기 북한 사회 특징을 가장 잘 보여주는 문학 장르라는 것을 증명한다.

여기에서는 이렇듯 북한 정치체제 형성 과정을 잘 드러내 주는 문학 장르인 오체르크의 정치적 함의와 역사적 의미를 고찰하면서

---

264) 이는 해방 이후부터 북한에서 이루어진 작가들의 현장 투입과 관련된 대중화, 즉 실제 생활 속 진리를 탐색하여 생동감 있는 작품을 생산해야 한다는 점과 천리마 운동 이후 작가들의 문학 교육을 통한 대중 인민들의 전문 작가화·집단 창작의 과정 등을 모두 포함한다.

그 변동기적 특성을 분석하겠다. 오체르크 장르의 도입과 변모는 사실상 대내외적인 정치적 변동, 당시 북한 사회를 둘러싼 체제와 사상에 관련된 국제외교전의 반영이었다. 첫째, 이 장르는 당시의 문학 담당층이 전문 작가에서 대중적 인민으로 변모해 가는 문단 내부적 변동을 반영한다. 인민 각자의 개별적 존중감과 전문화로 집체창작의 토대가 된다. 둘째, 반종파 투쟁과 관련하여 유일체제 수립을 위한 '주체' 정립화 과정이라는 시대적 요구를 반영한다. 특히 하위 종류 중 초상 오체르크가 실화문학으로 변모한 것은 이후 김일성의 항일 혁명의 신화화 작업인 『불멸의 역사』총서와 공산주의적 인간형 창조의 토대가 되었다. 셋째, 소련 지향의 정치적 인식에서 중국 지향의 정치적 인식으로 변모하는 북한 정치와 외교의 역사적 과정을 반영하는 문학 장르이다. 통일전선의 내부적 권력 지형 변동을 의미한다.

정치체제 형성 초기 북한의 문학은 당과 인민 사이의 동일성 보다는 소련 사회주의와 북한 사회주의 체제의 동일성 형성에 주안점을 두었다. 그러나 소련을 중심으로 해서 사회주의 체제의 위성국인 북한 중국 등의 국제 커뮤니케이션은 초기 무조건적인 숭배와 추종으로 나타나다가 점차적으로 동등한 관계인 '친선'의 형태로 변모된다.

어떤 사람들은 쏘련식이 좋으니, 중국식이 좋으니 하지만 이제는 우리 식을 만들때가 되지 않았습니까. 쏘련의 형식과 방법을 기계적으로 따를 것이 아니라 그 투쟁경험과 맑스-레닌주의의 진리를 배우는 것이 중요합니다. 그러므로 쏘련의 경험을 배우는 데 중점을 두어야 합니다. 쏘련의 경험을 배우는 데 형식만 따르는 경향이 많습니다.[265]

　예문에서처럼 '우리 식', 즉 북한에서 '주체' 개념이 처음 만들어지게 된 것은 김일성의 권력이 도전을 받게 된 것과 관련이 있다. 국제적으로 스탈린 사망 이후 1956년 2월 후루시초프의 개인 우상숭배 비판의 흐름과 사회주의권의 수정주의 흐름이 국내에서 김일성의 정적들에게 김일성 권력에 도전하는 계기로 작용하였다는 것이다. 1955년 무렵까지도 소련파, 연안파, 갑산파 등 많은 파벌들[266]이 김일성과 연립정권을 구성하였고, 1967년 갑산파 제거를 마지막으로 유일지도체제를 구축하기까지 김일성의 권력은 언제나 도전받는 불안정한 권력기반 위에 있었다. 그래서 김일성은 정적들을 종파라고 규정짓고 그들 종파가 중국과 소련을 등에 업은 사대주의자라 비판하면서 '주체'적 개념으로 1956년 8월 종파사건을 단행하였다. 그러나 이후에도 내정 간섭을 받자 김일성은 자신의 정적들이 교조주의, 형식주의, 종파주의, 관료주의에 젖어 있어 혁명과업을 곤란하게 했다면서 '주체의 확립'에 대한 개념을 작

265) 김일성, 「사상사업에서 교조주의와 형식주의를 퇴치하고 주체를 확립할 데 대하여」, 『김일성 저작집 9』, 조선로동당출판사, 1980. 477쪽.
266) 조만식이 이끄는 민족주의파는 일찍이 소련에 의하여 거세되었고 남은 권력집단은 김일성의 빨치산파와 갑산파를 포함한 범빨치산파, 조선계소련인들을 지칭하는 허가이 등 소련파, 중국에서 돌아온 혁명가들로 구성된 박일우 등 연안파, 조선과 일본에서 공산주의 운동한 사람들을 망라한 국내파였다. 이중 가장 수가 많은 것이 국내파였고 가장 수가 적은 것이 빨치산파였다. 당시 북한은 이같이 정치적 파벌이 난립하고 끊임없이 정쟁이 일어났다.

품과 문예이론을 통하여 더욱 적극적으로 발전시켜 나가게 된다. 이러한 북한의 내부적 정치 배경 속에 실화문학으로의 장르명 변모가 있었던 것이다.

> 도식주의는 우리 문학 발전을 저해하는 중요한 암이라는 것은 더 말할 것도 없으나 우리 문학에서 경계해야 할 반사실주의적 경향은 도식주의만이 아니라는 점이다....(중략)....마치 도식주의만이 우리 문학의 최대의 적인 것처럼 공인되었다. 그리하여 도식을 반대한다는 미명 밑에 나타난 이러저러한 창작상 편향에 대하여 그것을 모두 새로운 도식으로 규정하게 되었다.[267]

위 예문은 조국해방전쟁 이후 남로당 계열을 숙청한 반종파 투쟁기에 문단에 팽배한 도식주의를 극복하고자 하는 당시 문단의 신경향을 언급한다. 도식주의, 기록주의 등 이전 문학의 경향은 격렬한 비판의 대상이 되었다. 도식주의 외에도 또 다른 경계의 대상이 있다는 것과 도식주의로 인해 정론시[268]를 배격하고 아동문학을 소홀히 대하는 경향 역시 비판한다. 오체르크의 기록주의

---

267) 김명수, 「평론은 생활 및 창작과 더욱 밀접히 련결되여야 한다」, 『조선문학』, 1958. 3. 131-132쪽.

268) "도식주의를 반대하는 투쟁 행정에서 뜻하지 않게 손실을 보고 있는 분야가 있다는 것을 지적할 필요가 있다. 그것이 바로 정론시 분야다. 그것은 시문학 분야에서 도식주의의 대표적인 작품들로 심대한 타격을 입은 것이 보다 많이 정론적인 소재를 취급한 서정시였다는 사실과 관련을 가지는바, 이러한 도식적인 정론시에 대한 타격은 지당하다. 그러나 사태는 그렇게 단순한 것이 아니다. 그것은 제 2 차 작가대회 이후 시기에 좋은 정론시가 많이 나오지 못하였다는 사실로써 미루어 알 수 있다....(중략)....우리는 도식과 론리성을 구별해야 하며 구호와 구호시를 구별해야 한다. 왜냐 하면 정론적인 시는 이러한 론리성과 정치적 구호가 형상의 한 수단으로 되는 경우가 적지 않기 때문이다."-김명수, 위의 책. 132쪽.

와 도식성이 비판받았음은 앞에서 살폈었다. 하지만 이 신경향에 대한 비판, 즉 재비판은 당시 북한 내부의 주류적 지시를 충실히 따랐다는 것을 다음의 예문을 통해 심도 있게 이해할 수 있다.

> 우리는 한효, 안함광의 이러한 비당적 견해들이 우리 문학의 사상 예술적 개화에 있어서 독초와 같은 작용을 한다고 인정하기 때문에 묵과할 수 없는 것이며, 이러한 경향과의 비타협적 투쟁을 통해서만 당 문학의 기치 밑에 단결된 우리 작가들의 사상 의지의 통일을 더욱 강화할 수 있다고 인정한다.
>
> 우리는 부로카적 사기한이며 추악한 변절자인 반당 종파 분자 홍순철의 죄행을 철저히 폭로 규탄하는 동시에 우리 대렬내의 어떠한 비당적 요소들과도 더욱 과감한 투쟁을 전개함으로써 당 작가의 영예를 고수해야 할 것이다. 이러한 투쟁에서 평론은 항상 전초병의 역할을 담당하여야 하며 나아가서 온갖 반동적 부르죠아 이데올로기와의 투쟁 사업을 깜빠니야식으로가 아니라 우리들의 일상적인 사업으로 전변시켜야 할 것이다. 이렇게 될 때만이 우리 평론은 전투적이며 지도적인 자기 진지를 튼튼히 고수한 것으로 될 것이다.[269)]

위 예문은 당시 북한 정치권 전반에서 끊임없이 행해지던 김일성의 지속적인 정적 제거 과정의 문단적 내용을 반영하는 것이다. 즉 문예 지식인들의 혼돈 상황은 도식주의와 기록주의를 심판의 대상에 올리고 찬반을 가리는 대립과 논쟁을 벌이고 있는 듯 자유롭게 보일 수 있는 것이었다. 이러한 문학 내부의 치열한 투쟁은

---

269) 김명수, 위의 책. 142쪽.

1958년 10월에 김일성이 행한 교시「작가 예술인들 속에서 낡은 사상 잔재를 반대하는 투쟁을 힘있게 벌일 데 대하여」에 의해서 촉발270)된 것이 아니라, 오히려 '정리'되었다. 이 교시에서 김일성은 문학계 내부에 잔존하고 있는 '부르주아적 잔재'와의 투쟁을 요구하고 해당되는 이들을 숙청하였다. 많은 문예 지식인들이 논전에 참가 대립하였던 이 '문단적 전변'271) 상황에는 오히려 중국을 이상 모델화하고 다시 또 민족 주체성을 도모하게 되는 대내외적인 체제 변동기 상황이 반영되어 있었다.

1957년 11월 모스크바 대회에서 열린 세계공산당대회에서 중국공산당은 자본주의로부터 사회주의로의 평화적인 이행문제, 미국 제국주의의 평가, 평화공존과 민족해방투쟁의 관계 등 몇몇 문제에 대해서 소련공산당과 대립했다. 1958년 5-7월에 열린 당 중앙군사위원회는 인민해방군의 정규화와 현대화를 부정하고, 홍군 이래의 전통을 부활하여 민병을 강화했으며, 동시에 자력으로 핵개발을 서두르는 것을 새로운 방침으로 결정했다. 이에 대해 소련은 1957년 10월에 체결한 중·소 국방신기술협정을 1959년 6월에 파기하며 원자폭탄제조의 기술자료 제공을 거부했다. 1959년과

---

270) 김재용, 『북한문학의 역사적 이해』, 문학과 지성사, 1994. 147쪽.

271) 이 시기의 부르주아 문학 사상에 대한 비판은 그동안 간간이 이루어져 왔던 북한 문학계 내부의 반종파 투쟁과는 성격을 달리한다고 김재용은『북한문학의 역사적 이해』에서 주장한다. 그는 '1953년이나 1956년의 반종파 투쟁은 당내 반종파 투쟁의 여파가 문학에도 미치고 있다고 파악될 정도인데 비해 이 시기의 반부르주아 투쟁은 결코 반종파 투쟁이라 부를 수는 없는 것'으로 도식주의와 관련되었다면서 도식주의와 반종파 투쟁의 관계를 분리시켜 버리고 마는데, 이에 대해 필자는 심층적 연구를 통해 상호 관련이 깊은 문제임을 충분히 입증한 바 있다. -이영미, 위의 책. 참조.

1962년에 중국과 인도의 국경 분쟁이 일어났을 때 소련이 보인 중립적인 태도, 1963년 부분적 핵실험 금지조약 체결로 인해 중·소는 공공연히 논쟁하게 되어 대립으로 나아가게 되고, 1964년 중국은 원자폭탄 실험에 성공한다.[272)]

이와 같은 중소분쟁 격화와 소련 수정주의로 인한 번민 속에 북한에는 자주적 정치 모델 구축의 필요성이 등장하였다. 북한의 권력기관은 갈등과 위기의 사회를 통합하고 김일성 중심 정치체제를 합리화하기 위하여 문학을 다시금 '대중 교양'의 수단으로 확보한다. 동시에 이것은 내부의 심리적 적군을 색출하는 데 긴요한 매체였다. 이는 북한의 대외 협력의 사회주의 체제 모델이 소련에서 중국으로 전환되었음을 시사한다.

중국은 1953년부터 실시된 제1차 5개년 계획으로 국민 경제의 사회주의적인 개조와 공업화를 시작하였다. 5개년 계획은 소련의 기술적 경제적 원조를 전면적으로 수용하여 중공업 우선의 중앙집권적인 계획 관리에 의해서 실시되었으며, 1956년에는 공업과 농업의 총생산액 비율이 역전되었다. 중국공산당은 1958년 5월 제8차 당 대회 제2회 회의에서 사회주의건설 총노선 방침을 채택했으며, 대중적인 기술혁신운동과 대규모적인 기본건설을 통하여 생산의 비약적인 고양을 목표한 '대약진운동'을 시작했다. 그 중심이 되는 것은 재래식 소형 용광로에 의한 강철 생산 운동이었다. 1958년 겨울부터 이듬해 봄까지 농촌에서는 댐 등의 수리사업과

---

272) 기무라 히데스케/이윤희 역, 『20세기 세계사』, 가람기획, 1997. 206-207쪽. 요약.

심경밀식법 등이 대규모로 이루어졌다. 1958년 10월에는 합작사의 합병으로 '인민공사'가 전국으로 확산되었다.[273] 이러한 중국의 경제 모델은 북한에 큰 영향을 준 것으로 보인다. 즉 북한의 '천리마운동'은 중국의 '대약진운동'의 모방이었던 것이다.

이처럼 당시 중국의 영향은 절대적이었기에 뒤이은 '주체사상과 유일체제의 성립은 중국모델의 모방에 의한 모델'이라는 것이 필자의 관점이다. 기존 연구들은 북한이 마르크스-레닌주의를 버리고 자주적으로 주체사상 유일체제를 수립한 것으로 보지만, 실제 문학작품과 문단 내의 변이과정을 초기에서부터 지켜보았을 때, 중국의 경우를 많이 모방하여 유일체제를 형성해 나갔고 지금도 북한은 여전히 '스탈린의 마르크스-레닌주의'를 지향하고 있다는 것이다. 문단의 지식인들을 정치적으로 처리해 나가는 과정이 모택동이 당시에 행했던 것과 너무도 흡사하다는 사실을 통해서도 그 영향관계를 충분히 알 수 있다.

중국의 모택동은 문학과 같은 '문화군대'의 역할을 강조하면서 인민을 교양하는 데 주력했고, 작가 자신의 '대중화' 작업을 통해 '인민 속으로' 가서 작가와 인민의 '사이 뜸'을 메우는 것이 매우 중요하다고 문학예술론에서 역설[274]한다. 이렇듯 나름의 문예관을 지니고 있었던 모택동은 '지식인의 사상 개조와 정풍(整風)'에 관해 1957년 4월 27일자로 지시하였다.

모택동의 독특한 국가 운영 방식인 '방(放)'과 '수(收)'의 방법 중

---

273) 기무라 히데스케/이윤희 역, 위의 책, 205-207쪽. 요약.
274) 모택동/이욱연 역, 『모택동의 문학예술론』, 논장, 1989. 204-205쪽.

그는 '방'을 통해 대대적인 지식인 개조에 나서 신민주주의를 완성하려 했다. '방'은 비판의 자유를 허용하여 강제 승복이 아닌 설득으로 상대방을 설복시키는 것이며, '수'는 다른 의견 잘못된 의견을 불허하여 혹시라도 발표했다 하면 요절을 내버리는 것으로 모순을 해결하는 것이 아니라 확대하는 방법이다. 그는 '방'의 방침이 나라를 공고히 하고 문화를 발전시키는 데 유리하며 이것으로 수백만 지식인을 단결시킬 수 있다고 하였다. 그래서 지식인의 개조, 특히 세계관의 개조에는 긴 기간의 과정이 있어야 한다는 것이다.

모택동은 1957년 3월 12일의 연설에서 대중과 유리되고 현실과 유리된 관료주의, 종파주의, 주관주의를 극복하기 위해서는 지식인이 노동 대중과 결합해야 한다며 정풍운동의 의의와 진행방법 등을 상세히 언급하였다. 그는 아직도 '방', 즉 '잘못된 논의를 두려워하지 않고, 독소가 포함되는 것을 두려워하지 않으며 자기 의사를 활발히 개진토록 하는 것'이 아직도 그다지 만족스럽지 못하다며, 선전 부문의 활발한 논의를 장려하라고 촉구한다. 이러한 중국공산당의 거듭된 요청에 당 밖의 지식인들은 입을 열기 시작, 당과 정부에 대해 혹독한 비판과 공격을 가하게 되고, 이러한 '우파분자'들의 비판은 이미 '인민 내부의 모순'이 아니라 '적·아군의 모순'으로 간주됨으로써 '명방'은 반우파 투쟁으로 전화되고 우파분자에 대한 반격이 57년 6월 8일을 기점으로 하여 개시되게 되었다.[275]

그 때 당시 북한 내부 문단에서는 전쟁 이후 남한 침략을 통해

---

275) 모택동/이욱연 역, 위의 책. 176-177쪽.

유입된 문학의 '형식 미학'에 대한 부르주아적 경향의 논전이 벌어
지고 있었다. 이는 임화, 이태준 등의 남로당 계열 숙청 이후에
다시 드러나는 지식인들 간의 논쟁이었다. 문학인들의 자유로운
논쟁은 사실상 체제에 커다란 위협이었다. 1953년 이후 몇 년간의
문단적 혼란은 1956년 당의 중심교시에 반영되었다. 즉 북한 문단
에서는 내부적으로 '형식 미학'의 문제와 관련한 '커뮤니케이션의
변이' 과정에서, 김일성의 '교시'에 따르는 북한 고유의 위계적 소
통 상황이 '지식인의 분열을 통한 아래로부터의 전변'의 가능성을
보였다. 사회 통합과 체제 결속, 이념의 공고화를 위해 이러한 내
부적 문단의 변이 변동에 관한 해결책을 찾아야만 했다. 모택동의
1956년 4월의 '백화제방 백가쟁명(누구든 자기의 의견을 말할 수
있다는 뜻)'은 1957년 6월에 반우파 투쟁에 의해 지식인 사상 개조
와 숙청의 대상을 고르는 치밀한 사전 작업이라 할 수 있는데, 북
한은 이러한 중국의 예를 북한 문예 지식인 숙청 작업에 참조하여
교묘한 반종파 투쟁에 나서게 되었던 것이다.

　1958년 8월 『조선문학』에는 중국의 주양이 2월에 쓴 「문학예술
분야에서의 일대 론쟁」이 번역되어 실렸다.[276] 문학예술 분야에
서의 우익과 수정주의 좌익 노선을 따르는 정령, 진기하, 호풍, 풍
설봉 등을 비판하면서 대대적인 지식인 사상 개조의 정풍운동을
일으켜 그들의 반당적 활동을 폭로 비판함으로써 문학예술 대열

---

276) 김응룡이 번역(『조선문학』, 122–139쪽)하였다. 당시 중국의 수정주의 논쟁을
　　둘러싼 정쟁을 번역하여 소개한 것으로는 이 외에도 곽말약의 「호풍의 반사회주의
　　적 강령」(『조선문학』, 1955. 7), 채의의 「호풍의 부르주아 유심론적 사상을 비판함」
　　(『조선문학』, 1955. 11) 등의 평론을 들 수 있다.

내의 종파적 분열의 위험한 요소를 제거하였다는 내용인데, 이는 당시 북한 종파분쟁의 행보와 매우 흡사하다.

> 문학예술 발전 력사의 최고 단계를 이루는 사회주의적 사실주의 창작방법의 고수는 현 시기 평론가, 작가, 예술인들 앞에 제기되고 있는 가장 중요한 과업이다. 그것은 정치적 반동들이 쏘련 공산당 20차 당 대회 이후에 개인 숭배를 쏘베트 사회 제도의 본질과 결부시키면서 마치도 이 사회 제도 하에서는 개인 숭배 사상의 발생이 불가피적인 현상이라고 떠든다면 문학 예술 분야에서 ≪돈'주머니에 얽매인≫ 수정주의자들까지를 포함한 반동 문예 학자들과 작가 예술가들이 사회주의적 사실주의와 그의 당성, 인민성 원칙에 대하여 공개적인 중상과 비방을 시도하고 감행했기 때문이다.
>
> 오늘 정치면에서의 스딸린에 대한 개인 숭배를 비판하는 척 하면서 프로레타리아 독재와 그에 대한 당의 지도적 역할을 거부한다.
>
> 또한 현대의 수정주의자들은 프로레타리아 국제주의 사상을 반대하며 쏘련을 선두로 하는 사회주의 진영 국가의 공산당 및 로동당과 자본주의 진영 국가 공산당들의 국제적 뉴대를 반대하면서 결과적으로 미제의 세계주의 사상을 선전 선동하는 동시에 ≪민족 공산주의≫ 사상을 전파하는 제국주의자들의 졸개의 역할을 다하고 있다.[277]

위 예문은 1958년 당시 북한 문단에서의 수정주의 비판 경향을 보여 주는 글이다. 수정주의자들이 내세우는 소련에서의 우상 숭배 금지와 중국의 효과적인 지식인 개조 작업은 당시 북한이 어느

---

277) 한형원, 「문학 예술 분야에서 나타난 국제 수정주의적 경향을 반대하여」, 『조선 문학』, 1958. 10. 110쪽.

사회주의 체제와 노선을 따라야만 김일성 중심주의를 온존시킬 수 있는지 고민한 흔적을 간접적으로 암시한다. 그리고 이후 북한 문단의 정치적 행보와 문학 담론[278]은 북한이 중국 공산주의 모델을 더 지향하여 주체사상과 유일체제를 완성한 것임을 드러낸다.

이 장르명의 변화 즉 오체르크에서 실화문학으로의 변모에 관련된 함의를 살펴보면, 단순히 뒤늦은 번역이 아니라 '주체' 정립이라는 북한 정치체제의 변동기적 특성이 반영되었다는 것을 알 수 있다. 주체 정립의 과정 또한 복잡하다. 북한이 초기 소련의 사회주의 모델 지향에서 중국식 사회주의 모델 지향으로의 전환이라는 정치적 함의가 내포되어 있다. 이에는 소련 내부의 스탈린 격하운동과 수정주의 경향이 직접적 원인이 되었다. 외부적으로는 체제를 위협하는 변화와 내부적으로는 정치권력과 문단적 변동을 경계하고 '주체'적으로 북한 내부의 위계적 결속을 다지려는 치밀한 정치적 전략의 커뮤니케이션 행위로서 역사적 의미가 부여될 수 있을 것이다.

지금까지 분석한 바를 종합하면, 오체르크는 북한문학사에서 문학의 정치와의 대내외적 관계성을 가장 극명하게 보여 주는 정치적 선동의 서사 문학 장르이다. 사회주의 통일전선에 연대한 선전 매체로서 문학의 정치 커뮤니케이션 기능을 보여 준다. 이효운은 이 장르가 소련에서 들어왔음을 명시하면서도 "자주적인 떳떳한

---

278) 북한 문단의 중국에 관한 끊임없는 관심과 애정은 이후 여러 글들에서도 지속적으로 나타나는데, 박홍병의 「약진하는 중국문학」(『문학신문』, 1960. 4. 5) 등이 있다.

문예장르"[279]라고 주장한 바 있다. 북한에서 정론이 전통적 양식으로 박 연암이나 정 다산과 관련되어 논의되었던 것처럼, 오체르크 역시 전통과의 관계를 규명할 수 있을 것 같다.

즉 오체르크 장르는 통시적 문학사의 맥락에서 볼 때 사실상, 조동일이 한국문학의 갈래로 구분 논의하였던 교술 문학 장르[280]를 어느 정도 계승한다고 할 수 있다. 조동일은 조선시대 가사에 관한 연구에서 교술 장르를 논의한 바 있다. 가사는 있었던 일을 확장적 문체로 일회적 평면적으로 서술해 알려주는 것인데, 어느 장르에도 속하지 않아 서사·서정·희곡이라는 전통적 장르류에 교술 장르류를 새로 추가하여야 한다는 것이다. 가사는 신흥 사대부층의 등장이라는 역사적 변동기에 지배 계층의 요구로 등장한 바 있다. 이외 경기체가나 시조 등의 예로 볼 때 '사대부 의식'과 교술문학의 긴밀한 관련이 있다. 교술 장르류의 장르종을 살펴보면, 율문적 형식에 가사, 산문적 형식에 기행, 실기, 수필, 전기, 제문, 서간, 비평 등이 포함된다. 개화기 이후 문학을 극도로 전문화하고 문학 그 자체를 목적화 하는 방향 속에서 교술 장르는 문학 권외로 밀려 날 수밖에 없었다고 조동일은 주장하였다.

개화기 이후 사라졌다고 여겼던 교술 문학 장르가 북한에서는 소련 사회주의 체제의 강력한 영향으로 다시 도입되었다. 오체르크는, 가사 등이 "사대부 의식과 교술문학의 긴밀한 관련"(70쪽)을 드러낸다는 조동일의 견해에 비추어 볼 때, 지배 이데올로기

---

279) 이효운, 「문학 장르 오-체르끄에 관하여」, 『문학예술』, 1952. 12. 130쪽.
280) 이에 대한 논의는 조동일의 『한국문학의 갈래이론』(집문당, 1992) 참조.

즉 문학의 정치성에 가장 밀접하게 관련되는 장르로서 역사적 정
치적 변동기에 주로 등장하는 교술문학의 특성과 관련이 있음은
분명하다. 변동기 사회의 정치적 지배 이데올로기의 헤게모니 선
취 과정에서 혹은 시대적인 패러다임이 변화할 때, 문학의 경우
반드시 교술적 경향이 팽배해진다는 점에서, 오체르크 장르는 단
순히 외국 장르라고만 할 수도 없다. 그래서 실화문학으로 과감히
장르 명칭이 변할 수 있었고, 특히 북한문학사에서 대내외적 정치
변동 상황을 가장 밀접하게 반영하면서 주체사상과 유일체제의 형
성에 주도적으로 기여하는 문학 장르가 되었던 것이다. 이후 오체
르크가 변모한 실화문학은 남한에서 1980년대 무크지 등을 통하
여 활성화되었던 수기, 르포 등 '민중'들의 논픽션 문학과 정치사
상적·형식적 이식 가능성을 결코 배제할 수 없다. '오체르크'라는
정치적 문학 장르의 중요성 뿐 아니라 '문학'의 '정치 커뮤니케이
션'으로서 이데올로기적 위력을 실감할 수 있는 부분이다.

제5장
북한문학사의 문체론과 체제 규율

1. 북한 문체론의 형성과 내용

이 장은 북한문학사의 문체론에 관한 분석을 목적으로 한다. 특히 북한 정치체제 형성 초기 문단에 광범위하게 논의된 바 있었던 문체론에 관한 내용을 분석하고 이후 시대와 관련지어 북한 정치체제 이데올로기와 문학의 특성을 고찰할 예정이다. 분석대상은 『조선문학』에 등장한 평론 중 문체론에 관련된 것을 위주로 한다. 『조선문학』은 조선작가동맹 중앙위원회 기관지로서 명실상부한 북한 문학의 주요 생산 통로이기 때문이다.

북한문학사에서 문학예술은 관제적 성격으로 권력기관에 의해 통합 관리되었다. 때문에 체제하 권력 지향적 문학의 행간 속에서 북한 사회에 대한 본질적 탐구가 이루어질 수 있을 것이다. 행간을 읽어내려는 노력은 형식적인 수사학의 힘을 간파하는 데서 시작될 것 같다. 그간 북한 문학을 사회주의 리얼리즘이나 주체사상의 영향 하에서 분석하려 하거나 '공산주의 인간형 양성'에 바탕 한 인물분석으로만 그쳤던 것은 내용 위주의 연구이다. 비판적이며 본격적인 문학 연구가 되기 위해서는 내용 뿐 아니라 형식에 관한 연구, 수사학에 관한 연구도 더불어 진행되어야 한다. 문체론은 형식적 수사학의 일종이다. 필자가 그동안 지속적으로 고찰해 왔던, 정치 커뮤니케이션으로서의 문학이 북한 정치체제의 형성에 어떠한 영향을 끼쳤는가에 대한 보다 구체적 각론 형태의 연구가 될 것이다.

북한문학사에서 문체론, 즉 문학 속에서의 언어와 '스찔(문체)'이 언급되기 시작한 것은 반종파 투쟁의 시기와 맞물려 도식주의와 기록주의, 신비주의에 관한 비판이 시작될 무렵부터이다. 6·25 전쟁을 통하여 남한의 사회적 담론과 문학적 담론이 유입된 후 부르주아 반동 미학에 대한 공격이라는 문단 내부의 정치적 싸움에서 남로당파와 연안파, 소련파 등 그 추종세력, 심정적 추종세력까지 포함하여 광범위하게 설전이 벌어진 때이다. 당시의 문단은 숙청의 칼날 앞에서 그 누구도 자유로울 수 없었지만 이것을 미리 예견한 사람은 거의 없었다.

> ① 이 그릇된 견지로 말미암아 일부 작가들이 기록주의의 함정에 빠졌으며 특히 누가 보아도 순전히 영웅 전기의 범주를 벗어나지 못하는 작품들에 대하여 「소설」이라는 렛텔을 붙이는데 우선 작가 자신이 부정적 태도를 취하기를 거절하고 있는 현상을 볼 수 있는 것이다.
> 우리의 사상 전선에 대한 부르죠아적 반동 사상의 침해—문학상에 있어서의 침략자들에게 복무하는 자연주의의 침해에 대한 경각성의 부족에 의하여 우리 문학의 흉악한 원쑤들인 자연주의자들이 문예총 내부에서 사실주의를 반대하는 온갖 음모를 진행할 수 있었

던 사실을 상기하는 것이 필요하다. 그들은 판박힌 자연주의 작품인 「고귀한 사람들」과 「림진강」을 소위 『성과 작품』이라고 내세우기를 주저치 않았으며 더우기 우리 문학에 있어서 자연주의의 대표적 표현이며 로골적으로 우리 인민들의 애국심과 로동계급을 모욕하여 나선 반동적 작품인 「첫 전투에서」를 『잘 째인 성공한 작품』이라고 추천하여 나섰던 것이다. 가장 엄중한 것은 이러한 작품이 문학 동맹 소설 분과 위원회의 이름으로써 각종 출판물에 추천되고 있는 사실이다. 이것은 이 위원회의 사업이 최근에 와서 적대적 사상의 침해에 대한 경각성이 부족하며 비애국주의적 종파 분자들에 의하여 운영되었다는 사실을 말하는 것이다.281)

②『오직 반동적이며 부패한 부르죠아 사상을 반대하여 타협 없는 결정적 투쟁을 전개하며 맑쓰-레닌주의 혁명적 사상을 교양하는 사업을 강화하는 조건하에서야만 우리 나라 인민들을 제국주의자들의 사상적 침해의 시도로부터 수호할 수 있습니다』(김일성「로동당의 조직적 사상적 강화는 우리 승리의 기초」제五차 전원 회의에서의 보고)282)

예문 ①은 한효가 당시 북한의 '적대적 사상의 침해'와 '종파 분자들'의 문단 운영에 대한 안이한 대처를 강력하게 비판하는 글이다. 예문 ②는 김일성이 전쟁으로 유입된 '사상적 침해의 시도'를 우려하는 내용을 담은 한효의 글에서 가져왔다. 이것을 볼 때 당시 북한은 권력 불안정 뿐 아니라 사상적 통제의 근본이 서서히 흔들

---

281) 한효, 「자연주의를 반대하는 투쟁에 있어서의 조선문학(3)」, 『문학예술』, 1953. 3. 152쪽.
282) 한효, 위의 책. 153쪽.

리고 있는 변동기 사회였다는 것을 미루어 짐작할 수 있다.

문학인들의 문제뿐 아니라 일반 인민들조차 6·25전쟁을 통해서 사상적으로 혼란해졌다. 사회경제적 주축세력인 농민들의 반항이 더욱 심화된 것을 느끼게 되었고 농민들을 장악하기 위해서라도 농업협동화가 절실히 필요했다. 김일성이 농업협동화를 단행해야 했던 직접적 계기는 북한 농민들이 국가에서 시행한 양곡수매사업을 거부한 사건이다. 북한은 토지개혁 이후 그리고 전쟁 이후 국가적인 양곡수매사업을 1954년에 실시하였다. 당시는 양곡이 북한의 유일한 부의 원천이었으며, 양곡을 국가가 소유해야 노동자와 농민, 인텔리를 장악할 수 있었다. 이러한 사회경제적 변동의 상황은 사회주의 위성국들이 생각하는 모국 소련의 위상이 수정주의 여파로 하루가 다르게 국제 정세가 급변하는 상황과 무관하지 않는 정치적 변동기이기도 했다.

김일성은 이러한 혼란을 돌파하기 위하여 국가적 통합의 정책을 수립해야 했다. 그리고 김일성 반대세력인 정치적 권력집단과 그 심리적 동조자까지도 색출하여 권력의 토대를 다져야 했다. 이때 인민통합을 위해 내부적으로 수립한 정책이 바로 중국의 대약진 운동을 모방한 '천리마 운동'이었으며, 모택동의 '지식인의 사상개조와 정풍' 운동을 본떠 '방'의 방식을 따라 반대세력을 색출해냈다. 이러한 권력 수립의 투쟁을 통해 '주체'[283]를 정립하고 '민족'

---

283) '주체'라는 용어는 1955년 12월 김일성이 당선전선동원대회에서 행한 연설에서 처음 등장하는데, '주체사상'이란 용어가 문헌상에서 처음 등장한 것은 1967년 12월 16일 최고 인민회의에서 김일성이 발표한 정부강령에서이다. 그 후 주체사상은 1970년 11월 조선로동당 제5차 대회에서 마르크스-레닌주의와 동격으로 격상된다.

과 '전통'과 결합한 사상으로 유일체제를 수립하게 되는 것이다. 이 때 해방 직후부터 '대중교양'의 선전매체 수단으로 문학을 적극 인식 활용한 김일성의 전략적 전술이 뒷받침되고 있었음은 물론이다. 이러한 북한의 정치적 국가 전략의 세부 전술 중 하나가 문체론이다.

북한에서는 6·25전쟁 이후 문학작품의 언어에 관해 치밀한 통제가 본격화된다. 사실상 문학인들의 자율적 내부규제로 보기 어려울 만큼 언어와 문체에 대한 지나치게 심한 간섭이 본격적으로 실행되었다.

① 문학 창조에 있어서 언어에 대한 작가들의 신중한 태도는 이 방면에 있어서도 일단의 전진을 보여 주고 있다. 그러나 그 성과의 제고를 위하여 여기에서는 표현상 결함의 한두가지 실례에 대하여 지적해 두는 것이 필요하다고 생각한다.

"바람결이창문을 떠밀 듯이 부수고 지나간다"의 "부수고"라는 형용사는 적당하지 않으며 "천보 령감은 이 말을 듣드니 불쾌한 듯이 붓털 같이 숱한 눈섭을 치켜올리며 숱 붙은 미간을 찡그렸단 다시 웃는다"라는 표현은 진실하지 못하다. 눈섭을 치켜올리면서는 미간을 찡그릴 수가 없는 것이니 이것은 실지와 부합되지 않는 표정 묘사다.(「조가령 삭도」중에서) "하루일을 마치고 향기가 코를 찌르고 숨이 막힐 듯한 길을 원희는 용선이와 함께 걸으며"란 표현은 숨이 막힐 정도로 향기가 코를 찌르는 길이란 뜻인지, (아마 그런 뜻이기는 하겠으나) 또는 가파른 언덕길에 숨은 막히고 꽃향기는 무르익어 코를 찌른다는 의미인지 불명확하게 표현되어 있으며 "낮은 밤을 이여"라고 한 것은 "낮에 밤을 이여"라는 것의 잘못된 표현이다.(「고압

선」중에서) "진행자가 무대에서 물러난 뒤 중얼 중얼하던 장내는 갑자기 물뿌린 듯 잠잠해졌다"의 "중얼중얼"은 "웅성거리던"이라고 바꾸어 놓음이 더 자연스러웠을 것이고 "관중들은 손 하나 까딱하지 않고 모두 동상 같이 무대를 바라보고 앉아 있을 뿐이다"라는 표현은 사물에 대한 사실주의적 진실한 감각이 아니며, 인간을 무기체와 동일시하는 그릇된 비유며 형용이다. "정신이 아찔아찔하고 눈 앞이 갑자기 회감해지자 온몸에서 맥이 탁 풀리는 것을 느끼였다"중의 "회감해지자"라는 말은 자기의 자리를 찾지 못하였으며 "복순이를 옆구리에 메고 기여나오다가 배전실을 채 못나와 의식을 잃고 말았다"라고 하였으나 사람을 옆구리에 낄 수는 있어도 멜 수는 없는 일이다.(「행복한 사람들 중에서) "소대장의 량 다리는 적탄에 관통되였던 것이다. 그가 주저앉은 홈채기의 이름 모를 노란 꽃 위에 핏방울이 떨어져 더욱 붉다"라는 표현은 그러한 정황에서의 진실한 감정, 즉 적개심의 격정을 보지못하는 단순한 객관주의적 형식주의적 묘사에로 떨어지고 있다. "바같은 여름 태양이 무덥게 내려쪼이고, 고지 일대는 형언할 수 없는 화약 냄새 땀 냄새 피 비린내 나무껍질과 잎새 냄새가 꽉 차있다" 중의 "차있다"라는 형용사는 그 여러 냄새가 엄불린 취각적 특성을 전하지는 못하며 "따바리 소리 경기 소리 고함 소리가 휘황히 얽히여 들려왔다" 중의 "휘황히"라는 부사는 자기의 자리를 얻지 못하였다.(「고지의 영웅들」중에서)[284]

② 금방 받아 놓은 ≪청년문학≫을 펴서 한 단편소설의 첫 장면을 읽는데 ≪순간 철남이의 검실검실한 두눈이 부드럽게 빛나고 입귀가 벙글사하게 열렸다≫라는 대목이 있다. 척 보면 그런대로 넘길수

---

284) 안함광, 「소설문학의 발전상과 전형화상의 몇 가지 문제」, 『조선문학』, 1954. 2. 148-149쪽.

있는 문장 같으면서도 어딘가 모르게 안정감을 주지 못하는 문장이라고 느끼게 된다. 우선 《검실검실》한 눈이 《부드럽게》란 말과 어울리지 않거니와 《부드럽게 빛나》는 《눈》이란 어떤 눈인가. 그리고 《입귀》가 《벙글사하게》《열렸다》에서 《벙글다》와 《열리다》는 이 경우 동의어로 될것인데 모호하며 게다가 《입귀》가 열리는 표정은 어떤것일가. 《벙글사》의 《사》가 양태를 말하는 것일것인즉 문맥을 통하여 표상이 매우 흐린 것으로밖에 떠오르지 않는다.

　왜 이렇게 되는가? 단어의 의미를 정확하게 파악하지 못한데서와 단어결합의 법칙성이 무시된데서 오는 정확하지 못한 표현이라고 할밖에 없다.[285]

　평론가 안함광의 예문 ①과 소설가 석인해의 예문 ②는 당시 북한 사회의 정세가 내부 결속력을 더욱 공고히 하려는 과정에 놓여 있다는 것을 미루어 짐작할 수 있게 해 준다. 이렇듯 북한 문단에서는 언어 문제를 비롯한 "예술적 기교"[286]에 대한 논의가 활발하였다. 이는 도식주의 비판을 둘러싼 반종파 투쟁과 맞물려 있었던 북한 문단의 내부적 '전변'을 반영하는 것이다. 실제 전변적 경향을 반영한 문체론 논의의 예를 구체적으로 살펴보겠다.

　고정옥[287]은 「작가의 언어」에서 "우리의 작가들과 평론가들은 지금까지 작품의 사상성을 제고할 데 대해서 주된 관심을 기울인

---

285) 석인해, 「새로운 문장 탐색을 위하여」, 『조선문학』, 1967. 4. 105쪽.

286) 「우리 문학 발전의 위력한 고무」, 『조선문학』권두언, 1956. 6. 13쪽.

287) 전영선의 『북한을 움직이는 문학예술인들』(역락, 2004)에서는 고정옥이 민요와 고전문학 연구가로만 평가되고 있다. 이제까지 북한 문학 연구의 편향성을 보여 주는 일례이다.

나머지 예술적 기교, 그중에서도 특히 언어의 문제 같은 것에 관해
서는 아주 미약한 관심 밖에 돌리지 않은 것이 사실"(111쪽)이라며
문학의 세계적 수준으로의 도약을 위해서는 언어 형상적 측면에
대한 집중적 관심이 필요하다고 역설한다.

> 언어의 형상적 측면은 생활에 대한 관찰 및 리해와 분리될 수 없
> 을 뿐 아니라 그 자체 문예학의 복잡한 한 분야이다.
> 작가의 개성적인 쓰찔의 문제, 언어의 압축성과 평이성의 문제,
> 이와 관련된 한자어의 문제, 외래어의 문제, 작가의 어휘를 풍부화
> 할 데 대한 문제, 이와 아울러 제기되는 작가가 자의적으로 새로운
> 말들을 창조해서 쓰는 문제 및 고전 작품들과 인민들의 일상적인 회
> 화어 속에서 우수한 예술적 언어들을 발굴해서 이를 가공 탁마할 데
> 대한 문제, 문학 용어 가운데서의 사투리의 문제, 말을 정확하게 쓸
> 데 대한 문제, 그리고 전통적으로 씌여 온 형상적인 고착어들을 충
> 분히 활용할 데 대한 문제 등 작가의 언어의 형상적 측면에는 허다
> 한 문제들이 가로 놓여 있다.[288]

위 예문에서의 언어에 관련된 문학의 문제, 즉 문체론에 관해
광범위하게 문제점을 지적한 고정옥은 이것이 단시간에 해결될 수
없음을 지적하면서 우선 "조상들의 집체적인 언어 예술적 재능에
의해서 창조 발전"(111쪽)된 "형상적인 고착어들"(111쪽)인 '속담'
(격언 혹은 리언)을 통해 작품인 한설야의 『대동강』과 이기영의
『두만강』을 예로 분석하고 있다. 속담의 풍자적 기능, 즉 "풍자적
빠포쓰"(112쪽)로서의 간결성과 형상성을 고찰하고 있는 것이다.

---

288) 고정옥, 「작가의 언어」, 『조선문학』, 1957. 9. 111쪽.

그리고 이기영의 『고향』을 분석하며 많은 속담이 과거 농민들이 창조한 정신적 재보들로서, 농민을 형상화한 문학이 "우선 농민들이 즐겨 읽는 문학이라야 되며 농민들의 사랑을 받는 문학이기 위해서는 원칙적으로 농민들의 사고 방식과 예술적 기호에 맞는 문장과 언어로 씌여져야 할 것이며 특히 그 인물들의 대화는 현실적으로 생활하는 농민들의 언어가 토대로 되여야 할 것"(118쪽)이지만, "속담은 농촌의 현실을 주제로 한 작품들에서만 필요한 것이 아니며 모든 쟌르의 문학에서 효과적으로 리용되여야 한"(119쪽)다고 주장한다.

고정옥은 또한 「문학에서의 언어—최근 소설 작품을 중심으로」(『조선문학』, 1960. 5)에서 "문학에서의 기교는 항상 문학의 사상적 내용을 형상적으로 체현하는 데 복무"(120쪽)하는데 그 "예술적 기교는 언어에서 출발하며 민족적 형식의 기본의 기본도 언어"(120쪽)라고 주장하였다. 그래서 "예술적 언어란 형상 창조에 복무하는 평이하고 정확하며 (적절하며)간결하고 함축성이 많은 언어"(120쪽)라 할 수 있다. "근로 대중의 일상적인 회화어 속에서의 선택과 가공, 전통적인 언어 체계의 상대적 견고성에 대한 확고한 인식의 토대 우에서만 소박하고도 민족적이며 그리고 개성적인 문학어는 창조"(121쪽)된다며, 문법의 부정확성, 어려운 한자어와 번역식 어조, 의성어 의태어의 남발, 사투리와 표준어·문장어와 구두어의 부적절한 사용, 전통적 속담의 비효과적 사용 등의 문제점을 당시의 소설들을 예로 들어가며 꼼꼼하게 지적 설명하고 있다. "언어의 빈곤, 묘사력의 미숙은 사건의 절정이 독자들을 최고

도로 긴장된 격동 속으로 몰아 넣지 못 하"(131쪽)는 우를 범하게
된다는 것이다.

> 사회주의적 사실주의 문학에서 언어는 이렇게나 저렇게나 내용을
> 전달하면 족한 것이 아니라 그것은 가장 정확하고도 완전하며 가장
> 소박하고도 아름답게 공산주의자의 전형을 창조하는 데 복무해야
> 한다. 이것은 물론 그리 쉬운 일이 아니다. 그러나 이러한 언어 없
> 이는 작가는 우리의 천리마의 대렬을 공산주의의 지평선이 바라다
> 보이는 높은 고지에로의 길을 단축하는 데 이바지할 수 없다. 형식
> 과 스찔의 다양성으로 독자 대중을 매혹케 함으로써 그들의 정신 세
> 계를 한 걸음 한 걸음 높이 추켜 올리기 위해서는 작가는 무엇보다
> 도 당의 혁명 전통으로 자신을 튼튼히 무장하며 당 정책을 심오하게
> 연구하며 천리마의 현실에 깊이 침투하기 위해서 부단히 노력하는
> 동시에 작가적 기교를 련마하기 위해서 자신을 단련하는 것을 잠시
> 라도 잊어서는 안 될 것이다. 작가에게 고유한 기술은 우리의 영웅
> 적 현실에 튼튼히 발을 붙인, 그리고 우리 나라와 세계의 모든 우수
> 한 예술적 성과에 토대한 예술적 기교이며 예술적 기교는 언어가 빈
> 곤해서는 이루어질 수 없다.
> 민족적 특성으로 풍부하게 안받침된 우리의 영웅적 공산주의자들
> 의 전형을 보다 완전하게 창조하기 위해서 언어적 기교를 련마하
> 자![289]

위 예문에서 보듯 언어를 통한 예술적 기교의 문제가 공산주의
교양, 즉 공산주의자들의 전형 창조에 원활한 밑거름이 된다고 생

---

289) 고정옥, 「문학에서의 언어—최근 소설 작품을 중심으로」, 『조선문학』, 조선작가
　　동맹출판사, 1960. 5. 132쪽.

각했던 고정옥은 「작가의 개성과 언어 문체를 두고」(『조선문학』, 1966. 6)에서는 보다 구체적으로 문체에 관해 규명하게 된다.

> 작가의 언어의 형상적 경향성은 글의 ≪투≫로서 나타나는바, 이 것을 보통 문체라고 한다. 언어가 총체적으로 그의 언어적 표현의 일반적 경향성을 나타낸다면 문체는 작가의 언어의 형상적 경향을 용이하게 파악할 수 있는 형태로 구체화한다. 작가의 창조적 개성은 형식상으로는 무엇보다도 먼저 문체에 의하여 파악된다고 말할 수 있다. 문체는 개성(사람)이라고 한 것은 이 때문이다.
> 언어와 문체는 문학에서 물론 형식에 속하는 것이나 그것들은 작가의 세계관과 사상을 비롯한 일체 작가적 개성의 종국적이며 구상적(具象的) 표현인 만큼 항상 작품의 내용과 불가분리적으로 통일되어 있다. 독자들은 작가의 언어를 구성하는 매개 어휘의 하나 하나를 따라 가면서 작가의 사상을 읽으며, 또 작가의 얼굴을 상상한다.[290]

위 예문에서 보듯 고정옥은 이기영과 박태원의 작품들을 예로 들어 구체적으로 문체를 설명 교정하기도 하나 사투리, 한자어, 외래어 등 기본적 언어의 형상에 여전히 집착하면서 문학작품 속 문체론 논의에 한계를 보이고 있다.

고정옥과 비슷하게 "조선말다운 비유, 은유, 형용어, 속담, 성구 등"(74쪽)에 관심을 피력한 이가 김영필이다. 그는 「작가의 개성과 고유 조선어」(『조선문학』, 1966. 6)에서

---

290) 고정옥, 「작가의 개성과 언어 문체를 두고」, 『조선문학』, 1966. 6. 65쪽.

> 언어 예술가로서의 작가의 창작적 기교와 자질이 발현되는 문학
> 어의 범위에는 다종다양한 수사학적 표현 수단들(비유, 형용어, 대'
> 구법, 반복법, 성구, 속담…)과 묘사 수법들(심리 묘사, 초상 묘사…)
> 그리고 고어, 사투리, 직업어, 상징, 환상의 수법들과 리듬 운률 음
> 성적 수단 등 실로 많은 문제들이 포함된다.
> 그러나 작가의 언어 구사의 기교에서 잊지 말아야 할 것은 고유
> 조선어의 활용이다.291)

라며 전통 언어와 문학의 관련성을 강조하였다.

이들 외에 언어에 관련된 협의의 문체론에서 더욱 나아가 문학
작품의 형상화에 있어 보다 진전된 형태의 논의를 한 이들도 있다.
류창선은 「문학 형식에서의 민족적 특성」(『조선문학』, 1958. 11)
에서 "내용과 형식의 호상 작용"(133쪽)을 언급하면서 "예술문학
의 형식은 민족적인 특징을 강하게 띤다. 오늘 사회주의적 사실주
의 문학은 내용에 있어서 사회주의적이며 그 형식에 있어서 민족
적인 것이 특징"(133쪽)이라 한다. "고전 작가들은 전설과 옛말과
전통적인 세태 풍습 속에서 다양한 모찌브와 교훈적인 언어를 골
라 내여 작품 속에 인민의 기대와 사상과 희망을 반영시켰다. 모든
유명한 형상들과 전형들이 담겨 있는 고전 작품들은 사실 인민들
의 집체적 창작의 보물고에 뿌리박고 있으며 그만큼 민족적 형식
에 의거하였다"(134쪽) 춘향과 심청, 흥부와 놀부 등의 전형적 성
격은 모두 조선 인민의 풍습과 결부되어 있다며 "고전 작품들은
많은 지면에서 인물의 형상을 창조하기 위하여 자연 경치에 대한

---

291) 김영필, 「작가의 개성과 고유 조선어」, 『조선문학』, 1966. 6. 72쪽.

묘사를 등한히 하지 않았으며 주인공이 생활하는 사회 환경, 특히 계급적 환경을 묘사하는 데 주의를 돌렸다. 그러기 때문에 거기 창조된 인물들의 성격이 보편성을 띠고 있을 뿐 아니라 개성적인 인물로 되게끔 하였다"(135쪽)면서 '묘사'의 중요성을 강조하였다. "문학창작에서 언어는 생활을 표현하는 수단이다. 그렇기 때문에 민족 문화의 가장 주요한 형식의 하나인 언어는 작품에 취급되는 생활과 성격 묘사를 통하여 민족적 특성을 표현한다. 문학 작품의 언어는 항상 전 인민적 언어와 그 파생어들을 적당한 방법으로 가공하면서 거기에서 풍부한 언어들을 섭취하였다"(139쪽)며 민족적 형식을 확립하는 문학적 언어의 작용을 풍습 내지 환경 묘사와 인물 형상화에 두었다.

김헌순의 「형상과 묘사 기법」(『조선문학』, 1963. 7-8)은 묘사에 관해 보다 세부적 구체적으로 살펴보고 있다.

①....관찰력과 대상 선택은 묘사와 그에 의한 형상적 화폭의 성공 여부를 결정하는 중요 고리다.

이와 관련하여 흔히 눈에 띄는 편향에 대하여 언급해 볼 필요가 있다.

읽어 내려 가기가 지리하고 흥미 없는 작품 페지몰은 흔히 묘사가 진실하지 못 하거나 생동성이 결여된 병'집과 관련된다. 진실성의 희박, 생동성의 결여는 관찰과 묘사 핀트의 산만, 묘사 정신 연소의 희박에서 유래하는 것은 물론이다.

두 가지 편향이 있을 수 있는 데 그 하나는 작가적 관찰이 희박한 데로부터 대상과 현실을 일반적으로 제시 전달하는 데 그치고 특징

적인 것에로 묘사 초점을 기동적으로 옮겨 가는, 그럼으로써 정황과
성격을 개성적으로 부각해 나가지 못 하는 편향이다. 이런 작품의
경우는 왕왕 묘사 대신에 서술이 팽창되고, 주어진 묘사마저도 생동
하지 못하고 무맥한 것이 특징이다.292)

② 실재 생활의 온갖 대상과 현상 자체는 모두 립체적인 질량감, 원
근과 음양의 관계를 가진다. 이것을 예술적으로 재현하는 데 있어서
는 묘사의 대상이 인물인가, 자연이나 기물, 동물인가에 따라서 그
기법은 다양할 수 있다.

　종전에 흔히 직접 묘사법과 간접 묘사법이요, 내'적 묘사법과 외'
적 묘사법이요, 혹은 단선 묘사법과 병행 묘사법, 회화적 묘사법과
조직적 묘사법…등을 일컬어 온 일이 있었지만 그 명칭은 어떻게 되
였든 기법이란 몇 개의 류형으로 포괄할 수 없을 정도로 풍부하고
다채롭다는 것을 쉽사리 발견할 수 있다. 그 만큼 이 기법의 령역은
독창적인 개척이 요구되며 또 세계 고전과 재능 있는 선배 작가들에
게서 배워야 할 분야의 하나도 여기에 있다고 생각한다.293)

③ 복잡한 형상적 관계 속에서 슈제트 선을 타고 운동 발전하는 인
물 성격을 작가가 숙고 응시하고 파악했다면 그를 어떤 각도에서,
어떻게 묘사해 나가겠는가? 주로 외'적으로 관찰 묘사해 나가겠는
가? 그렇지 않으면 내'적 세계에로 탐구해 들어 가겠는가? 혹은 내'
적 외'적 묘사를 배합해 나간다면 그 교차 련쇄는 어떤 원칙에서 어
떤 기법으로 해결해 나가겠는가 등 문제는 전적으로 작가적 스찔과
해결하려는 형상적 과제의 초점 여하에 따라 좌우될 문제이다.294)

---

292) 김헌순, 「형상과 묘사 기법(1)」, 『조선문학』, 1963. 7. 106쪽.
293) 김헌순, 위의 책. 107쪽.
294) 김헌순, 「형상과 묘사 기법(2)」, 『조선문학』, 1963. 8. 116쪽.

예문 ①은 묘사의 편력을 통해 작가적 소양 부족을 질타하고, 예문 ②는 실제 묘사법을 구체적으로 분류하여 논의하게 된다. 예문 ③은 작가와 문체의 형상성 관계를 다루어 문학적 완성도를 높이는 데 있어 문체의 역할이 가장 중요하므로 숙고할 것을 역설한다.

또한 김헌순은「형상성 제고와 언어 구사에서 제기되는 몇 가지 문제」(『조선문학』, 1964. 8)에서 "형상성을 제고하는 문제는 오늘 우리 문학의 계급 교양의 기능을 더욱 강화하기 위한 가장 중요한 고리"(93쪽)로서 "그 중에서도 문학의 ≪제 1 요소≫로 불리우는 언어의 세련된 구사 능력은 선차적인 의의를 가진"(93쪽)다며 소설, 희곡, 시 등 문학의 모든 장르의 문체에 관해 폭넓게 고찰하고 있다. "문학어의 체계에서 대화 언어는 독특한 자리를 차지한다. 작가의 말(지문)이 만일 인물과 사건에 대한 평가적 색채를 나타내며 작품의 다양한 요소들을 하나의 전일체로 결합하는 역할을 논다면 대화는 바로 인물의 사상과 심리와 개성을 직접적으로 전달하는 방법"(97쪽)이라며 소설과 희곡 시나리오의 문체를 살펴보고, "시어는 문학어 중에서도 가장 세련 탁마되여야 하며, 생략과 비약, 함축과 대응의 다양한 문장론적 수법들과 비유와 형용, 환유와 완곡 등 각종의 표현적 감화를 위한 묘사—표현 수단이 집중적으로 동원 리용된다는 특성을 지닌다"(99쪽)고 보았다.

　　작가는 민족어의 보물고에 그 누구보다도 정통하고 있는 언어 명수이며 바로 언어적 형상을 통하여 사상 미학적 교양자의 역할을 수행하는 언어 예술가이기 때문이다.

작품에서 다양한 어휘들을 섭취하고 있으며 작가의 언어에서 민
족어의 고유하고 세련된 어법과 문장 조직의 솜씨, 형상적이고도 생
활적인 표현법을 배우고 있는 독자—근로자들은 우리 문학이 언어
수업의 참된 ≪교과서≫로 될 것을 기대하며 마지 않는다. 언어 구
사를 더욱 세련시키고 언어적으로 완벽한 형상을 창조함으로써 사
회 언어 생활을 문화적으로 인도하며 그리하여 당 언어 문화 정책
관철에 실천적으로 이바지하는 것은 오늘의 현실이 작가 집단에게
부과하는 또 하나의 영예로운 의무이다…(중략)…작가에게 있어 언
어를 예술적으로 탁마하기 위한 노력은 곧 형상의 질을 높이는 투쟁
이며, 나아가서 문학의 전투적 무기를 날카롭게 벼리는 투쟁이다.
기존의 언어적 ≪밑천≫에 자존하면서 언어 수업을 게을리 하며, 세
심한 언어적 숙고와 치밀한 추고 과정을 거침이 없이 쉽게만 써 내
려 가는 창작 태도를 결정적으로 극복해야만 한다. 언어적 무기를
세련시킴으로써 참된 ≪언어 예술가≫의 높이에 올라 서는 것은 우
리 당의 문예 정책을 관철하기 위한 당적, 시대적 임무이다.295)

위 예문은 문학작품이 '교과서'로서 인민들의 언어 수업에 끼치
는 영향이 크기에 문학에서 '교양적 기능'을 하는 언어와 문체의
중요성을 절대적으로 강조한 것이다. 이처럼 당시 문체의 문제를
소설 이외에 다른 장르로까지 확장하여 논의한 글은 많다.296)

---

295) 김헌순, 「형상성 제고와 언어 구사에서 제기되는 몇 가지 문제」, 『조선문학』,
　　1964. 8. 93~94쪽. 102쪽.
296) 희곡에 대한 견해로는 김광현의 「예술적 기교에 대한 생각」(『조선문학』, 1958.
　　12)이 있고, 서정서사시의 문체에 관한 글로는 현종호의 「작품의 미학적 높이와 탐
　　구정신」(『조선문학』, 1966. 7), 군중가요의 언어적 특성에 관한 글로는 리시영의
　　「군중 가요와 민족적 특성의 구현 」(『조선문학』, 1966. 7)가 있다. 이외 김병제의
　　「작가의 언어에 대하여」(『조선문학』, 1964. 3)는 문학 장르에서의 언어 문제, 말의
　　인민성을 다루었다.

　주체사상의 성립 당시 작가로서 문체론에 관해 글을 쓴 이는 천청송, 그리고 작가이자 김일성종합대학의 교수인 석인해가 있다. 석인해는 「언어와 문장에 대한 단상」(『조선문학』, 1966. 6)에서 "언어의 능란한 구사는 곧 형상의 운명, 작가의 가치를 규정하는 척도"(70쪽)라면서

> 　우리가 생각하는 사상 감정을 내면적인 것이라 할 것이면 그것을 담는 말은 외면이라고 할 것이다. 그러므로 내면을 잘 드러내는 외면이란 곧 주옥같은 말이 아닐 수 없다. 언어 문장은 내용을 표현하기 위한 종속물이면서도 내용을 충실히 전달하는 수단이란 오직 말과 그것으로 이루어지는 문장 밖에 없다. 그러므로 언어 문장의 목적은 문장 자체에 있는 것이 아니라 표현하려는 대상의 본질을 드러내는 데 있음은 자명하다.[297]

고 주장한다. 그는 의식적으로 개척해야 하는 새 문장 작법의 기본을 첫째 말을 쓰는 작법으로, 둘째 개성적인 문체를 창조하고, 셋째 전통에 의거하되 거기에 사로잡히지 말아야 한다고 정한다. 그리고 박태원의 『계명산천은 밝아 오느냐』를 예로 들며, "고유어의 아름다움과 그 표현의 생동성과 조형성, 정서성과 음악성이 놀랄 만큼 훌륭하게 표현되었다"(73쪽)고 극찬한다.

> 　이 작품의 매개 말마디들은 인민들의 언어 생활에 깊이 침투되고 친숙해진 인민 회화어에 기초하고 있으며 또 그것은 우리 인민의 고유한 민족적 생활 감정과 세태 풍속을 방불히 재현함으로써 민족적

---

297) 석인해, 「언어와 문장에 대한 단상」, 『조선문학』, 1966. 6. 70쪽.

체취를 한결 북돋아 주고 있다. 이 작품에 등장하는 수많은 인물들은 각기 신분이 다르고 또 그들의 성격도 개성적이여서 그들의 말마디들은 특징적이지만 그들의 입에서는 한결같이 조선 사람의 정조가 풍겨 나오고 있다…(중략)…이 문장의 어휘 구성이 우리들의 언어 생활에 깊이 침투된 고유어로 되어 있다는 사정과 또 조선 사람의 미학적 정서에 맞는 고유어의 문장론과 형태론적 수법들과 고저, 장단, 강약, 속도, 휴식 등 음성, 운률적 요소들이 조화되어 있다는 사정과 관련된다.

언어는 자체내에 음성적 수단을 포함하고 있는만큼 산문인 경우에도 문장과 문맥에 음악적 요소가 동반된다는 것은 명백한 일이다.[298]

예문의 논의처럼, 언어와 문장에서 "시적 운률의 요소"(73쪽)로 드러나는 '음악성'과 '정서성'이 바로 고유어의 특징이라는 것이다. 그는 "문학 예술에서 고유어의 예술적 형상성을 높임에 있어서 또 하나의 중요한 문제는 조선말다운 비유, 은유, 형용어, 속담, 성구 등을 높은 예술적 경지에 올려 놓는 것"(74쪽)으로 "작가들이 고유어에 대한 소양을 높이고 그것을 능숙하게 다룬다는 것은 작품의 형상성을 높이며 민족적 정서를 불어 넣는 중요한 고리"(74쪽)이므로 "우리 말을 아름답고 쉬운 방향으로 발전시키는 언어 정화 운동"(74쪽)에서의 작가의 사명을 명심해야 한다고 역설한다. 이러한 그의 주장은 「새로운 문장 탐색을 위하여」(『조선문학』, 1967. 4)에서도 반복된다.

---

298) 석인해, 위의 책. 73쪽.

천청송은 「작가의 문체와 개성」(『조선문학』, 1966. 7)에서 조명희와 최서해의 작품을 예로 들어 두 작가의 문체를 꼼꼼히 비교하고 있다. 조명희의 묘사 문장에서 정론성이 강하게 풍기며 음향에 예민한 특징이 나타났다는 특성을 찾아내었다. 이렇듯 언어수법이 다른 두 작가의 작품은 바로 작가 자신의 개성적인 측면과 직접적으로 연결되었기 때문이라는 것이다. "개성적인 언어 문체는 한 작가를 다른 작가와 구별하는 징표로 된다. 그런데 개성적인 문체라고 하여 민족적인 풍격과 향취를 떠나서 있을 수 없다. 언어 구사의 민족적 특성을 여기서 강조하게 되는 것은 일부 작가의 문체들에서 번역투의 외국 냄새를 다소 풍기는 그런 문체들이 더러 있기 때문이다. 이런 경향은 극복하여야 할 문제이다"(88쪽)라고 주장한다. 석인해와 천청송의 언어와 문체에 관한 주장은 역시 '민족'과 '주체'에 관련된 논의이다.

이상에서 살펴본 바에 따르면, 문체론에 관한 담론들은 북한정치와 문학사에서 '주체'의 문제가 제기되고 주체사상이 공식적으로 문헌에 등장하는 시기에까지 광범위하게 펼쳐져 있다. 황건이 "최근 우리 신문들과 잡지들에는 우리 문학의 질 제고와 관련하여 많은 론의들이 전개되고 있다. 생활에 깊이 침투하며 천리마 시대의 매력있는 성격을 집으라, 미학적 안목을 높이며, 작품의 형상성을 제고하라, 기교를 련마하며 언어 표현을 다듬으라 등등 그 론의의 각도는 갖가지"299)라고 말했듯 당시 문학작품과 관련한 문체론은 정치적 변동기에 성황을 이루었다.

---

299) 황건, 「소설에서 제기되는 문제들」, 『조선문학』, 1963. 2. 108쪽.

2. 형식 미학과 언어에 대한 통제

북한의 정치체제 형성기 문학작품은 하나의 이데올로기적 기제로서 권력기관의 정치 커뮤니케이션을 행사하는 데 있어 유용하게 활용되었다. 소설의 창작 과정과 형상화된 작품을 분석해 보았을 때, 북한의 문학작품들은 소련에서 전수받은 체제 이데올로기를 주제로서 명시하거나 주인공과 같은 인물을 통해 수용자인 독자로 하여금 이데올로기에 밀착되는 '일체감'을 내면화하는 심리 전략을 실행하였다. 체제 형성 초기 신빙성 없는 화자의 서술이 주류였던 작품의 시점은 점진적으로 안정화되었으며 문체도 미학적 형식의 강화로 인하여 서정성이 중시되었다. 더불어 묘사에 대한 작가들의 안이한 태도를 비난하면서 언어에 대한 깊이 있는 천착이 범문단적으로 촉구 되었던 바 이러한 선전물에서 정치소설로의 전변에 관련한 과정은 북한 문학의 질적 양적 완성도를 제고(提高)시켰다.

초기의 소설들은 형식적 미학은 도외시하고 '생기발랄한 민족적 품성을 가진 조선 사람의 형상'으로서의 획일적—정치적 인간형들만을 창작하고 동시에 무갈등론의 원칙을 고수하면서 사회주의의 조국인 소련에 완전히 복종하는 형태를 취한다. 조국해방전쟁시기 북한 소설에서는 미군과 남한군이 지극히 부정적 인물로 묘사되었고, 북한군 및 애국적 인물 등의 긍정적 인물은 혁명적 낙관주의와 대중적 영웅주의에 입각하여 형상화되고 있었다. 긍정적 주인공들은 대부분 애국적이고, 승리에 대한 자신감과 굳은 의지를 지니고 있으며, 극한 상황에서도 여유를 잃지 않고 위기와 고난을 슬기롭

게 극복하여 임무를 완수하는—혹은 비장한 죽음을 맞이하는— 영
웅적 인물이다. 부정적인 성격을 지니고 있다고 하더라도 대부분
교화되어 변모됨으로써 갈등으로까지 언급할 수 없을 정도이다.
소설에 등장하는 북한군은 대체로 농민 혹은 노동자 출신으로서,
개인 희생과 당에 대한 헌신, 김일성에 대한 충성을 맹세하고 있으
며, 여성도 거의 동등하게 현장에 참여한다는 점에서 특징적이다.
그러나 전의를 고취하고자 하는 목적의식이 지나치게 작용하여 인
물을 이상화시키고 성격을 단순하게 만들었다. 즉 소설의 인물들
이 도식적 형상화에 그친 한계를 보여 주고 전반적으로 서사학에
대한 천착 없이 이념성의 과도한 주입만이 난무하여 문학성이 취
약하였다. 이러한 경향은 결국 거대한 '문단적 전변'을 맞이하게
되었다.

　이렇듯 문학의 형식적 특성을 적극 활용한 암시적인 형태의 정
치 커뮤니케이션 전략에 관한 논의들은 '문단적 전변'의 시기에 보
다 구체적으로 치밀하게 활성화 되었는데, 이것이 바로 북한 문학
전반에 관련된 수사학적 실천 즉 문체론이다. 문체론은 북한의 문
학이 암시적 이데올로기로서 기능하는 데 필수적 요소라 할 수 있
다. 즉 문체를 통한 형식적 미학의 추구가 범문단적으로 제안된다.

　① 독자여!
　그대들이 만약 흥남에 올기회가 있다면 그대들은 거리거리에서
공장 콩크리-트에서 이 네가지 문구를 어럽잖게 찾아볼수 있으리라!
　김진구는 이 네 개의 문구를 가슴속깊이 명심하고 있다
　김진구는 이 네 개의 문구를 설명으로 보다도 수학적으로 재미있

게 풀이할줄 안다.

　단결+민주+생산+학습=부강한민주주의조선—이라고

　독자여! 이 얼마나 재미있는 답안이냐!300)

② 목화밭에 앉은 할머니의 주름지고 쪽박 같은 얼굴은 오랜 세월 갖은 풍상을 근기 있게 이겨온 조선 어머니와 할머니들의 보람찬 얼굴이였습니다. 나는 얼마 동안 이 할머니 얼굴을 바라보고 있었습니다.

　늦가을 바람은 언제나 그저 음산하고 춥기까지 합니다. 바람은 목화밭 고랑을 날리여 우수수 설레이고 달빛이 원쑤놈들에게 불타버린, 원한에 사모친 마을들을 더 애처롭게 견딜 수 없게 합니다.301)

③ 폭풍에 쓰러져 볼모양 없이 된 수수밭을 지나 남으로 뻗은 행길에 나선 동호는 서북쪽을 향해 섰다. 소금 버케가 내밴 등에는 팽팽한 배낭을 메였고 파편에 긁혀 보풀이 인 권총집이 옆구리에 드리웠다. 그의 장화 역시 다 꿰어졌다.

　아무리 다시 봐도 거칠은 들판이다. 왕골과 창포, 붓꽃풀, 늙은 미나리와 기타 잡초들이 무성한 진펄이 군데군데 있고, 그 사이에는 돌밭이 아니면, 자라지 못한 콩밭과, 쑥이 절반인 조밭이 약간 있다.302)

　위의 예문 ①은 초기 작품의 한 예로서, 서술에서 갑작스러운 작가의 등장, 불분명한 화자 등 서술의 일관성이 부족하고 선전성에 치중한 당시의 소설적 경향을 잘 보여 주고 있다. 예문 ②와

---

300) 이북명, 「노동일가」, 『조선문학』, 1947. 9. 37쪽.

301) 김현구, 「지원군 전사의 이야기」, 『조선문학』, 1955. 10. 96쪽.

302) 신동철, 「들」, 『조선문학』, 1958. 11. 84쪽.

예문 ③은 형식적 측면에서 낭만적 톤의 문체를 사용하여 이전의 소설 경향과는 판이하게 다른 서정성을 강조한 작품의 예이다. 예문 ②와 예문 ③은 피 흘리는 전장의 현실을 다루었지만 그와는 정반대되는 느린 호흡의 낭만적 서술이다. 아이러니하게 받아들여질 수 있는 이러한 부분을 통해 당시의 소설작품에서 제기되어지는 문제의 방향을 충분히 짐작해 볼 수 있다. 즉 문학에서의 '도식주의와 기록주의'를 극복하기 위한 낭만적·서정적 '스찔(문체)의 연마'에 관련된 당시의 문단 경향이 반영된 것이다.

그러나 이에 대한 비판이 없었던 것도 아니다. 한설야[303]는 "1958년은 위대한 비약과 변혁의 해"(4쪽)로 사회주의적 개조가 완성되고 생산에 있어 비약적 앙양이 이루어졌지만 아직 "우리들 자체 내에 잔존하고 있는 부르죠아 사상 잔재의 극복"(5쪽)이 관건이라 주장한다. 그 예로 "영웅적 인민군 군관을 소시민적 주인공으로 대치한 단편「들」의 작가 신동철과 이 작품을 극구 찬양한 평론가 엄호석 등"(5쪽)을 신랄하게 비판하며 사상 투쟁에 나서길 권유하기도 한다. 이러한 문단 내부의 분열적 현상은 사실상 정치적 변동기의 상황임을 드러낸다. 권력의 암투가 여전히 벌어지고 있었던 북한 내부의 정치적 균열 권력의 분권 현상을 의미하는 것이다. 지속적으로 벌어진 1차 반종파 투쟁, 2차 반종파 투쟁과 관련된 것임에 분명하다.

이후 전면적사회주의건설시기에 이르러 문학은 당성, 계급성, 인민성을 반영하는 문학적 안정성, 형식 미학적인 성취의 완성을

---

303) 한설야, 「공산주의 문학 건설을 위하여」, 『조선문학』, 1959. 3.

요구하면서, 인민 주체들의 영웅화로 인해 작가들에게 생활 속의 연구가 권유되었다. 이는 1960년 11월 27일 문학예술에 대한 김일성의 교시에 의해 더욱 촉발되었다. 창작 사업에 대중을 발동시키라는 '군중적 문학예술운동'[304]의 교시가 이루어졌다. 사실상 당시의 평론들[305]을 보면, 창작상의 보수주의 신비주의를 지적받은 문학인들의 위기감은 상당하다. 천리마적 현실에서 문학인들의 각오는 기존의 문학적 성과에 대한 자긍심 고취와 대중화 매진, 신인 양성을 통한 집체창작의 방향 등으로 나타난다. 문학인들 자신이 이전에 부르주아 반동 미학이라 비판 숙청했던 문제가 오히려 체제를 추종하는 문인들에게 새삼 문제적으로 다가오게 된 것이다.

즉 일부 작품의 기록주의적 요소를 극복하기 위하여 인물들의 내면세계를 추구해야 하고, 풍부한 서정성으로 현대적 미감에 맞게 제고되어 천리마 시대 공산주의 교양에 합당한 무기로서의 문학이 되어야 한다는 것으로, "현대성 구현에서 서정성을 풍부히 구현하기 위해서는 무엇보다 인간들의 내면세계를 깊이 추구하여야 하며 혁명적 랑만성과 전투적인 서정을 풍부히 해야 하며 동시

---

304) 모든 작가, 예술인들과 전체 문학예술 써클원들과 문학예술 애호인들이 교시를 받들어 다짐하였다. -「김일성 원수께 드리는 편지」, 『조선문학』권두언, 1961. 3. 5-7쪽.

305) 자세한 내용은 장형준의 「우리 당의 문예 로선을 천명한 김일성 원수의 강령적 교시」(『조선문학』권두언, 1961. 5), 박팔양의 「김일성 원수의 교시로 밝히여진 인민을 위한 문화와 예술의 길」(『조선문학』권두언, 1961. 5), 윤세평의 「현실 침투와 인민 생활과의 련계의 강화는 우리 당 문예 로선의 기본 원칙」(『조선문학』권두언, 1961. 5), 권정웅의 「작가 예술인은 민주 조선 건국의 투사」(『조선문학』권두언, 1961. 5), 안함광의 평론 「혁명 문학 예술에 관한 김일성 원수의 지도 방침에 대한 약간의 고찰」(『조선문학』, 1961. 5) 참조.

에 랑만적, 서정적 스찔의 작품도 위대한 시대정신의 높이에서 창
작하여야 한다"306)고 제안되었다. 이렇듯 작가와 신인의 경계가
허물어지려는 양상에 대해 신인들은 신비주의를 극복해야 한다며
집체창작으로, 작가들은 문학적 영역을 지키기 위해 장르간의 벽
을 허무는 집체창작에 관심을 두면서 동시에 문학써클의 신인들과
변별될 수 있는 문학성과 문체의 강화를 들고 나왔다.

  1962년 7월의 『조선문학』을 보면, 「소설 문학에 대한 단상」에
관하여 작가들이 기록한 수필들이 있다. 백철수는 「문학의 심장−
인간을 알자」를, 황건은 「문체의 다양성을 위하여」를, 이춘진은
「다양성, 독창성」을, 석윤기는 「큰 문학에 대한 작은 의견」을, 이
근영은 「개성화의 매력」을, 김병훈은 「재미있는 소설이란」을 썼
다. 현역 작가들의 글이 주는 의미는 결국 '자기의 창작 기지를 가
져 스찔을 발양'하고 '예술적 기교를 연마하여 개성에 맞는 형식을
탐구 창조'하며 '생활에서 미학적이며 문학적인 주제를 발견하여
소설에 담아야 한다'는 것이다.

  ① 문학작품의 질을 제고하자! 이 요구는 문학 작품의 생명에 관한
  문제라고 생각한다.307)

  ② 우리 문학의 보다 높은 발전을 위하여 구체적으로 론의해야 할
  중요한 문제는 한두 가지가 아니다. 작가의 문체(스찔)에 관한 문제

---

306) 「천리마 기수 전형 창조에서 가일층의 전진을 이룩하자!」, 『조선문학』권두언,
    1963. 11. 7쪽.
307) 백철수, 「문학의 심장−인간을 알자」, 『조선문학』, 1962. 7. 4쪽.

도 그 하나다...(중략)...박연암과 김만중을 비교하여 보자. 최서해
와 조 명희를, 한설야와 리기영을 비교해 보자. 고리끼와 아·똘스또
이와 쇼로호브와 파제예브를 비교해 보자. 각자 취급하는 생활 령역
과 인간 세계들이 다르고, 찌르고 드는 각도와 이야기하려는 목표가
다르고, 이야기하는 방법과 음조가 다르고, 풍기고 나가는 정서와
호흡이 다르고, 묘사 방법, 문장 체취가 다르다...(중략)...첫째는 우
리 작가들이 작품의 형상성을 높이기 위하여 더욱 피어린 노력을 해
야 하고 다양한 스찔의 확립, 문학적 신개척을 위하여 노력을 해야
하고 다음으로는 우리 평론가들이 일부 사람들에게 지속되어 오듯
이 사회 경제 해설, 작품의 사상 주제적 측면에만 국한하지 말고 그
와 아울러 형상과 형상화 과정에 대한 연구에 더욱 깊이 침투해야
하며 론의를 작가들의 스찔의 령역에까지 넓혀야 한다.[308]

③ 생동한 형상을 위하여 중요한 요소 가운데 하나는 손으로 만져지
고 눈에 안겨 오고 심장 속을 격동시키는 진실하고 아름답고 정확한
언어와 문장과 묘사일 것이다.[309]

①②③의 예문은 모두 문학작품에서 문체의 중요성을 역설한
것이다. 작가 자신만의 "독특한 문체(스찔)"(6쪽), 즉 '개성있는 문
체'로 소설의 질적 제고를 해야 한다는 황건의 목소리는 이 시기의
작가들이 천리마를 타고 쫓아오는 인민 주체의 기동성・역동성에
그 전문성이 위협받고 있다는 느낌을 주고 있다. 신인작가군의 대
거 등장과 기존 문인들의 문단권력의 상호 충돌 과정 속에서 기록

308) 황건, 「문체의 다양성을 위하여」, 『조선문학』, 1962. 7. 5-7쪽.
309) 김병훈, 「재미 있는 소설이란」, 『조선문학』, 1962. 7. 13쪽.

주의와 신비주의를 극복해야 한다는 비판에 맞서는, 기성 작가들의 정치적 방어막은 바로 신인과 변별이 가능한 스킬, 즉 형식적 특성인 문체론의 힘을 빌리는 것이었다. 즉 북한문학사에서 형식적 미학에 관련된 '문체론의 등장'은 정치적 전변의 시기에 나타나는 특성을 지닌다고 할 수 있겠다.

특히 문학작품의 문학성 강화를 위한 수사학적 통제 이외에, 언어에 관한 광범위한 통제가 시작되면서 문체론은 한층 강력한 힘을 발휘하게 된다. 정치적 변동기의 상황 하에서 등장한 '주체' 문제는 문체론을 적극 도입하고 권력기관의 '민족'을 둘러싼 '언어' 통제로 귀결되면서 일반화되는 것이다. 이미 앞에서 언어의 문제를 지속적으로 다루었던 평론들을 살폈다.

'언어'를 바탕으로 하는 민족적 정체성의 '자부심'은 '주체'와 긴밀히 연결되어 있다. "문학에서의 주체 확립은 우선 자기 나라 현실의 발전을 진실하게 반영하며 창작에서 민족적 특성을 풍부히 구현하며 자기 나라 고전 유산을 적극 계승 발전시키는 것을 의미한다"(2쪽)는 1966년 8월 『조선문학』권두언의 내용에서 민족적 특성의 토대에 언어에 관한 문제가 있음은 자명해 보인다.

모든 과업을 성과있게 수행함에 있어서 우리에게 제기되는 다른 중요한 창작 실천적 문제는 우리 문학의 제1요소이며 그의 표현의 유일한 수단인 <u>언어의 인민성을 고도로 제고하는 문제</u>이다.
우리 문학의 언어는 무엇보다 인민이 잘 알아들을 수 있는 표준어를 써야하며 될수록 아름답고 표현성이 풍부한 민족의 고유 조선어를 많이 쓰는 것이 필요하다.

문학은 인민들에 대한 언어 교양의 중요한 학교라고 할 때 작가들이 창작한 문학 작품의 언어가 아름다와야 한다는 것은 두 말 할 필요도 없다.특히 오늘 남반부에서의 민족어의 발전 상태가 영어, 일본어, 외래어, 한자어로 뒤엉켜서 그것이 형용키 어려울 정도로 어지러워지고 고유 민족어의 면모를 상실해 가고 있는 조건에서 우리 문학이 민족어의 순결성과 그의 문화성을 유지 발전시키는 문제는 극히 중요한 의의를 띤다.

본래 우리 민족어는 세계 여러 나라 민족어들 가운데서 우수하고 표현성이 풍부하고 아름답고 세련된 언어에 속한다. 그런데 이런 민족어의 아름다운 풍모는 민족 고전 유산에 많으며 인민 대중의 생활적인 언어들 속에도 많다. 때문에 작가들은 자기 창작에서의 언어의 인민성을 제고하기 위하여 이런 언어의 보물고에 깊이 침투하여 그것을 발굴하며 더욱 탁마 가공함으로써 아름다운 문학어로 발전 풍부화시켜야 할 것이다.

이상과 같이 우리 문학이 자기의 주체를 더욱 확고히 수립하며 맑스-레닌주의 미학 원칙에 충실하며 사회주의 애국주의 교양의 기능을 강화하며 자기 문학어의 인민성을 제고하기 위하여서는 이 사업에 작가, 시인, 평론가, 고전 연구가, 번역 작가 등 모든 사람들이 적극 참가하여 그의 집체적인 력량을 단합하는 것이 중요하다.310)
(밑줄;인용자)

예문에서처럼 문학인의 언어 문제만이 담론화 된 것은 아니었다. 이제 일반인의 언어에까지 직접적인 권력이 행사되었던 것이다. 『조선문학』지에는 1966년 9월부터 언어에 관한 '자료'란이,

---

310) 「문학에서의 주체 확립과 사회주의 애국주의 교양의 강화를 위하여」, 『조선문학』 권두언, 1966. 8. 3쪽.

1966년 12월부터 '우리말 다듬기'란이 생겼다. 이는 1970년도 초까지 지속되는데 초기에는 문학 관련 용어를, 1967년 7월부터는 일반어를 대상으로 하였다가 1968년 9월부터 '다듬은 말'란으로 바뀌어 사전적으로 바뀐 단어를 전체적으로 일괄 정리하여 내보내기 시작한다.

'자료'란은 박승희가 집필하였던 바, '마음에 대한 단어들', '몸 동작에 관한 단어들', '느껴진 감정을 나타내는 단어들', '하루 동안의 때를 나타내는 단어들', '사람의 몸에 대한 단어들', '마음에 대한 단어들', '몸동작에 대한 단어들' 등을 세밀하게 표현해 내고 있다.

① 머리;
   머리—장구머리
   머리(털)—갈기머리, 귀머리, 귀밑머리, 고수머리, 반고수머리, 곱슬머리, 대머리, 번대머리, 더벅머리, 이마머리, 배내머리, 살쩍(관자놀이에 난 털), 새치(젊은이의 머리털에 섞여있는 흰 머리칼), 비초리 가마, 쌍가마
   이마—되박이마 앞이마
      —거머리(갓난아이들의 이마에 보이는 푸른 피줄)
   썹—겉눈섭, 속눈섭, 살눈섭, 누에눈섭, 나비눈섭, 반달눈섭,
   눈—쌍겹눈, 실눈, 고리눈, 봉의 눈(가로 길게 째진 눈), 새별눈, 왕눈, 옴팍눈, 우멍눈, 짝눈, 넙치눈(두 눈동자가 한곳으로 몰린눈), 흘게눈, 밥풀눈(눈 웃까풀에 밥알만한 쥐젖이 붙은 눈), 거적눈, 뱁새눈, 도끼눈, 사팔뜨기, 사팔눈,
      —눈가물(졸리거나 지쳐서 눈까풀이 자꾸 내리덮일 때 눈을 깜

박거리는 일) 눈물받이(눈물이 흘러내릴 눈밑에 있는 사마귀)[311]

②—어질다, 착하다, 무던하다, 곱다, 수더분하다, 수련하다(마음씨
가 곱고 몸가짐이 안존하다.), 참하다, 얌전하다, 선량하다, 덕성스
럽다.
　모질다, 모지락스럽다, 독하다, 살차다(성질이 붙임성이 없이 차
고 매섭다), 고약하다, 악독하다, 앙칼지다(모질고 날카롭다), 앙칼
스럽다, 독살스럽다.
　—순하다, 안존하다(성품이 순하고 얌전하다.), 부드럽다, 숙부드
럽다(마음성이 뻣뻣하지 아니하고 부드럽다), 어리무던하다.
　사납다, 우악스럽다, 와살스럽다, 삼하다(갓난아이들의 성질이 순
하지 아니하다), 서낙하다(아이들이 장난이 세고 우악스럽다).
　—참되다, 숫되다, 숫접다(고지식하고 참되다.), 진실하다, 순박하
다, 순진하다, 실답다.
　간사하다, 농갈치다(간사하게 잘 둘러댄다), 칼롱스럽다, 요사스
럽다, 야살스럽다, 변덕스럽다,[312]

　예문 ①은 사람의 몸에 대한 단어들을 설명한 내용으로 머리,
이마, 눈에 관련된 것 이외에도 코, 볼, 입, 턱, 귀, 수염, 목, 그리
고 손발과 몸통에 관련된 많은 언어들을 나열하고 있다. 예문 ②
는 마음에 대한 단어들을 무려 두 페이지에 걸쳐 상술하고 있다.
'작가의 문체'가 '인민의 언어'로까지 확장되어 하나의 사회적 규
율로 기능하게 되는 것이다.

---

311) 김승희, 「자료—사람의 몸에 대한 단어들」, 『조선문학』, 1966. 12. 9쪽.
312) 김승희, 「자료—마음에 대한 단어들」, 『조선문학』, 1967. 1. 20쪽.

국어사정위원회에서 주로 제공하는 '우리말 다듬기'란은 외세—체제 성립 초기와 달리 이제는 수정주의의 여파로 소련—의 영향에서 벗어나려는 노력에서 비롯된다. 처음 문학의 용어부터 가다듬기 시작한다.

① ≪담시≫(또는 ≪발라다≫)는 서정적요소와 극적 또는 서사적요소를 함께 가지고있는 설화적성격을 가진 가요를 말하는만큼 ≪이야기시≫로 다듬으려고 한다. 음악에서도 ≪발라다≫를 쓰는데 이것은 ≪이야기곡≫으로 갈라서 다듬으려 한다...(중략)...≪묘사≫란 원래 그린다는 뜻이다. 문학에서 그것은 언어적수단을 통하여 형상을 그려주는것을 말한다. 때문에 이 말 그대로 ≪그리기≫로 다듬으려고 한다. 이에 따라 ≪성격묘사≫, ≪심리묘사≫, ≪자연묘사≫와 같은 말들은 ≪성격그리기≫, ≪심리그리기≫등으로 될것이다. 또한 ≪묘사방식≫, ≪묘사수단≫과 같은 말도 ≪그리기방식≫, ≪그리기수단≫으로, ≪세부묘사≫는 ≪잔군데그리기≫(≪디테일≫을 ≪잔군데≫라고 하는 경우에)로 될 것이다.313)

② ≪스찔≫을 ≪투≫로 하자는 것이다. ≪스찔≫을 ≪문체≫로 다듬자는 의견도 있으나 이 말 자체가 다듬어야 할 대상일 뿐만 아니라 문체라고 하면 미술, 음악, 무용 등 다른 예술 분야에는 맞지 않는다. 그래서 ≪스찔≫을 ≪투≫라고 한다면 문학에서는 ≪문체≫의 뜻으로 ≪글투≫라고 하고 (≪아무개 작가의 글투가 특이하다≫등) 미술이나 음악 기타 예술분야에서는 과목에 따라 ≪그림투≫, ≪노래투≫…등으로 두루 쓸수 있지 않겠는가 생각한다.

---

313) 국어사정위원회 제공, 「우리말다듬기」, 『조선문학』, 1966. 12. 84쪽.

또 스찔의 넓은 개념과 좁은 개념의 차이는 ≪투≫라는 용어에 그러한 개념, 내용들을 포괄시켜 사용한다면 문제될것이 없다고 본다.314)

③ ≪스찔≫을 ≪투≫로 하자는데는 큰 의견은 없습니다. 스찔이란 순전히 글솜씨뿐 아니라 작가의 사상, 예술적독창성을 가리키기에는 ≪투≫가 맞습니다. 그런데 보통 우리가 ≪그사람은 말투가 나쁘다≫고들 말하는것처럼 ≪투≫라고 하면 긍정적미감이 덜 갑니다. 보통 작가의 스찔을 작가의 얼굴이라고도 하는만큼 스찔을 ≪(글)모양≫, ≪맛≫(글맛)이라고 해도 되지 않을가요?315)

④ ≪스찔≫은 투로 했으면 좋겠다. ≪모양≫이나 ≪맛≫의 뜻도 따로 떼여놓고 볼 때는 괜찮지만 ≪글모양≫≪글맛≫이라고하면 어색하고 ≪노래모양≫, ≪그림맛≫이라고 하면 더욱 어색하며 ≪스찔≫이란 말이 가지는 의미도 완전히 드러내지 못하기때문이다.316)

예문 ①을 볼 때, 언어 면에서 외세의 영향을 벗어나 주체를 확립하려 하는 데 있어 소련에서 유래한 슈제뜨나 스찔, 발라다 등과 함께 한자어도 포함되어 있는 것이 주목된다. 그렇다고 해서 한자어를 일괄 순수 우리말로 변형시킨 것도 아니어서 '묘사'는 바꾸고 '수단' '방식' 등은 그대로 두었다. 그동안 존재 여부가 불분명했던 국어사정위원회가 갑자기 표면에 등장하는 것은 언어와 문체에 관련된 위로부터의 통제가 조직적 체계적이지 못하다는, 급조의 방

---

314) 국어사정위원회 제공, 「우리말 다듬기」, 『조선문학』, 1967. 2. 9쪽.
315) 최언경, 「우리말다듬기」, 『조선문학』, 1967. 4. 108-109쪽.
316) 백혜숙, 「우리말다듬기」, 『조선문학』, 1967. 5-6. 73쪽.

중일 수 있겠다. 예문 ②는 이 연구의 중심 테마에 관한 글이다. 예문 ③은 최언경이라는 독자의 글, 예문 ④는 자강도 강계시에 사는 백혜숙이라는 독자의 글이다. 이 예문들은 의견수렴의 과정을 보여 줌으로써 인간으로서의 존중감을 고취하고 의도적으로 배려하는, 위로부터의 시혜적 과정에 입각한 정치 커뮤니케이션 전략으로 보인다.

사실상 '민족' 개념의 바탕에 혈통 외에도 언어의 공유성이 있듯 상상의 공동체에 관한 심리적 유대감의 유지에 이러한 '언어'의 관리는 절박한 문제일 수밖에 없다. 북한 정치체제하에서는 '주체'의 확립을 위해서 민족-언어-문체 등이 결속되었다. 주체사상 형성 당시 이러한 문제들이 지속적으로 담론화 하고 범람한 것은 그만큼 정치적으로 대내외적 변동기 상황이었기 때문이다. 유일권력을 향한 김일성의 정치적 욕망은 변동기적 상황 하에서 체제 내부의 결속력을 강화하는 데 있어서, 가장 은밀한 수사학적 커뮤니케이션의 소통 방식인 문학작품 내부의 문체—근본적으로는 언어에 관한 통제가 효율적이라는 인식을 한 것 같다. 그래서 체제 확립 이후에는 일반적 언어, 즉 일반 인민을 대상으로 하여 보다 구체적이고 세밀한 규율의 압박에 들어갔던 것으로 보인다. 물론 이것은 "온 사회의 주체사상화가 심화"317)된 시기라 자부하던 때318)에는

---

317) 김하명, 「조선로동당의 현명한 령도밑에 개화발전한 주체문학」, 『조선문학』, 1989. 6. 27쪽.
318) 1968년 1월부터 『조선문학』의 모든 내용은 김일성의 우상화, 신격화에 매진하게 된다. 이후 주체문학 수령형상문학 등의 내용은 북한문학사 전반부 시기의 내용과 사실상 명백히 구별된다.

사회적 문학적 담론의 영역 내에서 사라졌고, 이 같은 방식은 정치적 변동기에 또다시 재실험 되었다.

3. 북한문학사의 정치적 규율

실제 북한문학사에서 '문체'에 관한 논의가 담론화 된 것은 정치권력이 여러 세력에 의해 분파되어 있는 상황이었을 때와 1988년 서울올림픽을 전후한 시기였다. 공식적으로 언급된 흔적은 보이지 않지만 서울올림픽에 관한 소식은 소문으로 당연히 인민들에게 퍼질 수 있었다. 잠복해 있던 '문체'는 우연히도 이때 다시 전면에 등장한다.319)

> ① 주체의 작시법은 시의 운률을 살릴데 대하여 가르치면서 그것을 정서적 기복이나 흐름 그자체가 아니라 그런것을 토대로 하여 나타나는 시문장의 고유한 음악적 흐름에 관한 문제로 제기하였으며 시의 운률을 살리기 위하여 그 문장에 서술식문장을 끌어들이지 말 데 대한 문제로 밝혀 주었다. 이 리론은 시문장의 음악적 률조가 시형 상창조에서 내용적 요소로 되거나 또 그런 내용적 요소만으로 해결

---

319) 이것은 다시 한 번 여전히 '민족'적 '주체'의 자긍심 내지 자부심과 관련된다. 이 역시 '통제'와 '규율'의 기능을 가질 수 있다. 「민족적 자존심의 주제와 우리 문학」(오승련, 『조선문학』, 1988. 3), 「향토애, 조국애 주제의 문학작품을 더 많이 창작하는 것은 우리 문학 앞에 나선 중요한 문제」(심상길, 『조선문학』, 1988. 5), 「민족적 긍지와 자부심을 뜨겁게 안겨주는 인상깊은 가사 」(홍영길, 『조선문학』, 1990. 10), 「우리 인민의 민족적 긍지와 자부심을 노래한 문학작품을 적극 창작하자」(『조선문학』권두언, 1990. 9) 등 참조.

되는것이 아니라 형식의 요소로 되며 그런 형식의 측면까지 잘 해결
해야 물질적으로 담보된다는것을 가르쳐준다.[320]

② 사실주의창작에서 사색의 심오성과 높은 지성도는 필수적 요구
이지만 깊은 사상에로 도달하는 시형상의 길은 다양하다. 시는 원래
노래와 한뿌리에서 나왔기 때문에 ≪시가≫라고 불러온것과 같이
읊어져야 자기의 사상미학적 기능을 제대로 수행할수있다. 시에서
도 핵은 사상이지만 그것은 운률의 도움으로 정서화되지 않고서는
자기의 실효성을 나타내지 못한다.
　원래 좋은 시일수록 사색적이고 철학적이지만 거기에 운률이 풍
부하게 흐르는 것은 필연적이다. 때문에 외우고싶고 노래부르고싶
은 짧고 다양한 작품들일수록 운률이 더 잘 구현되여야 한다.[321]

예문 ①은 김정일이 말한 '주체의 작시법'을 나타내는 말로, 원
래 시문장의 음악적 속성이 사상예술성을 가늠하는 중요한 잣대임
을 의미한다. 예문 ②는 시의 형식에 내재하는 정치성을 보여준
다. 현종호는 여러 시를 예로 들어가며 시의 형식적 특성, 운률
즉 시의 문체를 논하였다.[322] 북한문학사에서 문체론은 대략 20
년의 동면기를 거친 후 이제 다시 새삼 거론되는 것이다.

오영환은 「작가의 문체」를 『조선문학』에 1988년 1월부터 연재
하기 시작하고 이를 1992년 문예출판사에서 단행본으로 간행한

---

320) 현종호, 「시의 산문화를 극복하고 운률을 살리기 위한 몇 가지 문제」, 『조선문학』,
　　 1987. 12. 69쪽.
321) 현종호, 위의 책. 72쪽.
322) 현종호는 1991년 10월 「시의 운률을 더욱 세련시키자」를 『조선문학』에 게재하
　　 였다.

다. 그는 작가나 문학통신원들이 궁극적으로 개성적인 문체를 가
지기 위하여 끊임없이 언어 수련을 하는 바 "작가의 문체는 문학–
예술문체의 특성을 창조적으로 리용하는 과정에 생겨난 개념"323)
으로 문학–예술문체의 일반적인 특성을 가지면서도 개별적인 특
성을 두드러지게 가질 수밖에 없다고 주장한다. 그래서 "작가의
관찰력과 문체, 작가의 예술적 환상과 문체, 작가의 미학적 리상
과 문체, 작가의 말투와 문체"(62쪽)라는 순서에 입각해 뛰어난 문
장가들의 예를 살피고 있다. '개성적인 문체'는 형상성, 생동성,
호소성, 정서성에 표현의 기본을 두며 '관찰력'이 그 출발점이라
할 수 있다. 그래서 보통 작가와 문학통신원들은 관찰자료와 어휘
수첩을 갖게 마련이다.

　　작가는 대상, 현상을 직선으로, 개념으로 보는 것이 아니라 비유
　해보고, 대조해보고, 속내를 보고 덧쌓아보고, 풀어보고, 본따보고,
　련결시켜보고, 확대해보고, 에둘러보고324), 감각해본다. 이러한 능
　력을 작가의 관찰력이라고 한다.325)

　예문의 내용을 바탕으로 각 표현법에 따라 예를 들어 구체적으
로 살핀다. 이에 해당하는 소설로 김병훈이 1960년 발표한 「길동
무들」과 20년의 시차를 두고 발표한 『준엄한 전구』를 예로 들며
문체의 완숙도를 구체적으로 살핀 것이다. 그리고 "묘사문장으로

---

323) 오영환, 「작가의 문체」, 『조선문학』, 1988. 1. 62쪽.
324) 오영환은 '에두름법'을 "이미 이름지어져있는 것이 적당치 않거나 범상한 것으로
　　하여 다른 이름이나 표현으로 에둘러 바꾸어놓는 수법"을 의미한다고 하였다.
325) 오영환, 「작가의 문체」, 『조선문학』, 1988. 3. 62쪽.

서의 소설문체와 주정토로 문장으로서의 시문체가 서로 다른 차이
점을 가지고있으나 달성하려는 표현적 질에서는 공통성"326)을 가
진다며 시 문체의 예로 최승칠의 작품집『빛나는 모습들』에 수록
된 서정시와 '리찬'의 혁명송가「김일성장군의 노래」를 들어 세심
하게 고찰하였다. 그래서 시형상의 힘은 서정에 있으며, 서정은
"서정적 주인공의 열정(빠포스)로 표현"327)된다고 하였다. 시적
문체의 특성을 밝힌 것이다.

한정직의「작품 창작과 문화어」(『조선문학』, 1990. 11)는 "우리
의 작가들은 작품에서 사투리와 속된 말, 야비하고 몰상식한 말을
쓰는 현상을 없애고 때와 환경에 잘 어울리게 사람의 심리세계를
정확하게 드러낼수 있는 아름답고 섬세하며 뜻이 풍부하고 세련된
문화어를 능숙하게 골라씀으로써 문장의 명수로서의 영예로운 사
명을 훌륭히 수행하여야 할것"(68쪽)이라고 하는데, 첫 '문체론의
전변'에서 민족 고유어에 바탕 한 창작과정 평가와는 사뭇 다른 것
이 특이하다. 시대적인 정황이 반영된 듯 하다.

그 외 문체에 관련된 글로는, 하정웅의「생활묘사의 구체성과
생동성을 두고」(『조선문학』, 1990. 2), 백영철의「특색있는 구성
조직과 작가의 기교」(『조선문학』, 1991. 6), 단행본으로 김려숙의
『작품의 심리묘사』(1994)가 있다.

이렇듯 북한문학사에서 문체론의 재론은 더불어 후계자로서 김
정일의 급부상과도 관련이 있을 것 같다. 이 때 김정일의『주체문

326) 오영환,「작가의 문체」,『조선문학』, 1988. 9. 73쪽.
327) 오영환,「작가의 문체」,『조선문학』, 1988. 11-12. 85쪽.

학론』과 종자론328)도 같이 등장한다. 1994년 7월 김일성이 사망하기 전 몇 년간 이렇듯 인민의 가슴마다에 심리적 위상을 제고시키려 했던 것은 이 또한 유일체제의 재정립과 새로운 결속을 위한 방책이었던 것이다. 그러나 이것은 첫 번째의 문체론 담론화 시기보다는 훨씬 급속히 해결된다. 이미 체제 안정기라는 정치적 상황이 뒷받침되었기에 '안전한 권력 계승' 작업에서 '문체론'의 역할과 위상은 그만큼 축소될 수밖에 없었던 것이다.

지금까지 북한문학사의 문체론에 관해 분석하였다. 먼저 북한 정치체제 형성 초기 문단에 광범위하게 논의된 바 있었던 문체론에 관한 내용을 고찰하였다. 북한의 정치체제 형성기 문학작품은 하나의 이데올로기적 기제로서 권력기관의 정치 커뮤니케이션을 행사하는 데 있어 유용하게 활용되었다. 소련에서 전수받은 체제 이데올로기를 주제로서 명시하거나 주인공과 같은 인물을 통해 수용자인 독자로 하여금 이데올로기에 밀착되는 '일체감'을 내면화하는 암시적 심리 전략을 실행하였다. 이 내면화의 심리 전략 속에서 문체론은 주요한 전술적 의미로 사용되었다. 북한 권력기관의 대(對)인민 통제의 수단으로서 문체론은 반종파 투쟁에서 시작된 부르주아 미학의 비판이라는 문단적 전변에서 발효되어, 신인작가

---

328) 최상은 「우리 식 문학건설의 강령적 지침」(『조선문학』, 1990. 1)에서 김정일의 '종자'를 논의하며 "문학작품에서 철학적깊이란 종자의 철학적무게, 사상의 철학적 심오성, 사회적문제의 예리성, 생활의 새로운 탐구, 깊이있는 분석적인 세부묘사와 언어구사를 통하여 보장되는 창작과정의 총체"라고 하였다. 이 외에도 조재희의 「철학적 무게를 가진 종자의 탐구」(『조선문학』, 1990. 5) 등이 있다.

군(群)과의 대립을 둘러싼 또 하나의 문단적 전변 등을 통하여 '주체'를 부각시키고, 전통과 언어의 문제로 확장된다. 그리하여 주체사상 유일체제를 구조적으로 심화시키는 데 크게 기여하게 되는 것이다.

이를 자세히 살펴보면, 부르주아 반동 미학의 근절을 둘러싼 문단의 내부 논쟁은 정치적 투쟁과 맞물려 반종파 투쟁을 불러 일으켰으며 이러한 반종파 투쟁의 성과는 문체강화를 통한 문학성 제고에 폭넓은 공감대를 형성하게 되었다. 문체를 통한 형식적 미학의 추구가 범문단적으로 제안된 것이다. 또한 신인작가군의 대거 등장과 기존 문인들의 문단권력의 상호 충돌 과정 속에서 기록주의와 신비주의를 극복해야 한다는 비판에 맞서 기성 작가들의 정치적 방어막은 바로 신인과 변별이 가능한 스킬(스찔, 문체), 즉 형식적 특성인 문체론의 힘을 빌리는 것이었다. 문학작품의 문학성 강화를 위한 수사학적 통제 이외에, 수정주의 비판을 둘러싼 '주체'의 문제적 제기는 언어에 관한 광범위한 규제를 시작하면서 문체론은 한층 강력한 힘을 발휘하게 된다. 작가들이 시작한 문체론에 관한 논의가 권력기관의 '민족'과 '주체'를 둘러싼 언어 통제로 귀결되면서 일반화되는 것이다.

1988년 서울 올림픽을 전후하여 다시 한 번 문학 작품에 대한 세밀한 문체적 통제가 논의되는 것을 볼 때, 북한문학사에서 '문체론의 등장'은 정치적 전변의 시기에 나타나는 특성을 지닌다고 할 수 있겠다. 북한의 문학은 중심적 미디어, 선전매체로서 인민들의 심리적 기강 해이를 통제 규율하는 데 유용한 기제였고, 이 때 문

체론은 문학을 통하여 체제 이데올로기를 내면화시키고 억압하는
데 있어 하나의 규율로 실행되곤 하였다. 즉 북한문학사에서 '언어'
와 관련한 문체론은 암시적인 '정치적 압박' 수단이었던 것이다.

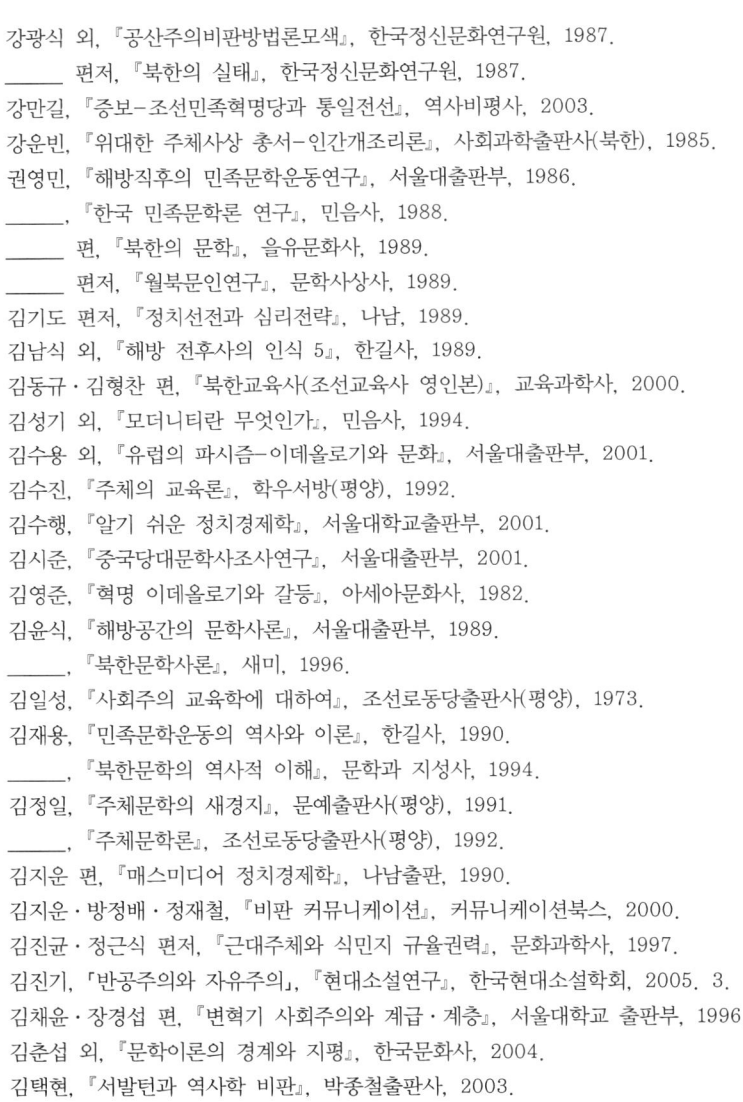

■참고문헌

강광식 외, 『공산주의비판방법론모색』, 한국정신문화연구원, 1987.
_____ 편저, 『북한의 실태』, 한국정신문화연구원, 1987.
강만길, 『증보-조선민족혁명당과 통일전선』, 역사비평사, 2003.
강운빈, 『위대한 주체사상 총서-인간개조리론』, 사회과학출판사(북한), 1985.
권영민, 『해방직후의 민족문학운동연구』, 서울대출판부, 1986.
_____, 『한국 민족문학론 연구』, 민음사, 1988.
_____ 편, 『북한의 문학』, 을유문화사, 1989.
_____ 편저, 『월북문인연구』, 문학사상사, 1989.
김기도 편저, 『정치선전과 심리전략』, 나남, 1989.
김남식 외, 『해방 전후사의 인식 5』, 한길사, 1989.
김동규·김형찬 편, 『북한교육사(조선교육사 영인본)』, 교육과학사, 2000.
김성기 외, 『모더니티란 무엇인가』, 민음사, 1994.
김수용 외, 『유럽의 파시즘-이데올로기와 문화』, 서울대출판부, 2001.
김수진, 『주체의 교육론』, 학우서방(평양), 1992.
김수행, 『알기 쉬운 정치경제학』, 서울대학교출판부, 2001.
김시준, 『중국당대문학사조사연구』, 서울대출판부, 2001.
김영준, 『혁명 이데올로기와 갈등』, 아세아문화사, 1982.
김윤식, 『해방공간의 문학사론』, 서울대출판부, 1989.
_____, 『북한문학사론』, 새미, 1996.
김일성, 『사회주의 교육학에 대하여』, 조선로동당출판사(평양), 1973.
김재용, 『민족문학운동의 역사와 이론』, 한길사, 1990.
_____, 『북한문학의 역사적 이해』, 문학과 지성사, 1994.
김정일, 『주체문학의 새경지』, 문예출판사(평양), 1991.
_____, 『주체문학론』, 조선로동당출판사(평양), 1992.
김지운 편, 『매스미디어 정치경제학』, 나남출판, 1990.
김지운·방정배·정재철, 『비판 커뮤니케이션』, 커뮤니케이션북스, 2000.
김진균·정근식 편저, 『근대주체와 식민지 규율권력』, 문화과학사, 1997.
김진기, 「반공주의와 자유주의」, 『현대소설연구』, 한국현대소설학회, 2005. 3.
김채윤·장경섭 편, 『변혁기 사회주의와 계급·계층』, 서울대학교 출판부, 1996.
김춘섭 외, 『문학이론의 경계와 지평』, 한국문화사, 2004.
김택현, 『서발턴과 역사학 비판』, 박종철출판사, 2003.

김하명, 『문학예술작품의 종자에 관한 리론』, 사회과학출판사(북한), 1977.

류만, 『당의 령도 밑에 대전성기를 맞이한 주체적 문학예술』, 과학백과사전출판사(북한), 1984.

미래사 편, 『주체의 학습론』, 미래사, 1989.

박기순, 『인간, 매체, 커뮤니케이션』, 커뮤니케이션북스, 2000.

박기태, 『현대정치와 커뮤니케이션』, 커뮤니케이션북스, 1999.

박상천, 「'평화적 건설 시기'의 북한 정권 수립에서 문학의 역할」, 『한국언어문화』, 한국언어문화학회, 2003. 6.

_____, 「주체사상의 형성과 북한문학」, 『한국언어문화』, 한국언어문화학회, 2005. 6.

박재환, 『사회갈등과 이데올로기』, 나남, 1992.

박종원 · 류만, 『조선문학개관Ⅱ』, 인동, 1988.

박태상, 『북한문학의 현상』, 깊은샘, 1999.

_____, 『북한문학의 동향』, 깊은샘, 2002.

_____, 『북한의 문화와 예술』, 깊은샘, 2004.

박현채 외, 『해방 전후사의 인식 3』, 한길사, 1987.

사회과학원, 『위대한 수령 김일성동지의 불후의 고전적 로작 ≪사회주의 교육에 관한 테제≫해설 론문집』, 과학백과사전출판사(북한), 1978.

서울대학교 현대사상연구회, 『이데올로기와 사회변동』, 서울대 출판부, 1986.

서재진, 『북한의 맑스-레닌주의와 주체사상 비교연구』, 통일연구원, 2002.

손종국 · 류영옥, 『동북아론』, 학문사, 1997.

송건호 외, 『해방 전후사의 인식 1』, 한길사, 1989.

송기한 · 김외곤 편, 『해방공간의 비평문학』, 태학사, 1991.

신일철, 『북한 정치의 시네마폴리티카』, 이지북, 2002.

신형기, 『해방직후의 문학운동론』, 제3문학사, 1988.

_____, 『해방기 소설연구』, 태학사, 1992.

_____, 『해방직후의 문학운동연구』, 연세대 박사논문, 1987.

신형기 · 오성호, 『북한문학사』, 평민사, 2000.

심지연, 『남북한 통일방안의 전개와 수렴』, 돌베개, 2001.

안기성 외, 『남북통일이후 사회통합을 위한 교육의 역할』, 집문당, 1998.

유선영 · 전효관, 『남북한 문화 차이와 언론』, 한국언론재단, 2000.

유세경 편, 『매스미디어와 현대정치』, 나남출판, 1996.

유영옥, 『상징과 기호의 정치행정론』, 학문사, 1997.

_____, 『남북교육론』, 학문사, 2002.

_____, 「국가보훈학의 개념정립과 연구방법론」, 『한국보훈논총』, 한국보훈학회,

2003.

유영옥·손종국, 『동북아론』, 학문사, 1997.

유영옥·정우일, 『상징정책론』, 학문사, 1991.

유임하, 「이데올로기의 억압과 공포」, 『현대소설연구』, 한국현대소설학회, 2005. 3.

윤재근·박상천, 『북한의 현대문학Ⅱ』, 고려원, 1990.

윤효녕 외, 『주체 개념의 비판』, 서울대출판부, 1999.

윤희중, 『한국정치커뮤니케이션연구』, 나남, 1984.

이동신·박기순 편, 『정치 커뮤니케이션 원론』, 법문사, 1997.

이동신 외, 『정치 커뮤니케이션의 이해』, 커뮤니케이션북스, 2004.

이상철 외, 『국제커뮤니케이션의 이해』, 이진출판사, 1998.

이우영, 『북한사회의 상징체계 연구 : 혁명구호의 변화를 중심으로』, 통일연구원, 2002.

이인호·최 선 편역, 『인테리겐찌야와 혁명』, 기린원, 1989.

이한 편, 『북한의 통일 정책 변천사』, 온누리, 1988.

이형기·이상호, 『북한의 현대문학Ⅰ』, 고려원, 1990.

임채욱, 『북한 상징문화의 세계』, 화산문화, 2002.

장사선, 「남북한 소설사 연구와 이데올로기」, 『현대소설연구』, 한국현대소설학회, 2005. 3.

장을병, 『정치적 커뮤니케이션』, 태양문화사, 1978.

전영선, 『북한의 문학예술 운영체계와 문예이론』, 역락, 2002.

_____, 『북한을 움직이는 문학예술인들』, 역락, 2004.

전태국, 『지식사회학─지배·이데올로기·지식인』, 사회문화연구소, 1997.

전태성, 『사상교양에 관한 주체적 리론』, 사회과학출판사(북한), 1991.

전형준, 『현대 중국의 리얼리즘 이론』, 창작과비평사, 1997.

조맹기, 『커뮤니케이션 사상사』, 커뮤니케이션북스, 2001.

집필위원회, 『사회주의교육학』, 교육도서출판사(평양), 1975.

차기벽 편, 『정치와 정치사상』, 한길사, 1984.

최장집 외, 『해방 전후사의 인식 4』, 한길사, 1989.

학술단체협의회, 『사회주의 개혁과 한반도』, 한울, 1990.

한상진 편저, 『마르크스주의와 민주주의』, 사회문화연구소, 1991.

한설야 외, 『문예전선에 있어서의 반동적 부르죠아 사상을 반대하여』, 조선작가동맹 출판사(북한), 1956.

한수영, 「월남작가의 작품세계에 나타난 반공이데올로기와 1950년대 현실인식」, 『역사비평』, 1993.

한승조 외, 『남북한의 인성·사상교육』, 집문당, 1998.

한중모, 『주체의 인간학』, 사회과학출판사(북한), 1987.

현길언 외, 『문학과 정치 이데올로기』, 한양대학교출판부, 2005.

노르베르토 보비오/황주홍 역, 『자유주의와 민주주의』, 문학과지성사, 1999.

레이몽 아롱/안병욱 역, 『지식인의 아편』, 삼육출판사, 1986.

레이몬드 윌리엄즈/이일환 역, 『이념과 문학』, 문학과지성사, 1982.

루쉰/조관희 역주, 『중국소설사』, 소명출판, 2004.

마틴 카노이/이재석 외역, 『국가와 정치이론』, 한울, 1985.

모택동/이욱연 역, 『모택동의 문학예술론』, 논장, 1989.

미셸 제라파/이동렬 역, 『소설과 사회』, 문학과 지성사, 1977.

브라이언 맥내어/김무곤 외역, 『정치커뮤니케이션의 이해』, 한울, 2001.

사라 밀즈/김부용 역, 『담론』, 인간사랑, 2001.

아놀드 하우저/한석종 역, 『예술과 사회』, 홍성사, 1981.

에드워드 W. 사이드/박홍규 역, 『오리엔탈리즘』, 교보문고, 1991.

_____ /김성곤·정정호 역, 『문화와 제국주의』, 창, 1995.

월터 칼스네스/박진환·황두환 역, 『인식과 이데올로기』, 문우사, 1991.

일리야 에렌부르끄 외/김학수 외역, 『문학과 이데올로기-현대 소련의 문학이론』, 중
    앙일보사, 1990.

장 보댕/민희식 역, 『지식인이란 무엇인가?』, 탐구당, 1985.

존 스토리 편/백선기 역, 『문화 연구란 무엇인가』, 커뮤니케이션북스, 2000.

존 피스크/강태완 외역, 『커뮤니케이션학이란 무엇인가』, 커뮤니케이션북스, 2001.

줄리앙 방다/노서경 역, 『지식인의 반역』, 백제, 1978.

지그프리트 J. 슈미트/박여성 역, 『미디어 인식론:인지-텍스트-커뮤니케이션』, 까
    치, 1996.

카렐 바삭/박홍규 역, 『인권론』, 실천문학사, 1986.

콜린 레이스 외/편집부 편역, 『신식민주의론』, 한겨레, 1986.

하인츠 킴멀레 편/심광현·김경수 역, 『유물변증법』, 문예출판사, 1987.

한스-허만 호페/이선환 역, 『사회주의와 자본주의』, 한국경제연구원, 1992.

헨리 M. 드러커/김영수 역, 『이데올로기와 정치』, 홍성사, 1983.

A. 토인비 외/임헌영 역, 『지식인의 양심』, 범우사, 1978.

D. 크로토·W. 호인스/전석호 역, 『미디어 소사이어티』, 사계절, 2001.

D. 트렌드/고동현 외역, 『문화민주주의』, 한울, 2001.

G. M. 디미트로프/김대건 편역, 『통일전선연구』, 거름, 1987.

H. 스튜아트 휴즈/박성수 역, 『의식과 사회』, 삼영사, 1978.

I. 하우/김재성 역, 『소설의 정치학』, 화다, 1988.

J. 라레인/ 한상진·심영희 역, 『현대 사회이론과 이데올로기』, 한울, 1984.

J. 큐란 외/서경주 역, 『미디어와 권력』, 한울아카데미, 1997.

J. 허버트 알철/강상현·윤영철 역, 『지배권력과 제도언론』, 나남, 1991.

R. A. 스칼라피노·이정식/한홍구 역, 『한국공산주의운동사 I·II·III』, 돌베개, 1986.

R. J. 해리스/이창근 외역, 『매스미디어심리학』, 나남, 1991.

S. 코올 저/여균동 편역, 『리얼리즘의 역사와 이론』, 미래사, 1986.

T. 베네트/임철규 역, 『형식주의와 마르크스주의』, 현상과인식, 1983.

T. 토도로프/곽광수 역, 『구조시학』, 문학과지성사, 1977.

W. Z. 포스터/편집부 역, 『세계사회주의운동사』, 동녘, 1988.

J. M. Domenach/박종열 역, 『정치 선전과 정치 광고』, 청람, 1987.

Adelman, M., *The Symbolic Use of Politics*, Urbana and Chicago : University of Illinois Press, 1967.

Bernard J. P., *A Psychological Approach to Fiction*, Indiana University Press, 1974.

Blumer, H., *Symbolic Interactionism:Perspective and Method*, Prentice-Hall, 1969.

Cassirer, E., *An Essay on Man*, New Haven : Yale Univ Press, 1944.

_____, *The Myth of the State*, Yale University Press, 1946.

_____, *The Problem of Knowledge*, Yale University Press, 1950.

_____, *The Philosophy of Symbolic Forms*, Yale University Press, 1955.

Dunn, W. N., *Public Policy Analysis: An Introduction*, Prentic-Hall, 1981.

Fischer, F., Politics, *Values and Public Policy : The Problem of Methodology*, Westview Press, 1980.

Gerston, L. N., *Making Public Policy : From Conflict to Resolution*, Scott Foresman, 1983.

Greenstein, F. I., *Children and Politics*, Yale University Press, 1965.

Gusfield, J. R., *Symbolic Crusade : Status Politics and the American Temperance Movement*, Univ. of Illinois Press, 1963.

Hess, R. & Torney, J., *The Development of Political Attitudes in Children*, Doubleday Anchor Books, 1968.

Hillman, J., *Myth Of Ananysis*, Harper Colophon Books, 1972.

Jung, C. G./Hull, R. F. C. trans., *The Undiscovered Self*, Princeton University Press, 1990.

Kirk, G. S., *Myth*, Cambridge University Press, 1970.

Langton, K. P., *Political Socialization*, Oxford University, 1969.

Lasswell, H. D. & Kaplan, A., *Power and Society*, Yale Unversity Press, 1950.

Mannheim, K., *Ideology & Utopia*, Routledge & Kegan Paul Ltd,1936.

McNair, B., *An introduction to political communication*, Routledge, 1999.

Merton, R. K., *On Theoretical Sociology*, A Free Press Paperback, 1967.

Miller, J. E., *Myth and Method*, University of Nebraska Press, 1960.

Peer, W. V., *Stylistics and Psychology*, Croom Helm, 1986.

Rea, D., *Equalities*, Harvard University Press, 1981.

Renshon, S. A.(ed.), *Handbook of Political Socialization*, The Free Press, 1977.

Sampson, C., Value, *Bureaucracy and Public Policy*, Univ. of America, 1983.

Strelka, J. P., *Literary Criticism and Psychology*, The Pennsylvania state University Press, 1976.

Tennenhouse, L., *The Practice of Psychoanalytic Criticism*, Wayne State University Press, 1976.

Traub, S. H. & Little, C. B.(ed.), *Theories of Deviance*, F. E. Peacock Publishers, Inc., 1975.

Vickery, J. B., *Myth and Literature*, University of Nebraska Press, 1966.

White, J. J., *Mythology in the Moderm Novel*, Princeton University Press, 1971.

Williams, R., *Communications*, Penguin Books, 1976.

Wimsatt, W. K., *The Verbal Icon*, Kentucky Paperbacks, 1954.

▌찾아보기

후 기

　　이제야 미숙한 첫걸음을 내딛는다. 참으로 부끄럽다. 그동안 공부는 나의 존재 이유였다. 알고 싶었다. 가뭄에 물을 구하는 갈증으로, 광맥을 탐하는 열정으로, 내가 왜 지금 이 자리에 서 있어야만 하는지 끊임없이 궁금했다. 그 답은 여전히 미흡하다.

　　시작일 뿐이다. 일천한 지식으로 선뜻 책을 낸다. 그간 써왔던 논문들을 묶어 감히 학문이라는 간판을 달았다. 이 무모함을 동학들이 질타할까 두렵다. 두 번째 걸음은 떳떳하기를 조심스럽게 희망해 본다. 지도교수님을 비롯하여 그동안 도와주신 선생님들께 깊이 감사드린다. 부모님께 때늦은 사랑을 바친다. 아이들에게 엄마의 마음을 전한다.

2006년 무성한 장마 끝에서
필 자

저자 · **이영미(李英美)**

1965년생. 한양대학교 인문과학대학 국어국문학과 졸업. 문학박사.
전 한양대 민족학연구소 연구교수, 한국미래문화연구소 전임연구원.
현 한양대 강사, 통일부 통일교육위원.

주요 논저

「문학사학을 위한 시론」, 「소설의 각색 과정에 나타나는 문제 고찰」, 「북한 아동
문학과 교육 연구」, 「해방공간의 김광주 소설에 나타난 섹슈얼리티 연구」, 「성애
의 시대, 여성 주체와 섹슈얼리티―해방공간의 성담론 시고」, 「북한문학사의 문체
론 연구」, 「북한 정치체제의 형성과 문학―소설의 정치 커뮤니케이션 기능과 관련
하여」, 「북한의 문학 장르 오체르크 연구」, 「해방기 문학과 지성인으로서 문학인」
외 다수.

『주변인의 삶과 문학』(공저), 한양대학교 출판부, 2005. 7.
『문학과 정치 이데올로기』(공저), 한양대학교 출판부, 2005. 10.

북한 문학과 정치 커뮤니케이션

초판 1쇄 발행 _ 2006년 9월 15일

저　자 _ 이영미
발행인 _ 김흥국
펴낸곳 _ 도서출판 보고사
등　록 _ 제6-0429
주　소 _ 서울시 성북구 보문동7가 11번지 2층
　　　　전화 922-5120~1(편집) 922-2246(영업) | 팩스 922-6990
　　　　메일 kanapub3@chol.com | www.bogosabooks.co.kr

정　가 _ 15,000원
ISBN _ 89-8433-468-5